LA CORRESPONDANCE PRATIQUE

DU MÊME AUTEUR

Dictionnaire d'orthographe
et des difficultés du français,
Hachette, 1974.

JEAN-YVES DOURNON

La Correspondance pratique

suivie du

Dictionnaire des 1 001 tournures

LE LIVRE DE POCHE

Présentation

L'art d'écrire une lettre est principalement — et tout à la fois — une question de sincérité... et de grammaire. Si clarté et simplicité sont les mots clefs d'une lettre d'affaires, spontanéité et variété le sont pour la correspondance privée.

Au moment où l'on prend la plume, il faut se persuader que l'on doit : *convaincre, faire plaisir, consoler, régler un problème...*

Certaines lettres demandent concentration — donc tranquillité; toutes réclament beaucoup de soin.

Si l'art de parler est important, l'art d'écrire est, dans de nombreuses occasions, indispensable, et être clair est une nécessité.

Dans la première partie de cet ouvrage, après les quelques conseils qui suivent et dont l'importance justifie qu'ils soient exposés tout de suite, sont évoqués les aspects généraux de la correspondance : rédaction de l'enveloppe; usage des cartes postales, des cartes de visite; rédaction de « l'appel » et des formules de politesse. Auparavant, quelques pages sont consacrées à l'aspect matériel : papier, encre, machine...

La deuxième partie s'attache, et ce en deux chapitres, aux particularités épistolaires : les « Lettres d'affaires » et les « Lettres de tous les jours » que l'administration des P. T. T. appelle « Lettres de ménage ». Un sujet ne sera pas traité : celui des lettres d'amour; elles ne doivent être que le reflet de l'ardeur et du lyrisme du correspondant. En ce domaine, on peut être Victor Hugo ou Gavroche, et même les deux à la fois.

Trois sections composent le chapitre des lettres d'affaires : le monde du travail, le commerce, les relations locataires-propriétaires. Quant au chapitre « Lettres de tous les jours » nous avons tâché d'y mentionner tous les cas qui peuvent présenter quelque difficulté.

Cette deuxième partie, qui comporte plus de 200 modèles, est suivie d'un « Dictionnaire des 1 001 tournures », que nous devons à Mlle C. Grégoire de Blois, où le lecteur trouvera immédiatement le mot exact pour préciser sa pensée, ce qui lui épargnera des répétitions et rendra sa lettre plus compréhensible tout en conférant au style — nous l'espérons — vivacité, élégance et précision.

Quelques conseils

Où, comment, pourquoi écrire

Que vous ayez à rédiger une lettre d'amour ou une lettre d'affaires, persuadez-vous d'abord que les dispositions matérielles sont importantes. On ne se débarrasse pas d'une correspondance sur un coin de table de cuisine (possibilité de taches), au milieu d'une réunion familiale au cours de laquelle on risque d'être interrompu ou distrait. Il est préférable de s'isoler, d'avoir son « coin à soi ». De même, il est important, avant d'entreprendre la rédaction d'une lettre, d'en bien savoir le pourquoi et, au besoin, de faire un plan. Dans la conversation, une erreur de langue peut se corriger immédiatement. Dans un écrit, il n'en est pas de même. D'où la nécessité de la relecture, plus particulèrement pour :

les lettres d'affaires,
les lettres officielles,

les lettres aux hommes de loi,
la rédaction d'un contrat.

N'hésitez pas à faire un brouillon. De toute manière, vous ne devez pas envoyer votre lettre surchargée ou comportant des ratures, sauf avec des familiers, et encore... (voir « L'écriture », ci-dessous). Avant de prendre la plume, relisez la lettre de votre correspondant, notez les points qui réclament davantage de précision et répondez-y dans l'ordre où ils vous ont été exposés, si cet ordre vous convient. Sinon, prenez la direction des opérations. Si un passage important laisse planer un doute, demandez-vous pourquoi votre correspondant l'a rédigé ainsi. Au besoin, interrogez-le en lui demandant si vous avez bien compris sa pensée.

L'écriture

Il importe, bien sûr, que l'écriture soit lisible. On s'efforcera de former au mieux les lettres de chaque mot — c'est déjà une marque de politesse. Si, dans le feu de la rédaction, votre plume a produit des hiéroglyphes, il est toléré, entre intimes, d'en recommencer proprement le tracé. Bien entendu, cette facilité n'existe point pour une correspondance officielle où nulle rature ne saurait être tolérée.

Voir p. 34 les usages pour ce qui concerne les lettres tapées à la machine.

Le choix des mots

Vous devez choisir le mot ou l'expression propre, afin que votre pensée soit bien comprise. C'est en cela que le « Dictionnaire des 1 001 tournures », p. 329 à 376, vous aidera à rédiger votre correspondance, principalement vos lettres d'affaires et celles que vous aurez à dicter.

Si dans ce que nous appelons la « Correspondance d'affaires », les prescriptions sont relativement strictes, en revanche, dans la correspondance privée, la spontanéité, nous l'avons vu, est toujours préférable. Ce n'est cependant pas une raison pour être négligent, pour confondre « noctambule » et « somnambule » ni pour écrire « infractus » pour « infarctus », etc.

Efforcez-vous toujours d'être clair. La langue française est pleine de subtilités; ne craignez point de consulter un dictionnaire pour le choix d'un mot; les plus grands écrivains y ont recours.

Enfin, pensez à la personnalité de votre destinataire. Efforcez-vous d'employer un vocabulaire simple avec des correspondants dont vous savez que l'instruction est limitée. Ne soyez, en tout cas, ni pédant ni vaniteux.

Petit précis de ponctuation

La ponctuation marque les phrases et membres de phrase, elle aide à leur compréhension et peut même avoir une importance déterminante quant au sens.

Le *point* sert à isoler une phrase complète d'une autre.

Le *point-virgule* (ou *point et virgule*) a deux usages. Il sert à faire respirer une phrase longue ou une phrase déjà entrecoupée de virgules — indiquant un arrêt moins brutal que le point — ou encore à marquer une pause entre les parties d'une phrase ayant un mot, généralement le verbe, en commun. En outre, il est employé couramment dans les énumérations.

> *Vous trouverez ci-joint les pièces suivantes :*
> *Un extrait de casier judiciaire;*
> *Un certificat de propriété;*
> *Un extrait de mariage;*
> *Un certificat de domicile.*

Dans ce cas, le premier mot de chaque énumération prend toujours une majuscule.

Les *deux points* (ou le *deux-points*) servent à annoncer soit une énumération soit une explication. On les emploie encore pour introduire une citation.

La *virgule* indique une pause faible, sépare les mots qui ne peuvent se juxtaposer, ou les différents membres d'une phrase.

En cas d'énumération de plusieurs sujets, le dernier sujet n'est pas séparé du verbe par une virgule :

> *Les cousins, les tantes, les oncles, les parents vinrent tous à la fête.*

Les *points de suspension* servent à indiquer une interruption ou un prolongement inexprimé. Ils peuvent alors avoir le sens « et caetera ». En ce cas, on proscrira absolument l'emploi conjoint, etc + ... qui fait pléonasme. De toute manière, on se gardera d'en abuser.

Le *point d'interrogation* s'emploie à la fin d'une phrase interrogative de style direct. En style indirect, un point le remplacera :

> *Pourquoi avez-vous fait cela ?*
> *Je me demande pourquoi il a fait cela.*

Le *point d'exclamation* termine une phrase nettement exclamative, marquant la peur, la joie, la surprise, etc. On le trouve obligatoirement après *Oh!, Ah!, Hélas!* parfois après *eh bien,* quoique l'Académie n'en donne aucun exemple.

Les *parenthèses* isolent une réflexion, une courte explication à l'intérieur d'une phrase complète. Elles peuvent être remplacées par des tirets qui marquent cependant moins bien l'incise ainsi formée. Notons l'orthographe *entre parenthèses* (elles vont par deux), toujours au pluriel. En revanche, l'expression *par parenthèse* est au singulier.

L'*alinéa* qui introduit à un paragraphe nouveau indique une rupture plus forte que le point dans le développement du sujet. On le marque nettement par une rentrée d'environ 1,5 cm.

Il convient d'utiliser ces signes à bon escient. Ils ont tous leur utilité, et leur mission première est, ne l'oublions pas, de faciliter la lecture à notre correspondant. Bien entendu, on évitera l'abus des points d'exclamation. Un seul point d'exclamation suffit à marquer la surprise, l'indignation; en mettre trois, ou plus, ne servirait à rien — sinon à montrer une exubérance certaine.

Principales fautes à éviter[1]

Nous ne citons ici que quelques-unes des fautes les plus grossières ou les plus fréquentes qui se glissent sous notre plume sans qu'on y prenne garde.

N'écrivez pas	Écrivez
la chemise à Jacques	de
à ce qu'il paraît que	il paraît que
un magasin bien achalandé	... approvisionné
un adhérant	adhérent
aussi grave que ce soit	si grave
avoir à faire à quelqu'un	affaire
agoniser quelqu'un d'injures	agonir
aggriper	agripper
j'aime à ce qu'elle m'aide	j'aime qu'elle m'aide
aller au docteur	... chez le docteur
les jours rallongent	... s'allongent
ces deux alternatives	cette alternative
j'ai ramené une montre	j'ai rapporté
amphytrion	amphitryon

---

1. De nombreux ouvrages sont offerts à notre curiosité. Citons, du même auteur : *Dictionnaire d'orthographe et des difficultés du français.*

N'écrivez pas	Écrivez
ayions	ayons
ci-annexée copie de ma lettre	ci-annexé
la lettre ci-annexé	ci-annexée
il m'est apparu bien docile	il m'a paru
la clef est après la porte	... sur...
après qu'ils fussent venus	... furent venus
aéropage	aréopage
chercher un alibi	... une excuse
des roues arrières	... arrière
s'avérer inexact	se révéler
un bel azalée	une belle azalée
bagoût	bagou
faire une belle ballade	... balade
baluchon	balluchon
bas-flanc	bat-flanc
beefsteak	bifteck
des bonhommes	des bonshommes
boursouffler	boursoufler
dans le but de	dans le dessein de
causer à quelqu'un	parler à
clore un débat	clôturer
comparer ensemble deux...	comparer deux...
une somme conséquente	importante
ils ont convenu de se voir	ils sont convenus
comme convenu	comme il a été convenu
nous avons été coupés	on a coupé
un bon crû	cru (sans accent)
débattre d'une affaire	débattre une affaire

N'écrivez pas	**Écrivez**
des places debouts	debout
décade (au sens de 10 ans)	décennie = 10 ans
déclancher	déclencher
en définitif	en définitive
demander à ce que	demander que
votre demoiselle	votre fille
à son dépens	à ses dépens
en détails	en détail
dilemne	dilemme
drôlatique	drolatique
dûs	dus
enbompoint	enbonpoint
enfin bref	enfin
erronné	erroné
docteur ès science	ès sciences
	(*ès* tj suivi du pl.)
état-civil	état civil
c'est de ma faute	c'est ma faute
c'est de la faute à	c'est la faute à
il m'a stupéfait	il m'a stupéfié
ce document se suffit à lui-même	ce document se suffit
comme de juste	comme il est juste
excessivement bien	très bien
d'ici lundi	d'ici à lundi
vous n'êtes pas sans ignorer	sans savoir
pallier à un inconvénient	pallier un
pécunier	pécuniaire
s'en rappeler	se le rappeler
	(s'en souvenir)

N'écrivez pas	Écrivez
solutionner un problème	résoudre
route en lacets	lacet
de belles laques de Chine	de beaux...
une lettre express	exprès (par courrier spécial)
un colis exprès	express (par train express)
une poignée de mains	main
de toutes manières	de toute manière
métempsychose	métempsycose
des étoffes oranges	orange
causer français	parler
partir à Lyon	partir pour...

L'emploi des majuscules

Un abus de majuscules va à l'encontre du but visé; de plus, elles sont prétentieuses et non flatteuses.

On ne mettra pas de majuscule aux noms de date (mois ou jour) :

le 30 octobre; nous nous verrons en juin.

Dans le cours de la lettre, en nommant la fonction d'un membre d'une assemblée, même si cette fonction est unique, on écrira :

J'ai vu hier le président de la République.
M. le ministre de l'Intérieur est venu.

Cependant, lorsqu'on écrit à une personnalité, on peut, exceptionnellement, dans une intention honorifique, orner le titre de la fonction d'une majuscule :

Le Préfet a inauguré hier, en présence des Conseillers généraux...

Le Ministre a salué messieurs les Préfets...

En revanche, lorsque l'on s'adresse *directement* à la personne, on emploie la majuscule, et ce pour *tous* les titres. Dans ce cas les mots *Monsieur, Madame, Mademoiselle* ne sont jamais abrégés :

Monsieur le Président / le Vice-Président / le Maire.

Il en va de même lorsqu'il s'agit des chefs d'État, des souverains ou de toutes personnalités.

Sa / Votre Majesté, Sa Sainteté, Son /Leurs Excellence(s), Monsieur le Président du Sénat / du Conseil économique / de l'Assemblée nationale.

Dans les deux derniers exemples on voit qu'une institution unique prend toujours la majuscule.

Ce qu'il ne faut pas faire

Nous avons déjà signalé qu'il ne faut pas faire de surcharge, qu'il faut éviter les fautes d'orthographe et les impropriétés, qu'il faut écrire lisiblement. Il ne faut pas non plus abuser du soulignement. Cette mise en valeur d'un passage ou d'un mot important doit rester exceptionnelle — sa trop grande fréquence ôterait toute force à ce que l'on veut faire remarquer. En tout cas, mieux vaut user de ce moyen que de rappeler dans un post-scriptum un passage important. Il est maladroit d'obliger son correspondant à reporter son attention sur un passage qui a eu sa conclusion dans le cours de la lettre.

▶ A des familiers, vous ne joindrez pas de timbre pour la réponse (v. p. 54).

▶ On évitera de commencer une lettre par « Je ».
Mieux vaut écrire :

> *En réponse à votre lettre, je vous envoie*

plutôt que :

> * *Je vous envoie, en réponse à votre lettre*[1].

> *Votre lettre nous a fait le plus grand plaisir et je vous remercie d'avoir pensé à nous*

plutôt que :

> * *Je vous remercie de votre lettre.*

Bien entendu la formule stéréotypée :

> *J'ai l'honneur de vous informer, de solliciter...*

échappe à ce conseil.

▶ Si, dans le cours de la rédaction, un époux ou une épouse parle de son conjoint, il / elle écrira :

> *Ma femme / mon mari se joint à moi*

et non

> * *Madame X* / * *Monsieur X se joint à moi.*

---

1. L'astérisque placé devant un mot ou en début de phrase indique que ce mot ou cette phrase sont à éviter.

Ceci n'est pas un conseil mais une règle de bon usage. On évitera l'emphatique « mon épouse ».

▶ Vous ne daterez ni ne signerez une carte de visite.

▶ Carte de visite *privée* : pas de mention de décoration.

▶ En France, dans l'appel, le nom de votre correspondant ne doit pas, en principe, figurer après les mots *Monsieur, Madame, Mademoiselle*.

>   A *Cher Monsieur Dupont*

préférez

>   *Mon cher Dupont*.

▶ Ne commencez pas votre lettre par :
>   **Chers Monsieur et Madame*

mais par :

>   *Cher Monsieur,*
>   *Chère Madame*

▶ N'écrivez jamais une lettre au crayon, et évitez le stylo à bille en écrivant à une personnalité.

Ce qu'il faut éviter

▶ Avant tout, l'imprécision ainsi que les expressions qui vous indisposeraient si elles étaient employées à votre égard.

▶ Avec quelqu'un qui vous demande un service, n'employez pas les formules restrictives : *Je ne crois pas pouvoir, Je ne pense pas devoir vous répondre.* Dites votre pensée simplement : *Malheureusement / A mon grand regret je ne suis pas en mesure...*

▶ Évitez les souhaits vains qui ne trompent personne (c'est plus difficile), les *Il semble que...; Il serait opportun de...; Pour notre part nous estimons que...* De même — et pour ce faire il vous faudra tourner votre plume dans l'encrier ! —, n'écrivez pas ces désagréables formules que nous détachons intentionnellement (à moins, bien sûr, que vous ne vouliez signifier à votre correspondant un manquement grave) :

> *Je n'ai pas été habitué à recevoir...*
> *Je suis très surpris / étonné.*

▶ Ne soyez pas dilatoire, sauf nécessité :
Écrivez :

> *Dès réception de votre lettre, j'ai examiné le problème que vous me soumettiez et je fais immédiatement le nécessaire pour qu'intervienne une solution rapide.*

N'écrivez pas :

> *Je vais examiner et ferai.*

Écrivez :

> *Je compte vous fournir ces échantillons dès le 30.*

N'écrivez pas :

> *J'espère pouvoir vous fournir... pour le.*

▶ N'ayez pas trop souvent recours à des majuscules (v. p. 15).

▶ A moins d'avoir des relations suivies avec une personnalité de grade (ou de fonction) supérieur au vôtre, évitez l'emploi de *Cher Monsieur*.

▶ Dans la rédaction d'une enveloppe n'écrivez pas :
  Madame Veuve Durant.

Laissez aux Administrations cette rédaction.

Quand répondre?

Quelque temps avant la date demandée si elle figure sur un carton d'invitation. C'est le cas le plus souvent pour un faire-part de mariage. N'attendez pas le dernier jour indiqué. Cela est impératif.

Répondez le jour même ou le lendemain, pour un avis de décès. L'envoi d'un télégramme se justifie parfois (v. p. 262).

Pour un dîner, commencez par remercier, même si votre réponse est négative. Répondez rapidement en ce cas, la maîtresse de maison pourra ainsi lancer une nouvelle invitation, sans que cet autre invité ait l'impression de faire « bouche-trou ». Si vous craignez de ne pas être libre le jour indiqué, mieux vaut décliner l'invitation plutôt que de vous contremander à la dernière minute.

Si votre correspondant vous demande un renseignement, un service, essayez de répondre dans un délai de deux ou trois jours. En revanche, un délai plus long (parfois beaucoup plus long) vous est accordé, si vous avez à écrire une simple lettre affectueuse vous donnant des nouvelles par exemple. Mieux vaut, en cas de grandes occupations ou de lassitude, répondre brièvement en s'excusant — mais il faut répondre. Plus votre correspondant est âgé, plus la nécessité de le faire est de courtoisie.

Pour les lettres d'affaires, une réponse rapide sera considérée comme une marque d'intérêt et vos rapports ne pourront qu'en être consolidés.

Nous terminerons sur ce point par une évidence : efforcez-vous de répondre le jour même à un supérieur.

Et n'oubliez pas qu'en amitié comme en amour la prévenance et l'empressement sont une obligation.

Fonctions et titres au féminin

A une femme ambassadeur, on n'écrira pas — et on ne dira pas — *Madame l'Ambassadrice,* formule réservée pour la femme de l'ambassadeur. On écrira (et l'on dira) : *Madame l'Ambassadeur.* En revanche, on emploiera : *Madame la Maréchale.*

En dehors de ces deux cas — le maréchalat et le titre d'ambassadeur sont des dignités et non des grades —, on emploiera dans la correspondance :

Le masculin pour

Madame l'Ambassadeur / le Ministre[1] / le Maire / le Docteur / le Notaire / le Préfet.

1. C'est l'usage — et le plus officiel — qui a tranché contre le grammairien. Aujourd'hui comme hier on dit — et écrit — *Madame* le *ministre*.

Le féminin pour

Madame la Présidente / la Conseillère,
le féminin de ces deux mots s'étant imposé.

Pour certaines fonctions, mieux vaudra tourner la difficulté. C'est le cas pour : *député* et *avocat*. On peut préférer écrire :

Madame X... avocat à la cour;

Madame X... député des...

Si vous savez qu'une avocate ou une femme député préfère le féminin, n'hésitez pas, bien entendu, à écrire *Madame la Députée, Madame l'Avocate.*

Lettre remise de la main à la main

Lorsqu'on vous remet une lettre pour un tiers, il est d'usage que celui qui vous la confie ne colle pas l'enveloppe. Il vous appartient de la clore devant lui : le secret d'une lettre est toujours à préserver.

Une lettre confiée à un domestique, à un coursier sera close par vous, bien entendu.

PREMIÈRE PARTIE

L'usage

1

Renseignements généraux

La lettre et le droit

Dès réception d'une lettre vous en devenez le propriétaire et vous pouvez en faire l'usage que vous désirez, *sauf* si votre correspondant a formulé des réserves en vous demandant de la détruire, de la lui renvoyer, de n'en donner communication à quiconque. Dans ces cas, c'est votre correspondant qui garde la propriété littéraire de sa prose. Telle est la loi française.

Interdictions : La divulgation d'un écrit est formellement interdite si celui-ci porte la mention « Confidentiel » tracée de la main de l'expéditeur. Possesseur d'écrits portant cette mention, vous ne pouvez les rendre publics sans l'accord des héritiers si votre correspondant est décédé.

Il est interdit de divulguer les lettres d'affaires adressées aux officiers ministériels, aux avocats ou aux ministres des cultes ainsi que les lettres de service des administrations.

Délais de conservation

Afin de préserver vos droits, il importe que vous gardiez votre correspondance entre *quinze jours* et *trente ans,* tout au moins en France. Après trente ans toutes les actions sont éteintes. Voici la liste indiquant le délai qui vous est imparti pour faire valoir vos droits et donc le délai de conservation de votre correspondance. Nous mentionnons également les différentes pièces et lettres qui sont les témoins de notre vie, et que l'on conservera jusqu'à sa mort.

Validité des feuilles de maladie.	15 jours
Action des salariés pour demander le reçu pour solde de tout compte. Action en contestation des décisions de l'assemblée des copropriétaires.	2 mois
Action pour le paiement aux ouvriers et gens de travail de leurs journées, fournitures et salaires.	6 mois

Action pour le paiement des leçons particulières *au mois* (5 ans si à l'année). Les notes d'hôtel, de restaurant et de pension et la justification de leur règlement.	6 mois
Action civile en matière de contravention. Action civile en matière de contrat de transport. Action en réclamation pour envoi d'un objet recommandé. Action en paiement de créances des maîtres de pension et d'apprentissage et des domestiques à l'année. Les certificats de ramonage. Les factures des transporteurs, la preuve de leur paiement et les récépissés de transport.	1 an
Actions en réclamation de paiement de factures de gaz et d'électricité. Action des assurés sociaux pour le paiement des prestations. Les quittances de primes d'assurances. Action en rescision ou réduction d'un partage d'ascendant. Action en rescision pour lésion d'une vente d'immeuble. Action des marchands pour les marchandises vendues à des non-marchands.	2 ans

Action contre le tiré accepteur d'une *lettre de change*, le souscripteur d'un *billet à ordre*, le tiré d'un *chèque* bancaire. Action civile pour un fait qualifié de délit.	3 ans
Les quittances des loyers et des fermages de biens immobiliers (sauf location en garni : 6 mois). Les pièces justificatives du paiement des intérêts de capitaux et bénéfices sociaux, des arrérages de rentes perpétuelles ou viagères ainsi que des pensions alimentaires, des retraites et cotisations de Sécurité sociale et d'allocations familiales, des créances résultant d'un contrat de travail (commis et employés payés au mois), des actions contre les associés et actions en nullité et en responsabilité dans les S. A. et les S. A. R. L., ainsi que le double des bulletins de paie.	5 ans
Les déclarations de revenus. Les copies des renseignements fournis à l'Administration des Finances. Les avertissements du percepteur. Les preuves du paiement de vos impôts.	6 ans
Les devis et marchés des architectes et des entrepreneurs (garantie décennale). Actions personnelles entre copropriétaires.	10 ans

Droits de reprise de l'Administration pour défaut de déclaration de succession.	20 ans
Les quittances et pièces justificatives de paiement de toutes indemnités en réparation d'un dommage.	30 ans
Le livret de famille. Le livret militaire et les pièces qui le complètent. Les diplômes universitaires. Le contrat de mariage. Les titres de propriété. Les factures des travaux ou réparations d'une certaine importance. Les testaments. Les livrets de Caisse d'Épargne. Les engagements de location et les baux. Les polices d'assurances et les preuves de leur résiliation. Tout ce qui concerne les pensions civiles et militaires. Tout ce qui concerne la retraite. Les dossiers médicaux importants : radiographies, analyses, certaines ordonnances.	Toute la vie

Il faut ajouter à cette liste les documents dont la durée de conservation n'est pas fixe :

— Les bulletins de salaire (jusqu'à liquidation de votre retraite);

— Les contrats de travail et de louage de service (pendant toute la durée du contrat et deux ans après sa résiliation);

— Les bons de garantie (pendant la durée de celle-ci);

— Les devis (jusqu'à l'établissement de la facture);

— L'autorisation de sortie de France d'un mineur (pendant la durée de cette autorisation) (voir p. 402);

— Les dossiers scolaires de vos enfants (jusqu'à la fin de leurs études et même après, principalement s'ils sont flatteurs);

— Les souches de carnets de chèques bancaires et postaux, les talons de mandats et virements, les reçus et quittances (ainsi que les factures auxquelles ils se rapportent).

Changement de domicile, qui prévenir ?

Lors d'un changement de domicile, il est indispensable d'aviser, outre vos relations et amis (voir cartes de visite, p. 83 et P. T. T., p. 404), un certain nombre d'administrations et d'organismes afin d'assurer la continuité des services. Il faut, en général, remplir une *formule spéciale fournie par l'organisme intéressé.*

— Allocations familiales et Allocation logement : Caisse d'allocations familiales.

— Assurances domicile et assurances automobile (en cas de changement d'immatriculation).

— Automobile en cas de changement de département, immatriculation nouvelle, et carte grise nouvelle. Renseignements : commissariat de police.

— Carte d'identité, passeport : faire enregistrer le changement d'adresse au commissariat de police.

— Comptes : informer les établissements financiers (C. C. P., banques, Caisse d'épargne, etc.) et procéder éventuellement au transfert de compte dans l'agence ou le bureau le plus proche de votre domicile.

— Courrier : les P. T. T. font suivre le courrier pendant *un an* à dater de votre départ : pour les abonnements de journaux, renvoyer la dernière bande reçue en y faisant figurer votre nouvelle adresse.

— Écoles : inscriptions écoles maternelles et primaires à la mairie du nouveau domicile (livret de famille, certificat de vaccination de l'enfant, justification de résidence); cantine scolaire.

— E. D. F.-G. D. F. : faire relever les compteurs au départ, faire établir un abonnement pour le nouveau domicile.

— Liste électorale : inscription à la mairie entre le 1er septembre et le 31 décembre (pièce d'identité ou livret de famille, justificatif de domicile).

— Impôts : faire connaître votre nouvelle adresse à votre *ancien* bureau de perception.

— Livret militaire : se présenter *personnellement* à la gendarmerie muni du livret militaire et d'un justificatif de domicile.

— Sécurité sociale : si vous venez de la région parisienne, informer votre *ancien* centre du changement de domicile, il procédera au transfert du dossier; si vous venez de province, demandez une formule spéciale au *nouveau* centre de paiement qui fera procéder au transfert du dossier.

— Téléphone (voir « Les P. T. T. », p. 410).

Couleurs et fantaisies

Lettres de tous les jours

Un beau papier blanc, qui ne boit pas, est toujours signe d'élégance, mais rien ne vous empêche de « personnaliser » votre courrier en choisissant un papier de couleur. La teinte en sera celle qui correspond à vos goûts. Une femme préférera les tons pastel, un homme appréciera une couleur franche, un bleu par exemple. Une fois une couleur adoptée, n'en changez plus et, surtout, n'oubliez pas que vos enveloppes doivent *toujours* être assorties à votre papier (voir « Enveloppes, p. 39). L'avantage d'une teinte « personnelle » est que, dans la masse du courrier, votre lettre se distinguera. Certes, cette distinction disparaîtra si plusieurs de vos correspondants ont choisi la même couleur, c'est pourquoi l'enveloppe est parfois frappée d'un monogramme (voir p. 35).

Lettres d'affaires

En France, le format utilisé pour les lettres officielles obéit à des normes précises ainsi que le format des lettres commerciales des administrations.

Depuis le 1er janvier 1970 sont seuls utilisés le format

$$21,0 \times 29,7 \text{ cm}$$

et le demi-format correspondant.

Pour les lettres d'affaires courantes, un papier blanc est employé dans la majorité des cas. Il n'en va pas de même pour les factures et imprimés divers, mais, et c'est l'A. F. N. O. R. qui nous le recommande (norme Q 01 - 004 « Nomenclature des appellations des couleurs des papiers et cartons), seules les teintes

blanc, bulle, orangé, bleu clair, vert clair, jaune paille, rose pâle

permettent des reproductions suffisamment contrastées en cas de photocopie ou de microcopie.

Une société, avant de choisir un papier de couleur, pour ses factures par exemple, aura donc tout intérêt à faire un essai pour s'assurer de la qualité de la photocopie.

Encres, stylos à bille, machine à écrire?

Encres. Les couleurs : noir, bleu-noir, bleu franc sont aujourd'hui les plus employées. Rien, cependant, ne vous empêche de préférer un violet foncé ou même un vert soutenu. (Cette couleur, ainsi que sa variante « bleu des mers du Sud », fort utilisée après la dernière guerre, passe de mode.) Un seul impératif est à respecter : que l'encre fasse un bon contraste avec la couleur de votre papier à lettres.

Comme pour votre papier à lettres, une fois une teinte choisie, n'en changez plus.

Stylos. De tels progrès ont été réalisés pour les stylos à encre synthétique, à « pointe », qu'ils sont devenus nos compagnons quotidiens; les fabricants vous proposent même des habillages en argent massif ! Ces stylos que l'on jette — pas ceux en argent ! — s'ils ne sont pas rechargeables ont aussi un avantage : ils peuvent être prêtés facilement.

Un conseil valable surtout pour les stylos à encre synthétique : veillez qu'ils soient en parfait état de marche (pas de feutre à la pointe effilochée, pas d'encre pâle). Enfin, choisissez une pointe correspondant à votre écriture : fine, moyenne, forte.

Dans la correspondance officielle, en dehors des textes dactylographiés, il vous faudra écrire au stylo à plume. Si vous devez ajouter une note manuscrite à une lettre d'affaires, évitez le stylo à bille.

Si votre écriture est vraiment illisible, vous pouvez avoir recours à la machine à écrire mais n'oubliez pas qu'il est toujours préférable d'indiquer à la main la formule de politesse.

Si vous correspondez fréquemment avec la même personne, vous pouvez ajouter une explication :

Je préfère utiliser ma machine à écrire pour correspondre avec vous, mon écriture étant souvent peu lisible.

Suit la formule de politesse écrite de votre main, ainsi qu'il est dit ci-dessus.

Monogrammes, adresse, initiales

L'usage du monogramme et l'emploi des initiales gravées subissent une certaine éclipse. Si vous désirez un monogramme, faites-le frapper ton sur ton si le papier est de couleur.

En revanche, l'indication de l'adresse, du numéro de téléphone est, à juste raison, devenue courantc. Que ce soit dans la disposition ou dans le choix des caractères, la plus grande simplicité est encore la marque du meilleur goût.

Pour la correspondance privée, il est, bien sûr, préférable de faire graver ces indications; il existe de nombreuses maisons spécialisées. A titre indicatif voici une disposition qui nous paraît remplir les conditions énoncées plus haut :

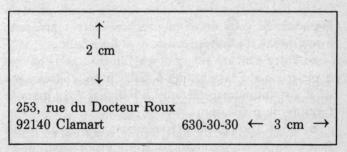

A l'exception de la virgule, placée après le numéro de la rue, il n'y a aucune ponctuation (cette virgule disparaît dans la rédaction des enveloppes, voir p. 45). L'indicatif téléphonique est séparé par des petits traits, parfois des points.

Si votre domicile est à la campagne, n'oubliez pas d'indiquer le code postal (celui du bureau de poste desservant votre « lieu-dit »).

▶ Une idée pratique

Vous pouvez faire graver un bloc qui servira pour vos cartes de visite, vos cartes-lettres, vos cartes de correspondance, vos enveloppes. En ce cas, la typographie devra être particulièrement soignée. Nom et adresse sont groupés.

Si vous utilisez plusieurs feuillets, vous pouvez fort bien n'employer qu'un seul feuillet gravé, le premier bien sûr. Veillez cependant que les autres soient de la même qualité de papier.

Pagination et marge

Si on emploie une feuille double, il est recommandé aujourd'hui d'écrire au dos du premier feuillet, de continuer sur le feuillet 3 et de terminer par le feuillet 4 (comme dans un livre). Si le texte est écrit sur deux feuillets, on peut passer du feuillet 1 au feuillet 3 mais l'usage du 1 - 3 - 2 - 4 s'est révélé mal commode et trop souvent agaçant.

Il est souhaitable de ne pas terminer la dernière page sans y avoir écrit au moins trois lignes. A l'inverse de cette recommandation, évitez d'écrire dans les marges, de surcharger, d'écrire la fin de votre lettre dans l'espace laissé libre au-dessus de l'en-tête et, surtout, ne croisez jamais les écritures. Votre correspondant aurait le plus grand mal à déchiffrer ce gribouillage.

Plus la marge est grande, plus marqué est le respect que vous témoignez (v. p. 88).

2

Les enveloppes

Les enveloppes seront, bien entendu, assorties au papier que vous avez choisi : il serait inélégant d'envoyer un feuillet blanc dans une enveloppe bleue — ou le contraire.

Les enveloppes doublées sont plus « nobles » et ont en outre l'avantage d'empêcher les yeux indiscrets de déchiffrer l'écriture par transparence. Il existe aussi des enveloppes dont l'intérieur est teinté de couleur foncée empêchant la lecture par transparence. Le tabac est particulièrement harmonieux.

Avant d'introduire votre lettre dans l'enveloppe, n'oubliez pas que l'emploi des machines à ouvrir le courrier se généralise. Pour éviter une coupure malencontreuse, engagez votre lettre du côté des franges; le dos de la pliure sera donc au haut de l'enveloppe.

Nous devons à l'obligeance du Secrétariat aux P. T. T. les conseils suivants. Ils ont trait à la correspondance sous enveloppe et par cartes dont le poids ne dépasse pas 20 g (35 g au maximum) (voir « Les P. T. T. », p. 392).

Les formats à utiliser

Les objets de forme allongée gardant une plus grande stabilité pendant leur transport, vos envois seront de forme rectangulaire. En France, leur longueur doit être égale ou supérieure à la hauteur multipliée par 1,4. Voici les limites dans lesquelles les enveloppes et les cartes seront réalisées :

	MINIMUM	MAXIMUM
Enveloppes ordinaires (ou à fenêtre)	longueur 140 mm hauteur 90 mm épaisseur	235 mm (tolérance 120 mm 2 mm) 5 mm
Cartes	longueur 140 mm hauteur 90 mm	148 mm (tolérance 105 mm 2 mm)

Dans les limites indiquées ci-dessus, il existe des enveloppes de formats standard normalisées :
90 $\times$ 140 mm; 110 $\times$ 155 mm; 114 $\times$ 162 mm; 110 $\times$ 220 mm.

La présentation du recto

Le recto des envois — c'est-à-dire la face qui reçoit l'adresse — est partagé en quatre zones qui ont chacune une affectation déterminée :
— zone d'affranchissement,

— zone d'inscription de l'adresse du destinataire,
— zone d'indexation,
— emplacement laissé à la disposition de l'expéditeur (raison sociale, adresse, publicité, etc.).
Il importe que les limites fixées pour chaque zone soient bien respectées (voir dessin).

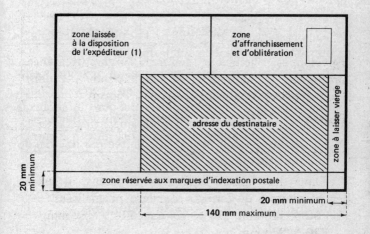

(1) L'adresse de l'expéditeur doit être portée de préférence dans la partie supérieure gauche de cette zone.

D'autre part, voici quelques conseils complémentaires :

▶ Utilisez des enveloppes et des cartes de couleur blanche ou du moins de teinte très claire — pour faciliter le travail des lecteurs et des trieuses automatiques.

▶ Le papier de l'enveloppe doit être suffisamment opaque pour que rien n'apparaisse du document placé à l'intérieur.

▶ Veillez que les caractères de l'adresse se détachent clairement et nettement sur le fond du papier.

▶ Si vous utilisez des enveloppes à fenêtre, cette dernière doit se situer à 15 mm au moins du bord latéral droit, à 20 mm au moins du bord inférieur et à 40 mm au moins du bord supérieur.

▶ La fenêtre ne doit pas être délimitée par une bande ou un trait de couleur.

Conseils généraux pour la rédaction

Premier principe : L'ensemble des informations constituant l'adresse doit s'ordonner sur six lignes au maximum. Dans le cas général, ces indications n'excèdent pas trois lignes, et il conviendra de séparer chaque information par une ligne en blanc. Les exemples d'adresse cités aux pages suivantes déterminent la position des lignes en blanc, si elles existent, en fonction des cas rencontrés. Il est recommandé de respecter ces indications.

*2*e *principe :* Les indications constituant l'adresse doivent être ordonnées sur les lignes et d'une ligne à l'autre pour aller, dans le sens de l'écriture, du particulier au général : c'est-à-dire partant du nom ou de la raison sociale du destinataire pour arriver au code postal et à la désignation du bureau distributeur :

Monsieur André DUBOIS

Escalier C Bâtiment Z

12 rue de la Pompe

45300 PITHIVIERS

Vous éviterez de disposer sur une même ligne l'adresse géographique (n° et voie) et d'autres mentions de localisation (escalier, bâtiment, bloc, entrée...). S'il n'est pas indispensable d'écrire le nom propre en entier avec des majuscules, il est recommandé d'écrire le nom de la ville en majuscules.

Quelques précisions

▶ La dernière ligne de l'adresse ne doit comporter que les seules indications du code postal suivies du nom du bureau distributeur en lettres capitales;

▶ Ne pas souligner la dernière ligne;

▶ Éviter les signes de ponctuation surtout dans les deux dernières lignes de l'adresse (lignes traitées par les lecteurs automatiques);

▶ Ne pas séparer les deux premiers chiffres du code des trois chiffres qui suivent.

Abréviations

DERNIÈRE LIGNE : Seules les abréviations ST et STE pour Saint et Sainte sont admises dans l'orthographe du nom du bureau distributeur.

AUTRES LIGNES : Ne recourir aux abréviations qu'en cas de véritable nécessité. Les voici, classées dans l'ordre décroissant de priorité.

— Abréger le type de la voie.

— Supprimer les articles (sauf pour les noms propres).

— Contracter les titres religieux, civils et militaires.

— Réduire les prénoms à leur initiale (ne pas abréger les prénoms dans la désignation du destinataire).

Ne jamais abréger le dernier mot alphabétique du nom de la voie car il représente l'élément fondamental de reconnaissance appelé mot « directeur ».

Abréviations des types de voies usuelles admises par les P. T. T. :

Allée	: ALL	Passage	: PAS
Avenue	: AV	Place	: PL
Boulevard	: BD	Quai	: QU
Chemin	: CHE	Route	: RTE
Cours	: CRS	Square	: SQ
Impasse	: IMP		

Rédaction des adresses du courrier privé (que les postiers appellent : courrier « ménages »).

Dans les exemples que nous donnons, remarquons qu'aucune ponctuation ne figure dans la rédaction (pas de virgule entre le numéro de la rue et son nom; pas de trait d'union aux noms composés et surtout aucun point ni blanc pour séparer les chiffres du code postal). Bien que contraires à nos habitudes, il faut accepter ces *recommandations* des P. T. T. Dans quelques années, une erreur de ce genre pourra retarder le tri du courrier, et mieux vaut nous plier dès maintenant à cette exigence de la machine.

Le prénom est fréquemment placé après le nom par beaucoup de services officiels. Nous laissons cet usage aux Administrations.

LA LOCALITÉ DE DESTINATION EST SIÈGE D'UN SEUL BUREAU DISTRIBUTEUR	CAS GÉNÉRAL	Monsieur P. SAUMON 2 rue du Docteur Maret 21000 DIJON
	CAS D'UNE VILLE DIVISÉE EN ARRONDISSEMENTS (Paris, Lyon, Marseille). Chaque arrondissement étant considéré comme une commune (le n° d'arrondissement est inclus dans le code; ici Marseille 7e).	Monsieur J. JACQUES 12 bd de la Corderie 13007 MARSEILLE

LA LOCALITÉ DE DESTINATION EST SIÈGE DE PLUSIEURS BUREAUX DISTRIBUTEURS. La circonscription postale desservie par chacun de ces bureaux est identifiée par les trois derniers chiffres	Monsieur DUPUYS Géomètre 12 rue du Midi 31400 TOULOUSE
LE LIEU DE DESTINATION (COMMUNE, QUARTIER, HAMEAU, LIEU-DIT) N'EST PAS SIÈGE D'UN BUREAU DISTRIBUTEUR. Ce lieu de destination doit figurer SEUL en avant-dernière ligne — St Laurent des Combes dans l'exemple —, la dernière ligne indiquant le bureau distributeur.	Monsieur BESSAC Viticulteur St Laurent des Combes 33330 SAINT ÉMILION

On trouvera en annexe « Les P. T. T. », p. 385-389, tous les cas envisagés par le ministère, notamment ceux relatifs au courrier « affaires ».

Rédaction des adresses internationales

Il est de l'intérêt des correspondants d'utiliser l'indicatif littéral particulier précédant le numéro postal d'acheminement dans l'adresse des objets à destination des pays *ayant adopté un système de code postal.*

La liste des pays ayant adhéré aux arrangements internationaux sur la coordination des systèmes de codage des adresses postales en vue du tri automatique est actuellement la suivante, avec leur indicatif de nationalité :

ALLEMAGNE	D	GRANDE-BRETAGNE	GB
(République Fédérale)		ITALIE	I
AUTRICHE	A	LICHTENSTEIN	FL
BELGIQUE	B	MONACO	MC
DANEMARK	DK	NORVÈGE	N
ESPAGNE	E	PORTUGAL	P
FINLANDE	SF	SUÈDE	S
FRANCE	F	SUISSE	CH
GRÈCE	GR	YOUGOSLAVIE	YU

L'adresse des envois postaux à destination de ces pays doit comporter :
— L'indicatif de nationalité suivi du groupe codé d'acheminement postal et séparé de ce dernier par un tiret,
— Le nom du bureau distributeur,
— Éventuellement, le nom en clair du pays de destination, inscrit en lettres capitales de préférence et sur la ligne qui suit celle où figure le nom du bureau distributeur.
Exemple :

Monsieur Charles PIGUET

Place Centrale

CH — 1315 LA SARRAZ

SUISSE

Noms, fonctions, titres

Les abréviations, en dehors du prénom, sont à proscrire. On n'écrira pas *M., Mme, Mlle Dubois*, mais *Monsieur, Madame, Mademoiselle*.

Dans la correspondance privée, il n'est plus d'usage d'indiquer, au-dessous du nom de famille, le titre du destinataire. Cependant, si vous pensez que cette précision puisse faire plaisir à votre correspondant, n'hésitez pas à l'ajouter. S'il existe plusieurs personnes ayant le même nom, habitant la même rue, le même étage écrivez le prénom sans l'abréger.

Conformément à l'usage qui s'est maintenu dans la correspondance adressée à un académicien, n'écrivez pas :

Monsieur Dubois, académicien
et encore moins : *Maître Dubois*

mais

Monsieur Dubois
de l'Académie française

Dans la correspondance d'affaires, en revanche, il est recommandé d'indiquer la qualité ou la profession du destinataire :

Monsieur Jean Dubois
Directeur des Fabrications

☛ Cas particuliers

Il s'agit essentiellement des médecins, des militaires, des notaires, des personnes titrées, des ecclésiastiques et des personnages officiels. Titre ou fonction prennent une majuscule.

MÉDECINS

> *Le Docteur Dubois*
> *Chef de clinique*

> *Monsieur le Professeur Dubois*

> *Madame le Docteur Jeanine Dubois*

Lettre destinée à un couple :
> *Le Docteur et Madame Dubois*

ou, mieux, si l'on n'est pas intime :
> *Monsieur le Docteur et Madame Dubois*

MILITAIRES

L'enveloppe sera libellée ainsi :

▶ Général

> *Le Général Dubois*

sans préciser son commandement.

▶ Officier supérieur

> *Le Colonel Dubois*
> *Commandant le 3ᵉ Régiment d'Infanterie*

▶ Officiers

> *Lieutenant Dubois*
> *3ᵉ Régiment de Chasseurs*

Pour les officiers généraux et les officiers supérieurs, d'inférieur à supérieur, on écrit :

> *Monsieur le Général / le Colonel*

▶ Marine

Dans la marine, le libellé est le même que pour les armées de terre et de l'air, *sauf s'il s'agit d'officiers subalternes*. En ce cas l'usage demande :

> *Monsieur Pierre Nions*
> *Enseigne de vaisseau*
> *A bord de la frégate « Le Rapide ».*

NOTAIRE, AVOCAT

> *Monsieur Pierre Nivois*
> *Notaire / Avocat*

Le titre de « maître » ne sera pas employé dans le libellé de l'enveloppe.

NOBLESSE

Les titres de noblesse figurent généralement sur le libellé. Deux cas peuvent se présenter. Entre amis et personnes de même milieu social on écrira :

> *Comte et comtesse de la Ruelle*
> *Comte Jean de la Ruelle*

mais toujours

> *Monsieur le Duc de Fécamp*

Si l'on n'est pas du même milieu social, il est préférable de faire précéder le titre de « Monsieur », « Madame » :

> *Madame la Comtesse de la Ruelle*
>
> *Monsieur le Comte et Madame la Comtesse de la Ruelle*

Rappelons qu'il ne faut jamais abréger un mot dans le libellé d'une enveloppe. Il est préférable de commencer plus à gauche en veillant cependant à y laisser un certain blanc, et d'écrire les noms sur deux lignes.

En aucun cas on n'écrira — et nous insistons sur ce point : *Monsieur le Comte de la Ruelle et Madame.* Cela est inconvenant et témoigne même d'une certaine goujaterie.

ECCLÉSIASTIQUES

Une grande simplicité se fait jour dans l'Église, et vous pouvez fort bien écrire : « Monsieur le Cardinal X » en laissant de côté « A Son Éminence ». Pour les traditionalistes, voici l'usage :

▶ Curé, vicaire, chanoine, aumônier

Monsieur l'Abbé Dubois
Curé de Saint-Joseph

Si l'on ignore le nom du prêtre :

Monsieur le Curé de Saint-Joseph

Monsieur l'Abbé Dubois
Aumônier du Lycée Charlemagne

▶ Religieux, religieuses

Le Révérend Père Dubois

Révérende Mère Nivoix
Supérieure du couvent
des Filles de la Charité

Mère Jeanne / Sœur Jeanne

▶ Supérieurs d'ordre

>   *Le Très Révérend Père Dubois*

▶ Abbé mitré

>   *Au Révérendissime Père Dubois*
>   *Abbé de ...*

▶ Archevêques, évêques

>   *A Son Excellence Monseigneur Dubois*
>   *Archevêque, Évêque de ...*

▶ Cardinaux

>   *A Son Éminence le Cardinal Marty*
>   *Archevêque de Paris*

▶ Au pape

>   *A Sa Sainteté*
>   *Sa Sainteté le Pape Paul VI*
>   *Palais du Vatican*
>   *Rome*
>   *Italie*

Aux bons soins de

Lorsque votre correspondant réside chez quelqu'un, il est préférable d'employer cette mention plutôt que *Chez Monsieur ...* Les initiales c/o ne doivent être utilisées que pour la correspondance avec l'étranger où elles seront parfaitement comprises des Anglo-Saxons puisqu'elles sont l'abréviation de *care of* (aux bons soins de).

Au dos de l'enveloppe

Il peut arriver que votre correspondant ait déménagé, que la ruc ait été débaptisée depuis un certain temps, ou que, par étourderie, vous ayez mal rédigé l'adresse. Pour toutes ces raisons, il est préférable d'indiquer votre adresse au dos de l'enveloppe. Votre lettre vous sera retournée rapidement sans s'attarder au « rebut ».

> Pour tous les renseignements postaux
> voir le chapitre « Les P.T.T. »

Personnages officiels

Une marque de considération peut être indiquée en mettant sur une ligne distincte la mention « A Monsieur » suivie de l'appel habituel. Ce procédé « classique », aujourd'hui un peu vieilli, un peu délaissé, peut être utilisé également pour les personnes que l'on veut distinguer.

A Monsieur
Monsieur le Président de la République

Notons que la correspondance, même en recommandé, adressée au Président de la République, bénéficie de la franchise postale (voir « Les P.T.T. », p. 382).

L'affranchissement

Bien entendu, il faut faire en sorte que notre correspondant ne soit pas passible d'une surtaxe. En cas de doute, mieux vaut se renseigner à la poste afin que l'affranchissement soit correct. Un pèse-lettres est toujours utile; il vous épargnera un dérangement, à la condition que vous ayez pris soin de ranger les « tarifs postaux » (voir p. 385 et p. 382) avec votre carnet de correspondance ou dans ce livre.

Coller un timbre à l'envers ou de biais est signe de négligence : ayez donc soin de le coller dans le bon sens, *à droite de l'enveloppe*.

Quand faut-il mettre un timbre pour la réponse?

En règle générale, il est recommandé de mettre un timbre pour la réponse à tout correspondant qui n'est pas chargé, par sa fonction, de vous donner les renseignements que vous sollicitez; par exemple, un maire, un instituteur, un curé.

Pour une demande de renseignements à une personne inconnue il peut être souhaitable de joindre un timbre. Certains organismes privés (tels les syndicats d'initiative) préfèrent que vous affranchissiez une enveloppe à votre nom. Ce procédé est recommandé, voire obligatoire, lorsque vous demandez une location par correspondance, à la S.N.C.F. par exemple.

Il est inutile de mettre un timbre lorsque vous envoyez un *curriculum vitæ,* lorsque vous vous adressez à une agence, à un fournisseur, etc.

Dans la correspondance strictement privée, les cas où l'on doit mettre un timbre pour la réponse sont rarissimes.

Si vous pensez que votre correspondant peut être gêné (jeunes enfants, personnes âgées), un bon moyen : joignez dans votre lettre des timbres dits de « collection ». Envoyés neufs, ils serviront à l'affranchissement et vous pourrez les conserver pour votre collection.

En aucun cas, ne renvoyez un timbre à l'expéditeur, celui-ci n'a certainement pas voulu vous froisser.

3

Les cartes

Les cartes-lettres et les cartes de correspondance

L'emploi des cartes-lettres est à peu près abandonné. Nous ne pouvons que conseiller de ne pas les utiliser, et de n'en faire en aucun cas usage d'inférieur à supérieur.

En revanche, la carte de correspondance peut être fort utile pour rédiger un message court, notamment pour accompagner un envoi. En ce cas, elle remplace la carte de visite. Malgré sa commodité, elle peut être considérée par certains comme un signe de désinvolture. En cas de doute, on limitera son emploi; ainsi, on s'abstiendra d'écrire un message sur une carte-correspondance à un supérieur, à une personne que l'on sait très stricte sur les usages et convenances.

Les cartes de vœux

Que ce soit pour souhaiter une fête, féliciter pour une naissance ou pour présenter des vœux en fin d'année, on choisira, comme pour les cartes postales, un sujet pouvant plaire.

Pour les vœux de fin d'année, on peut joindre la bonne action à la civilité en achetant les cartes éditées par certaines organisations humanitaires.

A un prix élevé, notons les cartes de vœux gravées au monogramme du couple, ornées d'une branche de houx. La carte est en pur chiffon et non plus en bristol.

Les cartes postales

La carte postale est un message particulier, qui a le double mérite de faire plaisir par la pensée que nous manifestons et aussi par sa valeur de collection. Mais n'oubliez pas que ce message sera amical ou ne sera pas. En effet, mieux vaut ne pas envoyer de cartes « en noir » ou « en couleurs » que de le faire en bloc le dernier jour des vacances, avec les formules stéréotypées du type « Pensées à tous », « Temps merveilleux ». Seule exception : si vous savez que votre correspondant est un collectionneur acharné. En ce cas, datez-la et ajoutez quand même un mot aimable (voir modèles, p. 275).

Si vous estimez devoir envoyer un message, faites-le judicieusement. Choisissez le paysage, l'œuvre d'art, et, pourquoi pas, la carte humoristique qui plaira à votre correspondant. Et personnalisez votre rédaction sans toutefois transgresser la discrétion imposée par le fait que, du facteur au concierge, votre carte peut être lue. Au besoin, mettez vos cartes sous enveloppe : elles parviendront plus vite à leur destinataire. N'oubliez pas de les affranchir au tarif « lettres ». Signez votre nom lisiblement, surtout si vous adressez une carte postale à votre supérieur hiérarchique, celui-ci en reçoit peut-être un grand nombre et votre message de fidélité, sans cette précaution, ira dans le grand trou des oubliettes.

▶ *Dimensions*. En France sont admis par les P. T. T. au tarif « Carte postale » les envois n'excédant pas 15 cm de longueur et 10,7 cm de largeur; les dimensions minimales sont de 14 cm × 9 cm (voir « Les P. T. T. », p. 390).

▶ *Particularités*. Seul l'affranchissement *au recto* est valable; ne placez donc pas le timbre sur le paysage que vous envoyez.

Si votre carte comporte un enregistrement sonore, vous devez obligatoirement la mettre sous enveloppe et l'affranchir en conséquence (voir « Les P. T. T. », p. 400).

4
La carte
de visite

La présentation de la carte de visite — messagère discrète — reflète votre bon goût et votre sens des convenances. Sauf si vous êtes artiste ou particulièrement non conformiste, ne choisissez pas un papier de fantaisie.

Le choix du bristol est d'une grande importance. Veillez-y tout particulièrement. Le procédé dit « graphité » ou « en relief », longtemps négligé, est aujourd'hui entré dans l'usage; bien qu'il ne soit pas aussi parfait que la gravure, n'hésitez pas à y recourir.

L'investissement d'une plaque gravée est vite rentabilisé, et les cartes gravées font plus « noble » que les cartes imprimées. Tout en reconnaissant qu'une carte gravée est de meilleur goût qu'une carte imprimée, il ne faut pas juger sur cela l'importance de votre correspondant, comme certains le faisaient il n'y a guère.

Nous vous avons déjà suggéré l'idée de faire graver un « bloc » pouvant servir aussi bien pour vos cartes-lettres que pour votre papier à lettres. Il sera utilisé également pour vos cartes de visite.

Il existe plusieurs formats : à chacun doit correspondre l'enveloppe. Ne glissez pas une petite carte dans une enveloppe trop grande. Les formats usuels sont :

155 mm $\times$ 95 mm
120 mm $\times$ 120 mm
 95 mm $\times$ 70 mm
 89 mm $\times$ 140 mm

En France, les P. T. T. n'acceptent pas les envois d'un format inférieur à ce dernier. Est-ce pour cela qu'il est le plus employé ?

Le plus grand format sera choisi par les hommes et les femmes exerçant une activité. Ainsi ils auront la place d'écrire un message relativement long. La carte d'une jeune fille est traditionnellement plus petite.

L'usage de la carte de visite rend de plus en plus de services — si vous êtes un fervent de son emploi, utilisez le format 120 $\times$ 120 en plaçant votre adresse en haut à gauche dans une italique discrète (et non pas en bas à droite comme c'est la coutume). Votre nom en majuscules sera centré à 2 ou 3 cm du bord supérieur de la carte. Ainsi vous disposerez d'un blanc important pour y écrire.

Cette carte vous servira pour votre correspondance

privée. Pour un usage professionnel, vous pouvez faire figurer votre nom légèrement décentré sur la gauche.

187, boulevard Saint-Germain 75006   *680-00-00*

JEAN MAURELLE

Mentions particulières

Les personnes exerçant une activité professionnelle auront deux types de cartes; l'une, à usage privé, ne comportera que le nom et l'adresse privée; l'autre, à usage professionnel, comportera le titre principal, plus rarement les fonctions ou les titres, et, bien sûr, l'adresse de la société.

Une carte privée ne comportera jamais de décorations; seuls les titres de *l'Académie française, Membre de l'Institut* sont admis.

Notons tout de suite que le signe ✻ Légion d'honheur, ⚜ Croix de guerre, etc., doit être placé *immédiatement après le patronyme*, jamais après une raison sociale. De plus, il est interdit de mentionner son appartenance à un grade de la Légion d'honneur dans un message publicitaire eu égard au caractère financier, industriel ou commercial qu'il revêt.

Si vos titres sont nombreux, n'indiquez que le principal, à moins que vous ne deviez préciser vos titres pour un usage professionnel. C'est ainsi qu'un médecin indiquera :

PIERRE DUBOIS
Ancien interne des Hôpitaux de Paris
Chef de clinique à la faculté de Montpellier

Un professeur

PAUL DUPONT
Agrégé de l'Université

Mais si Paul Dupont est président d'une association, il pourra faire graver cette distinction *avant* son titre d'agrégé.

PAUL DUPONT
Président de l'Association des Amis de Rabelais
Agrégé de l'Université

Bien entendu, Paul Dupont ne continuera pas à énumérer ses titres : *Vice-Président des Anciens de Grenoble, Secrétaire du Lycée Charlemagne,* etc.

En revanche, il fera figurer toute mention qu'il jugera utile, par exemple :

PAUL DUPONT
Président de l'Association des donneurs de sang

Voir pp. 70-71, des exemples de cartes d'affaires.

D'un ménage

Le nom propre sera précédé du prénom du mari, ce prénom écrit en toutes lettres, lequel sera précédé de la mention M. et Mme abrégée :

M. et Mme JEAN DUBOIS

La carte d'un ménage comportera, en bas à gauche, le numéro de téléphone. En bas, à droite, l'adresse, y compris le code postal complet.

M. et Mme JEAN DUBOIS

153, rue du Docteur Roux

T. 600.00.00   *92140 Clamart*

La carte collective d'un médecin sera rédigée ainsi :

Docteur et Mme Jean Dubois

Celle d'un officier :

Le Colonel et Mme Jean Dubois

Les titres de noblesse précèdent le nom :

Comte et Comtesse de la Sapinière

Si les mentions sont trop longues, on abrège le titre.
Ces modèles sont traditionnels. Depuis quelques
années, une évolution se fait jour, et les cartes aban-
donnant les « M. et Mme » gagnent du terrain. Les
prénoms remplacent ce pompeux « M. et Mme », le
prénom de la femme précède généralement celui du
mari.

Béatrice et Jean-Jacques Dubois
95 Montmorency
188 avenue de l'Émile
964.00.00

Sur ce modèle, le nom de la localité précède, pour
une raison de graphisme, le nom de la rue. Le code
postal est incomplet, ce qui est déconseillé par les
P.T.T.

D'une femme mariée, divorcée, qui travaille

Contrairement aux cartes masculines, la carte d'une femme mariée comportera, en toutes lettres, la mention *Madame* suivie de l'initiale du prénom de son mari (ou du prénom écrit non abrégé s'il y a risque de confusion — par exemple deux frères dont les prénoms sont Louis et Léon).

Madame J. DUBOIS

Mais ce protocolaire « Madame » n'est nullement obligatoire, et une femme mariée peut fort bien le remplacer par son prénom qui précédera donc celui de son mari écrit au long.

ODETTE JEAN DUBOIS

Une femme mariée ayant eu, jeune fille, une renommée certaine — et dans n'importe quel domaine : artistique, sportif, universitaire, etc., — fera suivre le nom de son mari du sien propre (ou de son pseudonyme) uni par un trait d'union :

ODETTE DUBOIS-DURAND

Le bon usage impose à une femme mariée n'exerçant aucune activité de n'indiquer ni adresse ni numéro de téléphone sur sa carte. En revanche, une femme

ayant une activité professionnelle, mentionnera tout
renseignement pouvant être utile soit à elle-même soit
à son correspondant.

Madame J. DUBOIS
Directrice d'école

T. 600.00.00

Il en va de même pour une femme ayant des fonctions officielles, ou exerçant une activité bénévole :

Madame J. DUBOIS
Vice-présidente de la Croix-Verte

T. 600.00.00   *153 bis rue du Général de Gaulle*
                                  92140 Clamart

▶ En aucun cas, une veuve ne fera précéder son nom
de la mention de son veuvage; elle mettra :

Madame JEAN DUBOIS

ou   ODETTE JEAN DUBOIS

▶ Après le prononcé d'un divorce, une femme conservera la mention *Madame* mais la fera suivre de son
prénom en toutes lettres et de son nom de jeune fille :

Madame ODETTE DUBOIS

Certes, si rien ne s'oppose aujourd'hui à une certaine « fantaisie », il est préférable d'observer ces
usages, mais ne soyez pas choqués si une femme
divorcée vous adresse une carte ne comportant que
nom et prénom :

ODETTE DUBOIS

Et, surtout, n'y voyez pas, messieurs, une « libération des mœurs » excessive — ce n'est, tout au plus, qu'une certaine simplicité.

▶ Devant un titre de noblesse, le mot *Madame* tombe :

COMTESSE DE LA SAPINIÈRE

D'une jeune fille

Qu'elle soit étudiante ou qu'elle exerce une activité, une jeune fille pense aujourd'hui qu'une carte de visite doit être pratique et donc comporter adresse et numéro de téléphone. Nous ne pouvons que souscrire à ce besoin d'efficacité tout en notant que, pour ne choquer personne, certaines jeunes filles devront disposer en plus d'une carte « classique » ne comportant que les nom et prénom précédés du mot *Mademoiselle*, sans autre mention.

A elles de savoir à qui les adresser.

D'un homme

Deux modèles de cartes sont le plus souvent indispensables, l'une personnelle, l'autre professionnelle. Dans les deux cas la mention *Monsieur* ne figure pas. Seuls sont indiqués le ou les prénoms et le nom. Bien

entendu, le prénom sera précédé du titre ou du grade
s'il y a lieu.

Colonel Jean Dubois

Docteur Jean Dubois

Seules les cartes de visite professionnelles compor-
teront titres ou fonctions (voir « Mentions particulières, p. 63).

Dans les affaires, deux cartes sont nécessaires.
L'une, au format permettant d'écrire; l'autre, pour
aide-mémoire seulement. Cette dernière sera au format 9 cm × 5 cm. Toutes les indications forment bloc
et se placent à gauche.

Gérard Duran
Président-Directeur Général
Cabinet des Loyers s.a. Assureur Conseil
188 rue de Caen Paris 8ᵉ tél. 292 00 00

Jean-Jacques Durand
287 avenue Niel Paris 17e
397 0000

Cet emplacement à gauche groupant toutes les informations laisse plus de place pour écrire. Il est pour cette raison de plus en plus employé. La typographie joue ici un rôle important.

DE L'USAGE DE LA CARTE DE VISITE

Le temps n'est plus où l'on déposait sa carte à tout propos — arrivée dans une ville, le 1er Janvier, etc. — et hors de propos. L'avantage procuré par une carte de visite est le gain de temps qu'elle permet, à condition qu'elle soit utilisée à bon escient : il serait désinvolte d'envoyer une carte de visite pour présenter ses condoléances à la veuve d'un ami; en revanche, elle est tout à fait admise pour marquer ses regrets à l'annonce du décès d'une personne proche, d'une relation, professionnelle ou non.

A vrai dire, la carte est principalement utilisée pour répondre, les annonces de naissance, de mariage ou de deuil se faisant principalement par faire-part. Cependant on utilise sa carte de visite pour inviter et répondre aux invitations; c'est le deuxième point (voir pp. 75 et 76).

1. LES INVITATIONS

A quelle date lancer les invitations?

Pour un déjeuner ou un dîner protocolaire, un cocktail, une réception, entre trois semaines et un mois d'avance; pour une réception entre intimes, huit à dix jours.

Comment inviter

Le téléphone ne peut être utilisé qu'entre intimes et pas plus de dix jours d'avance. En effet, un délai trop long mettrait votre interlocuteur dans l'embarras s'il désire décliner votre invitation : vous auriez l'air de lui forcer la main. Après acceptation, pensez à envoyer aux étourdis ou aux personnes âgées dont la mémoire faiblit une carte de visite « pense-bête ».

> M. et Mme LEBRUN
> *dîner vendredi 7 octobre,*
> *20 heures*

La carte de visite est le véhicule le plus pratique pour lancer une invitation et pour y répondre.

▶ N'oubliez pas que la rédaction se fait à la troisième personne et qu'une carte ne se signe pas.

Les invitations en général

Que ce soit pour un dîner, un cocktail, un goûter d'enfants, ou un séjour à la campagne, les termes seront simplifiés.

> M. et Mme JEAN DUBOIS
> *seront heureux de vous compter*
> *parmi leurs amis le dimanche*
> *30 mars*
> *A partir de 17 heures*

Si vous pensez qu'un doute peut se glisser dans l'esprit de vos invités, quant à la tenue à adopter, ajoutez la mention souhaitée à gauche de la carte :

> *Robe longue souhaitée*
> *Messieurs, tenue de ville*

Invitation à un événement important

A l'occasion d'un grand dîner, de noces d'or, etc., en fait pour toute invitation à une réunion nombreuse, si le carton d'invitation porte le mot « honneur » vous devez faire figurer ce mot dans votre réponse.

MONSIEUR ET MADAME JEAN DUBOIS
prient M... de leur faire l'honneur d'assister
au dîner qu'ils donneront le 30 mai, à 21 heures.

RÉPONSE :

MONSIEUR DURAND
adresse ses remerciements à Monsieur et Madame Dubois
pour leur aimable invitation à laquelle
il aura l'honneur de se rendre.

Si M. Durand est intime de M. et Mme Dubois, il ne se formalisera pas d'une carte imprimée portant le mot « honneur » et remplacera ce mot par « plaisir ».

Notons encore que si l'invitation est faite par une dame, veuve, divorcée... à un homme seul, celui-ci prendra soin d'exprimer son respect avant de signifier son acceptation ou d'employer le mot honneur.

Pour annuler un dîner, une réception

Un événement imprévisible vous oblige à annuler une réception. Envoyez une carte de visite en indiquant brièvement la raison.

M. et Mme P. LEBON
en raison d'un deuil, se voient
dans l'obligation d'annuler / de
repousser la réception prévue
pour le 8 septembre.

Ou, en cas de réception de fiançailles, par exemple :

M. et Mme P. LEBON
se voient, pour des raisons familiales,
dans l'obligation d'annuler la réception
prévue pour le 8 septembre.

▶ Un dîner entre intimes se décommande par téléphone.

2. COMMENT RÉPONDRE À UNE INVITATION

Plus la réponse est rapide, plus vous témoignez d'une politesse raffinée, *quelle que soit votre réponse.* Pour une invitation lancée un mois ou trois semaines d'avance, répondre une semaine avant la date est le dernier délai permis : pensez à la maîtresse de maison qui, dans un cas de refus, aura à lancer une autre invitation.

Acceptations

M. et Mme J. DUPONT
vous remercient de votre aimable
invitation à laquelle ils se rendront
avec grand plaisir.

MADAME JACQUES DUPONT
se fait une joie à la pensée de
vous rencontrer le jeudi 7.

Au cas où l'invitation demandait d'être accompagné, précisez dans votre réponse le nom de la personne.

JEANINE DURAND
très heureuse de votre aimable
invitation s'y rendra avec le
plus grand plaisir et sera
accompagnée par son ami Jean Legros.

Si l'heure indiquée ne peut être respectée, ou vous refusez l'invitation, ou, si vous êtes intimes, vous indiquez votre retard.

M. et Mme JACQUES LEBRUN
vous remercient de votre aimable invitation
à laquelle ils se rendront avec le plus grand
plaisir. Peut-être auront-ils un léger retard,
Jacques ayant un rendez-vous tard dans la journée.

Refus

Si les acceptations peuvent se faire en quelques mots, il n'en va pas de même en cas de refus. Mieux vaut parfois rédiger une carte-correspondance (modèles p. 204) qu'envoyer une carte de visite dont le caractère est toujours assez neutre.

M. et Mme J. DUPONT
vous remercient de votre aimable invitation.
Ils sont désolés de ne pouvoir être des vôtres,
étant déjà retenus par ailleurs.

JEANINE DURAND
*se serait fait une joie de passer la soirée
du 7 avec vous, mais, hélas ! un engagement
pris depuis longtemps l'en empêchera.*

3. LES ÉVÉNEMENTS DE LA VIE

Pour les lettres, v. p. 217 à p. 269.

Naissance

Bien que beaucoup de parents préfèrent annoncer une naissance au moyen de cartons gravés ou non (v. modèles p. 224), rien ne vous empêche d'avoir recours à la carte de visite.

M. et Mme DUBOIS
*sont heureux de vous faire part
de la naissance de François, le...*

Ou encore vous pouvez faire ajouter à votre carte un petit carton portant le nom de l'enfant. La couleur du ruban maintenant cette carte à la vôtre sera choisie en fonction du sexe du nouveau-né (modèle de lettre p. 224).

Vous pouvez fort bien utiliser votre carte de visite pour répondre à l'annonce d'une naissance. En ce cas, *vous formulez des vœux* pour la prospérité du bébé et vous *présentez des félicitations* aux parents.

M. et Mme DUPONT
forment des vœux de bonheur et de prospérité
pour le jeune Patrick et envoient
leurs amicales félicitations aux heureux parents.

Votre carte de visite accompagnera un cadeau sans mention manuscrite si vous avez déjà formulé des félicitations; mais elle comportera vos félicitations si vous ne l'avez point fait.

Fiançailles

La carte de visite est fort souvent utilisée pour annoncer les fiançailles et aussi pour lancer des invitations. A des intimes, les fiancés se contenteront d'annoncer la nouvelle en précisant le jour et l'heure de la réception, sans omettre le lieu où elle aura lieu.

JACQUELINE DUBOIS
sera heureuse de vous faire partager
son bonheur à l'occasion de ses fiançailles.
Réception le mardi 8 juin, à partir de 16 heures,
chez ses parents, 180, boulevard Saint-Michel.

JEAN DUPONT
sera heureux de te présenter Jacqueline
à l'occasion de nos fiançailles.
Réception le mardi 8 juin, à partir de 16 heures,
chez ses parents, M. et Mme Dubois, 180 bd Saint-Michel.
R. S. V. P. Je compte absolument sur toi.

Les parents de la jeune fille utiliseront leur carte.

M. et Mme DUBOIS
recevront à l'occasion des fiançailles
de Jacqueline et de Jean.
Mardi 8 juin, à partir de 16 heures.

Une carte de visite sera jointe aux cadeaux remis, sans mention manuscrite si on assiste à la réception; avec un petit mot, si on ne doit pas y venir (v. lettres p. 258).

Mariage

La carte de visite ne sert qu'à envoyer les vœux de bonheur aux futurs époux que l'on ne connaît que très peu ou des félicitations aux parents d'une relation d'affaires. Une lettre de félicitations est préférable (voir modèles p. 256).

M. et Mme J. LEBON
sont très heureux de vous présenter
leurs bien sincères félicitations et
forment des vœux de bonheur pour le futur couple.

ou pour refuser l'invitation :

M. et Mme J. LEBON
ont été heureux d'apprendre le prochain mariage
de Jean et de Jeanine.
Ils ne peuvent malheureusement assister
à la cérémonie mais forment des vœux sincères de bonheur
pour le jeune couple et vous adressent leurs félicitations.

Deuil

L'envoi de condoléances à l'aide d'une carte de visite ne peut être envisagé que pour des relations éloignées; elle reste courante dans les relations d'affaires. Une carte-lettre ou, mieux, une lettre est cependant préférable (modèles p. 261).

L'envoi d'une carte de visite peut remplacer la carte de remerciements (v. p. 324). Elle sera envoyée à toutes les personnes ayant manifesté leur sympathie à l'occasion du deuil.

M. et Mme DUBOIS
*vous remercient de la sympathie que
vous leur avez témoignée à l'occasion
de la perte de leur chère maman.*

Modèle 1

JACQUES DUBOIS
*apprenant la perte douloureuse qui
vous frappe, vous prie d'accepter
ses sincères condoléances.*

Modèle 2

*vous adresse ses condoléances
les plus sincères pour le deuil
qui vient de vous frapper et vous assure
de toute sa sympathie.*

Modèle 1

JEAN et JEANINE DUBOIS
*vous présentent leurs condoléances émues.
Ils s'associent à votre grande peine
et vous assurent de leurs prières pour le repos de l'âme
de votre chère grand-mère.*

Modèle 2

*Sincèrement affectés par la cruelle
épreuve qui vous frappe, vous présentent
leurs condoléances attristées.
Des obligations impérieuses les empêcheront d'assister
à la messe mais soyez assurés qu'ils seront par la pensée
et la prière avec chacun de vous.*

Pour accompagner un cadeau, un don, des honoraires

On joint sa carte *sans aucune inscription manuscrite*, pour accompagner un cadeau, un don à une œuvre de charité, etc. Ne pas oublier de la remettre au fleuriste pour un envoi de fleurs; au commerçant pour une liste de mariage.

Pour accompagner un chèque — montant des honoraires d'un médecin, d'un avocat, d'un notaire — la carte de visite est de rigueur; dans ce cas, on pourra faire mention, si cela n'a pas été fait précédemment soit par lettre soit par téléphone, de sa gratitude pour le service rendu.

Occasions diverses

La carte de visite sert également pour adresser des félicitations à un confrère, un collègue, une relation à l'occasion d'un *avancement*, d'une *remise de décoration*; aux enfants de vos amis pour les féliciter d'un *succès scolaire ou universitaire*.

Attention. Une femme s'abstiendra d'envoyer sa carte de visite à un homme célibataire — ou marié —, si elle ne connaît pas la femme de la personne qu'elle désire féliciter. Elle rédigera une courte lettre. Si elle est en relations avec le couple, la carte de visite reprend ses droits.

POUR UNE PROMOTION (lettre p. 215).

SUZANNE DURAND
a été heureuse d'apprendre votre promotion;
elle vous adresse ses très vives/chaleureuses félicitations.

POUR UN AVANCEMENT (lettre p. 213).

JEAN DUBOIS
vient d'apprendre votre nomination
à la tête du Service des Achats.
Il vous adresse toutes ses félicitations
et ses vœux de bonne réussite.

POUR UN SUCCÈS SCOLAIRE (v. lettre p. 212)

Modèle 1

M. et Mme DURAND
très heureux d'apprendre votre succès,
vous félicitent chaleureusement et vous souhaitent
une pleine réussite pour l'avenir si bien préparé.

Modèle 2

se font un plaisir de joindre leurs très sincères félicitations
à celles du jury qui vous a distingué.
Occasion, qui ne sera pas unique, espèrent-ils,
de se rappeler à votre souvenir et de vous adresser
toutes leurs amitiés

☞ Emplois particuliers

Ayez toujours sur vous quelques cartes de visite. Elles vous permettront de vous faire annoncer par un huissier sans qu'il déforme votre nom; vous pouvez, en certaines circonstances la remettre à l'interlocuteur que vous rencontrez pour la première fois : l'orthographe de votre nom ne sera pas écorchée. Vous pourrez éventuellement la présenter, pour la même raison, aux personnes qui remplissent pour vous des papiers : Sécurité sociale, banque, poste, etc.

Aujourd'hui, l'emploi de la carte cornée est rare. Rappelons-en l'usage :

Vous cornerez — en principe le coin supérieur droit — votre carte lorsque, voulant faire une visite, vous avez trouvé porte close, ou encore si vous craignez de gêner, par exemple en cas de maladie. Le dépôt de votre carte cornée indique votre passage personnel. Vous ne devez jamais envoyer une carte cornée par la poste. Cette délicatesse appelle une réaction du receveur, lequel pourra éventuellement se manifester par une communication téléphonique.

Pour un **changement de domicile,** rayez l'adresse, et calligraphiez la nouvelle.

Il existe dans le commerce des cartes amusantes qui seront imprimées avec votre nouvelle adresse.

5
La rédaction

Dans toute correspondance, il convient d'avoir le souci d'une certaine hiérarchie. C'est ainsi qu'un subordonné veillera à être déférent; un chef, bienveillant, et que se marquera le respect relatif aux différences d'âge et de sexe. Entre égaux, on observera une courtoisie polie.

Pour la correspondance privée, mieux vaut ne pas quitter un ton modéré, même pour une lettre de reproches.

Pour les lettres d'affaires comme pour les lettres privées, il convient d'observer une grande simplicité, sans emphase ni périphrases. On énoncera son opinion, on fera part de ses sentiments de façon claire, sans recourir à de longs discours. Une lettre de huit pages lassera votre correspondant et, si, en plus, votre écriture est peu lisible, il risque de ne pas aller jusqu'à la fin.

Deux exceptions à cette recommandation mais qui ne sont pas traitées dans cet ouvrage : les lettres d'amour, les lettres familiales courantes. Dans ces deux cas, un roman fleuve peut faire plaisir, mais ce sont les seuls.

Sachez construire votre missive : un beau désordre n'est pas toujours un effet de l'art; en matière épistolaire, c'est même le contraire. Au besoin, nous l'avons dit, faites un brouillon. Enfin, sachez présenter vos lettres : l'aspect joue ici un grand rôle et il n'est pas de cas où ne soit appréciée l'élégance d'une présentation claire et lisible.

☛ **Un conseil.** Si vous n'êtes pas sûr de l'orthographe du nom de votre correspondant — et si vous en avez la possibilité — cherchez-le dans le bottin ou téléphonez au standard de son bureau et faites-vous épeler son nom.

LES DÉBUTS D'UNE LETTRE

Date, lieu

La date se place à la partie supérieure droite du premier feuillet, en laissant une marge de 4 à 5 cm. Elle ne sera jamais abrégée. Elle peut être précédée du nom de la ville d'où vous écrivez, particulièrement si vous êtes en déplacement. Une virgule sépare le nom de la localité de la date. Ce sera la seule ponctuation (pas de point final). En dehors du nom de la ville, les mentions (jour ou mois) ne comportent pas de majuscule :

le 1er novembre 1975
Grenoble, le 1er novembre 1975

A gauche, vous pouvez inscrire votre adresse si vous le jugez utile.

En-tête

L'en-tête d'une lettre est constitué par ce qu'on est accoutumé de nommer l' « appel ». La rédaction et la présentation de cet appel revêtent une grande importance — analogue à celle de la formule finale de politesse, car c'est aussi un point sur lequel l'on jugera de notre savoir-écrire, c'est-à-dire, en fait, de notre savoir-vivre.

Bien entendu, cette rédaction varie suivant les destinataires qui peuvent se classer en trois grandes catégories :

— Avec fonction,
— Avec titre,
— Amicales.

Avant d'étudier la rédaction de ces appels, il faut penser à la présentation de la lettre et aussi savoir ce qu'il ne faut pas faire.

Présentation

Blanc. L'usage veut que, en haut de page, plus le blanc est important, plus vous exprimez de la considération pour votre correspondant. Là, comme partout, une juste mesure s'impose :

— *un quart de page* nous semble fort courtois,
— *un tiers de page* est fort respectueux.

Cette règle s'applique également aux marges de gauche : où l'on va de 2 cm à un tiers de page et même légèrement à droite dans la correspondance officielle (v. p. 112). On peut considérer 4 cm de blanc comme très acceptables dans la correspondance privée. Le tiers de la page et même un peu plus est réservé surtout pour les lettres adressées aux personnages officiels.

Résumé	
	Paris, 15 juin 1975
Privé Cher Ami	
Commercial Monsieur le Directeur,	
Administrations Monsieur le Contrôleur	
Personnalités Monsieur le Président,	

Le texte proprement dit de la lettre commencera deux lignes en dessous de l'appel.

Ce qu'il ne faut pas faire

Dans les lettres privées, n'ajoutez pas le nom du destinataire après l'appel comme il est d'usage de le faire en Italie ou en Allemagne :

Écrivez

> *Cher Monsieur*

et non

> *Cher Monsieur Dubois.*

(Certains publicitaires « personnalisent » leur message en ajoutant après *Monsieur, Madame,* le nom de leur correspondant. De même, le personnel bancaire ou hôtelier vous flatte en vous appelant nommément. Dans la correspondance, cette pratique devrait rester du domaine de la publicité.)

Cependant, d'un supérieur à un subordonné, « Cher Monsieur » peut paraître trop anonyme, « Cher Ami » trop familier; on peut considérer « Cher Monsieur Dubois » comme marquant une attention particulière.

Les mots « Monsieur », « Madame », « Mademoiselle », ayant un possessif pour premier élément, il est inutile de former un pléonasme en en ajoutant un devant ces trois mots.

> *Cher Monsieur*

et non

> **Mon cher Monsieur.*
>
> **Mon cher Monsieur Dubois* est à proscrire.

En-têtes avec fonctions ou titres

Dans les lettres officielles et dans les lettres d'affaires, il est d'usage de faire suivre le mot « Monsieur » de la fonction du destinataire.

FONCTIONS

> *Monsieur le Président-Directeur général*
> *Monsieur le Directeur*
> *Madame la Directrice*

L'en-tête sera placé, par exception, légèrement à droite de la page. Ne pas oublier qu'un président d'assemblée, un ministre, un ambassadeur gardent leur titre toute leur vie; les officiers d'active à la retraite, leur grade.

TITRES OFFICIELS

> *Monsieur le Président*
> (président de la République)
> *Monsieur le Premier Ministre*
> *Monsieur le Sénateur*
> *Monsieur le Percepteur*

Même si un échange de correspondance important s'est effectué, ne pas abandonner l'emploi du titre officiel avant d'être sûr que la personne ne s'en formalisera pas. Si un changement intervient, ce sera dans la formule finale (v. p. 97).

Plusieurs professions ou états ont leur appellation propre. C'est le cas pour les auteurs ou les artistes, connus, les notaires, les avocats, les membres du corps médical, le clergé. On emploiera pour les académiciens, notaires, avocats, huissiers, artistes célèbres les formules suivantes :

> Maître,
> Monsieur et cher Maître,
> Mon cher Maître.

Une grande simplicité semble souhaitée par nombre d'académiciens, d'artistes, etc., qui préfèrent que l'on emploie tout uniment « Monsieur ».

L'usage de « Maître » semble, en revanche, se conserver lorsqu'il s'agit des avocats, des notaires et autres officiers ministériels. Pour une première prise de contact, on écrira « Maître »; au cas où des relations cordiales s'établissent, on aura recours à « Mon cher Maître ».

CORPS MÉDICAL

> Monsieur le Professeur,
> Monsieur le Docteur,
> Docteur,
> Monsieur et cher Docteur,
> Madame et cher Docteur[1].

---

1. Voir p. 21, l'usage en ce qui concerne le féminin des professions.

En ce dernier cas, on indiquera sur l'enveloppe (v. p. 49).

> *Madame le Docteur X.*

NOBLESSE

En dehors des titres de *duc* et de *prince,* on ne marque que rarement les titres de noblesse :

Duc :

> *Monsieur le Duc,*
> *Madame la Duchesse.*

Si un duc est académicien, à « Maître » préférez :

> *Monsieur le Duc.*

Marquis, comte, vicomte, baron : le titre est précédé du mot *Monsieur,* mais ne s'emploie plus que pour solliciter une faveur, un emploi.

CLERGÉ

Une simplification dans la rédaction des titres ecclésiastiques se fait jour. Il n'est pas rare d'entendre — et d'écrire — *Mon Père* ou *Père* non seulement pour *Monsieur le Curé,* ou *Monsieur l'Abbé,* mais aussi pour des évêques. Cette simplification ne sera employée dans la correspondance que si l'on sait qu'elle sera agréée. Sinon, on aura recours à :

> Pape : *Très Saint-Père* (voir p. 52).
> Cardinaux : *Votre Éminence.*

Archevêques }
Évêques } *Monseigneur.*

Doyen, chanoine, curé, abbé, aumônier : le titre est précédé du mot *Monsieur le* ou *l'*.

ORDRES RELIGIEUX

Voici les titres des principaux ordres : bénédictins : *abbé primat;* chartreux : *ministre général;* jésuites : *prévôt* ou *préposé général;* trappistes : *abbé général;* oratoriens : *supérieur général.*

Supérieur : *Très Révérend Père; Révérendissime Mère.*

Religieux : *Révérend Père (nom); Ma Mère, Ma Sœur.*

Pour les religions réformée et juive, on emploiera :

Pasteur : *Monsieur le Pasteur*
Rabbin : *Monsieur le Docteur*
Monsieur le Rabbin.

OFFICIERS

On ne nomme un officier par son grade qu'à partir de celui de commandant. Sauf s'il a le même grade ou grade supérieur, un homme écrira :

Mon Général,
Mon Colonel,
Cher Colonel et Ami.

Une femme s'abstiendra toujours de placer le possessif devant le grade.

Dans la marine, le « mon » est proscrit pour les hommes comme pour les femmes :

> *Amiral*
>
> *Commandant*

Aucun titre n'est donné jusqu'au grade de capitaine de corvette.

A partir du grade de *capitaine de corvette* et jusqu'à *capitaine de vaisseau* on écrit :

> *Commandant*

Au-delà, pour *contre-amiral, vice-amiral, vice-amiral d'escadre* on écrit :

> *Amiral*

Aux maréchaux de France et à leurs épouses on écrit :

> *Monsieur le Maréchal*
>
> *Madame la Maréchale.*

En-têtes des lettres privées

Sous ce titre sont rassemblés les en-têtes se rapportant aux relations de tous les jours. C'est peut-être là qu'il faut faire le plus attention afin de ne pas vexer son correspondant, principalement dans les rapports avec des collègues ou des relations d'affaires.

A UN SUPÉRIEUR

Selon le degré de relations on écrira :

Monsieur ou *Cher Monsieur*
Madame ou *Chère Madame*

Un supérieur écrivant à ses subordonnés emploiera les mêmes en-têtes, auxquels il pourra ajouter, si le degré de collaboration le permet, le « mon » marquant une certaine marque d'estime (et non une certaine familiarité).

Mon cher Ami

ENTRE COLLÈGUES

Cher Monsieur, Cher Ami, Mon cher Ami,
Cher Confrère, Cher Collègue et Ami

L'usage vous apprendra si vous pouvez sans inconvénient faire usage du prénom. En ce cas, il faut éviter la familiarité et en rester au neutre :

Mon cher[1] Claude

D'une femme à un homme : suivant le degré de relations professionnelles :

Monsieur, Cher Monsieur, Cher Monsieur et Ami,
Cher Ami, Cher Claude (en évitant le possessif).

---

1. Aujourd'hui, on écrit *Mon cher...*, en mettant une minuscule à *cher*. Toutefois, si vous préférez *Mon Cher...* (avec une majuscule), n'oubliez pas de l'employer aussi dans la formule finale.

D'une femme à une femme ou *d'un homme à une femme.*

Si, pour les relations d'affaires, la formule varie beaucoup (voir p. 97), l'en-tête sera à peu près le même :

>*Madame, Monsieur* (froid et anonyme)
>
>*Chère Madame; Cher Monsieur* (le plus employé)
>
>*Chère Madame et Amie; Cher Monsieur et Ami* (exige de bonnes relations).
>
>*Chère Amie; Cher Ami* (suppose que les correspondants ont sympathisé).
>
>*Chère Suzanne; Cher Claude* (marque un degré de bonne entente et un souci de nouer de cordiales relations d'affaires... le plus souvent superficielles).

Toutes ces formules conviennent, bien entendu, pour les jeunes filles et il est courant d'employer alors leur prénom :

>*Chère Suzanne*
>
>*Ma chère Suzanne*
>
>*Ma petite Suzanne* (uniquement de femme à femme).

On a pu remarquer dans les exemples ci-dessus que les mots *Mademoiselle, Madame, Monsieur* ne sont jamais abrégés. Il faut respecter cette règle (voir p. 47). De même, il est d'usage de toujours mettre une majuscule aux substantifs employés dans les titres.

L'adresse

Si votre papier à lettres comporte votre raison sociale et votre adresse, gravées de préférence (voir p. 35), il n'y a pas de problème. Sinon, vous pouvez faire figurer, en haut à droite, votre adresse. Cette précaution est doublement utile : votre correspondant peut l'avoir égarée, et même si vous avez pris le soin d'écrire votre adresse au dos de l'enveloppe il peut avoir jeté celle-ci. Si votre lettre s'égare, elle sera ouverte par le Service du « Rebut » et vous reviendra. Pour éviter cette perte de temps, mettez toujours, nous le répétons, votre adresse au recto de vos enveloppes.

Pour la rédaction des enveloppes, voir p. 42 et, en Annexe, p. 385.

LES FINS DE LETTRE

Formules de politesse

Dernière touche donnée à votre correspondance, le choix d'une formule finale, souvent délicat, peut causer un embarras — embarras d'autant plus grand que de lui dépend l'impression ultime laissée à votre correspondant. Heureux les Anglo-Saxons qui terminent leurs lettres par

> *Sincerely yours*
> *Very truly yours*
> *Yours truly*

En France, cet usage n'est pas encore entré dans les mœurs, et le « Bien à vous », le « Sincèrement vôtre » sont peu employés, parce que considérés par beaucoup comme trop désinvoltes.

Nous présentons donc le choix le plus étendu possible devant convenir à la plupart des circonstances.

Notons dès à présent que l'on écrit sans les abréger, avec majuscule, comme dans l'appel, les mots *Monsieur, Madame, Mademoiselle,* et que ces mots ne sont **jamais** suivis du nom propre.

Si l'appel compte un titre ou une fonction, *Monsieur le Président,* par exemple, on l'utilisera aussi dans la formule finale :

> *Veuillez agréer, Monsieur le Président...*

Cela est une règle impérative. Veillez-y pour que votre appel ne soit pas *Monsieur le Directeur* et votre apostrophe finale, *Monsieur le Président,* même si votre correspondant cumule les fonctions de directeur et de président. En ce cas, choisissez toujours le titre ou la fonction le plus élevé en vous rappelant qu'un ministre, un président du conseil, un bâtonnier, restent, toute leur vie, *Monsieur le Ministre, Monsieur le Président, Monsieur le Bâtonnier.*

Un homme à un supérieur homme

Lorsqu'on écrit à un supérieur hiérarchique — même si on le connaît bien pour l'avoir rencontré chez des amis communs ou au cours de réceptions, etc. —, on lui marque *toujours* sa déférence, y compris dans une correspondance professionnelle pour éviter une mésentente. En ce cas, on peut se servir d'une formule « panachée » :

Veuillez croire, cher Monsieur, à mes sentiments cordiaux et respectueux.

Bien entendu, dans une lettre d'affaires tapée par une secrétaire seuls sont de mise des *sentiments respectueux*.

Voici, par ordre décroissant, les principales formules à employer.

Veuillez, je vous prie, Monsieur le Président, agréer l'expression de mon très profond / de mon respect[1]

Veuillez agréer, Monsieur le Ministre, l'expression de ma respectueuse considération.

Veuillez agréer, Monsieur l'Ambassadeur, l'assurance de ma très haute considération.

Seul le personnel diplomatique emploie dans ce cas le pluriel : *les* assurances; les règles de politesse et les formules qui en découlent pour cette catégorie de correspondants n'ont pas place dans cet ouvrage.

___

1. Voir p. 310 « Lettres au Président de la République ».

> *Veuillez agréer, Monsieur le Député / le Préfet, l'expression de ma très haute / haute considération.*

> *Veuillez agréer, Amiral* (sans « mon »), *mon Général, mon Colonel, l'expression de mon très profond respect / de mon respect / de mon respectueux dévouement.*

Si aucun lien particulier n'existe entre les correspondants, une formule neutre et courtoise est de rigueur :

> *Je vous prie de recevoir, Monsieur le Directeur, mes respectueuses salutations.*

> *Veuillez agréer, Monsieur, l'assurance de mes sentiments respectueux.*

> *Veuillez croire, Monsieur le Curé, à mes sentiments respectueux et déférents.*

Une femme à un supérieur

Naguère encore, une femme se devait d'éviter l'emploi du mot « sentiments » dans une formule finale de politesse. Cette règle est toujours valable dans la correspondance officielle échangée entre personnes d'une administration à une autre. Il nous semble cependant qu'en dehors de ce cas cet interdit n'est plus observé; une femme peut donc fort bien terminer sa lettre par :

> *Je vous prie d'agréer, Monsieur le Directeur, l'expression de mes sentiments respectueux.*

ou, plus classique :

> *Je vous prie d'agréer, Monsieur le Ministre, l'expression de mon profond respect.*

> *Veuillez croire, Monsieur le Directeur, à ma considération respectueuse / la plus respectueuse.*

> *Veuillez croire, Monsieur, à ma très haute considération.*

> *Je vous prie de croire, Monsieur le Directeur, à mon souvenir déférent / à mon respectueux souvenir.*

Si des relations quotidiennes ont créé une atmosphère amicale, les formules à employer peuvent revêtir un ton moins protocolaire, sans jamais tomber dans la familiarité ou dans les formules masculines telles que *Bien cordialement, Bien à vous.*

> *Croyez, cher Monsieur, à mon fidèle / respectueux souvenir.*

> *Agréez, cher Monsieur, mes cordiales salutations.*

Un homme à une femme

Un homme veillera tout particulièrement à sa formule finale lorsqu'il écrit à une femme, qu'elle soit sa collaboratrice, sa collègue ou plus élevée que lui dans la hiérarchie. En règle générale, il sera toujours courtois s'il adresse à une femme ses *hommages.*

> *Veuillez agréer, Madame la Présidente, l'hommage de mon profond respect / de mon respectueux dévouement.*

Daignez agréer, Madame, l'hommage de mon respect.

Je vous prie d'agréer, Madame, l'expression de ma respectueuse considération.

Je vous prie d'agréer, Madame la Directrice, mes respectueux hommages.

Je vous prie d'accepter, chère Madame, l'expression de mes sentiments les plus respectueux.

Pour des relations moins officielles, l'homme, comme la femme, choisit la formule en fonction de préférences personnelles et du degré de familiarité qui marque le style de ses rapports.

Agréez l'expression de mes sentiments les plus cordiaux / amicaux.

Croyez, chère Madame, à l'expression de mes sentiments les meilleurs.

Croyez à mon amical souvenir.

Croyez, chère Amie, à mes sentiments cordiaux.

Le clergé

Pour le clergé, bien que l'usage se simplifie aussi, il est de règle d'écrire :

CARDINAL

J'ai l'honneur d'être, avec le plus profond respect, de Votre Éminence, le très humble / très dévoué serviteur.

> *Veuillez agréer, Monsieur le Cardinal, l'assurance de ma plus respectueuse considération.*

ÉVÊQUE

> *Veuillez agréer, Monsieur, l'assurance de ma très respectueuse considération.*

ou, plus protocolaire :

> *J'ai l'honneur d'être, Monseigneur, de Votre Excellence, le très respectueux serviteur.*

SUPÉRIEURS D'ORDRES RELIGIEUX

> *Veuillez agréer [« Titres », p. 93] mes sentiments très respectueux.*

CURÉS, ABBÉS

> *Veuillez agréer, mon Père / Père, mes respectueux sentiments.*

A des relations amicales, à des parents

N'oubliez pas, en terminant votre lettre, de vous rappeler *à l'amitié / à l'affection / au bon souvenir* des membres de la famille proches de votre correspondant. Vous pouvez également user des formules suivantes :

> *Veuillez transmettre mes respects à Madame votre mère / grand-mère.*

Transmettez mes amitiés / mon amical souvenir à votre sœur / frère...

Veuillez me rappeler au bon souvenir de vos parents.

Présente mes bons souvenirs à ...

N'oublie pas d'embrasser Jeanine pour moi.

Selon le degré d'intimité vous formulez vos

Amitiés

en évitant les sincères amitiés, amitiés bien sincères, une amitié l'étant toujours.

Bien cordialement à vous / à toi

Amicalement

Meilleurs / Affectueux souvenirs.

D'un couple ami

Recevez, chers Amis, nos plus affectueuses pensées.

Veuillez croire, chers Amis, à notre souvenir bien amical / le plus cordial.

Nous vous adressons nos souvenirs les plus amicaux.

La signature

Lorsque vous écrivez à un correspondant qui n'est pas en mesure de reconnaître immédiatement votre écriture, n'oubliez pas de faire figurer votre nom sous votre signature, même si vous pensez que votre « griffe » est lisible (elle ne l'est souvent que pour vous). Cette recommandation est particulièrement valable à deux périodes de l'année :

> Au moment des vœux,
> Au moment des vacances.

Votre correspondant reçoit peut-être plusieurs dizaines de cartes, des centaines de messages. Il a à cœur de vous répondre : facilitez-lui cette courtoisie dont il voudra user à votre égard. Que de cartes postales nous posent un problème difficile : sous votre signature, mettez en petites lettres majuscules votre nom.

Une femme mariée, là encore, abandonne son nom de jeune fille. On ne signe plus *Madame Durand, née Dubois*. De même, une femme mariée, dans sa correspondance non intime, ne signera pas de son prénom en entier mais seulement de son initiale.

DEUXIÈME PARTIE

Les
modèles

1

Les lettres d'affaires

Principes généraux

Contrairement à une opinion trop souvent répandue, la lettre commerciale ne doit pas se distinguer par un style particulier. Le style ampoulé, en tout cas, est définitivement révolu. Aujourd'hui le ton de la correspondance commerciale se rapproche de celui de la langue parlée. Ce qui la distingue de la correspondance privée, c'est qu'elle ne comporte ni périphrases ni digressions. Il faut aborder directement le sujet, être concis et précis afin d'épargner toute perte de temps à votre correspondant.

▶ *Être clair*. Ne pas hésiter à numéroter les paragraphes en utilisant des chiffres romains 1, 2, 3 et, à l'intérieur de cette numération, des lettres a), b), c). Bien entendu, on ira à chaque fois à la ligne en créant un paragraphe. Les lettres a), b), c) seront légèrement décalées. Cette numérotation facilitera la réponse.

▶ *Être exact.* L'exactitude est une règle non seulement de politesse mais aussi d'efficacité. Vous n'écrirez pas par exemple : **Lors de notre dernière entrevue;* vous indiquerez la date. De même, vous éviterez le style dilatoire : **sous peu, *incessamment, *bientôt,* ou imprécis : **votre lettre du 10 courant,* pour *votre lettre du 10 juillet.*

▶ *Être courtois.* Même « surtout » serions-nous tenté d'écrire — si vous avez des reproches à adresser à votre correspondant, n'oubliez pas que la courtoisie (souvent oubliée de nos jours) est une règle essentielle du commerce. Les termes vifs tels que : *insensé, stupide, déplorable, absurde, mal venu, ridicule* seront bannis au profit de : *Nous déplorons votre attitude / Il eût été préférable.*

▶ *Être prudent.* Si vous n'êtes pas absolument certain du fait que vous allez énoncer, ou si vous pensez qu'une situation peut se modifier à la suite de votre échange de correspondance, employez des formules non péremptoires : *Il me semble que nous pourrons traiter / A mon avis, nous pourrions envisager / En tout état de cause il ressort que.* Sans oublier les *cependant, toutefois,* qui, au rebours de la « littérature », ont ici tout à fait leur place.

Ce qu'il faut éviter

▶ *Les préambules inutiles*. Ne pas commencer une lettre d'affaires par des considérations générales qui marqueraient (mal) l'objet de la lettre.

▶ *Les formules de politesse alambiquées*. La simplicité est de règle. Pas de tournures désuètes ou obséquieuses.

▶ *Les tournures familières ou contraires à la langue*. Même si vous connaissez bien votre correspondant, pensez que votre lettre sera lue par sa secrétaire, un de ses adjoints, etc. Proscrivez les phrases du genre :

Dans l'attente de vous lire / Au plaisir de vous lire / Passez-moi / Donnez-moi un coup de téléphone / Excusez du dérangement.

Écrivez :

Dans l'espoir d'une réponse rapide, favorable / Si vous le souhaitez, vous pouvez me joindre au téléphone / J'espère / Je souhaite que ma demande ne vous occasionne pas un trop grand dérangement.

(Voir liste des principales fautes à éviter p. 12).

▶ *N'abusez pas des abréviations*. Même si vous pensez que votre correspondant comprendra une abréviation, écrivez le mot en entier. Il est une règle impérative : dans une lettre commerciale, il faut être compris immédiatement.

Normes

En France, depuis le 1er janvier 1971, nous n'avons plus le loisir, dans la correspondance d'affaires, de laisser la fantaisie guider notre main. Les normes nous imposent une marge de

45 à 50 mm à gauche

20 mm à droite

La marge de gauche devra être obligatoirement constante.

Important : Au verso, il convient de laisser également 45 mm de marge sur la gauche du texte, afin de permettre de prendre connaissance de la totalité d'une lettre classée, sans la retirer de la reliure.

Papier

Le format, en France, est aujourd'hui normalisé : 21 cm × 29,7 cm.

L'original sera en papier assez fort (extra-strong, 80 g par exemple), blanc de préférence. Les copies seront des pelures blanches, sauf si les impératifs d'un classement intérieur interviennent. Ainsi les doubles des lettres comportant des factures auront une pelure rose; les doubles de la correspondance adressée à telle société seront sur pelure bleue, etc.

N'hésitez pas, si le modèle présenté par votre imprimeur ne vous plaît pas, à vous adresser à un graphiste. Au cours de nos recherches, nous avons vu le pire et, bien sûr, le meilleur. Un caractère sobre s'allie parfois à une certaine fantaisie et crée une page « noble ».

A l'attention de

Cette mention ne concerne que les lettres d'affaires. On la place en général dans la marge de gauche; le A prend une majuscule. Elle est toujours soulignée, ainsi que le nom de la personne (voir modèle p. 115).

Objet

Ayant pour but de résumer la lettre, cette mention est toujours suivie de deux points. Elle est séparée de *A l'attention de* par un léger blanc. On souligne généralement « Objet » alors que l'exposé peut ne pas l'être.

Références

Est placé sous *Objet*, et suit les mêmes règles.

Initiales d'identification (I. d.), pièces jointes (P. j.), copie conforme (C. c.)

Ces mentions, toujours abrégées, se placent en fin de lettre, dans la marge de gauche, à hauteur de la signature ou légèrement plus bas.

En premier, on indique les initiales du signataire en majuscules, celles de la dactylo en minuscules, séparées par une barre transversale. Viennent ensuite les initiales P. j. : (Pièces jointes) suivies de deux points; il est préférable d'en indiquer le nombre, voire la nature : 2. P. j. : chèques. En dessous, et séparés par un blanc, figurent les mots *Copie* ou *Copie conforme* (abrégé en c. c. ou C. c.) qui précèdent le nom de la personne à qui est destiné le double. S'il y a plusieurs destinataires, chaque nom sera placé sur une ligne différente, en commençant s'il y a lieu par le nom du directeur, suivi du nom des destinataires femmes, puis des destinataires hommes par ordre alphabétique.

RÉSUMÉ DES MENTIONS PARTICULIÈRES

[en-tête]

[date]

A l'attention de M. Dupont

Objet : Commande du...

Références : ...

[appel]

[signature]

J.D. / fm (initiales d'identification)
P.j. : ... (pièces jointes)

C.c. :
M. Durand
Mme Tardieu
M. Dupont

RÉSUMÉ DES APPELS ET DES FORMULES DE POLITESSE[1]

APPELS	FINS DE LETTRES
▶ **D'un homme**	
Monsieur / Messieurs Cher Monsieur	Veuillez agréer, Monsieur / Messieurs, l'assurance de mes sentiments distingués / les meilleurs.
Madame	Je vous prie d'agréer, Madame, l'expression de mes sentiments très respectueusement dévoués.
Chère Madame	Veuillez agréer, chère Madame, l'expression de mes sentiments très distingués.
Cher Monsieur et Ami (La formule de politesse dans le cas d'une relation d'affaires amicale sera, de préférence, inscrite de la main du rédacteur).	Je vous prie d'agréer, cher Ami, mes cordiales salutations / Avec toute mon amitié, je vous adresse mes cordiales salutations.

1. Voir p. 90 les appels : autorités civiles, militaires..., et p. 97 les formules finales de politesse.

Mademoiselle (dans le doute employer Madame)	Je vous prie de croire, Mademoiselle / Madame, à mes sentiments les meilleurs.
Monsieur le Directeur	Je vous prie d'agréer, Monsieur le Directeur, mes salutations distinguées.
Madame la Directrice	Je vous prie de recevoir / d'accepter, Madame la Directrice, l'hommage de tout mon respect / de mon respect.
▶ **D'une femme**	
Monsieur	Veuillez agréer, Monsieur, l'expression de mon profond respect. Daignez accepter, Monsieur, l'assurance de ma considération. Veuillez recevoir, Monsieur, mes respectueuses / cordiales salutations.
Cher Monsieur,	Croyez, cher Monsieur, à mon fidèle / respectueux souvenir.

▶ **Passe-partout**	
Monsieur / Messieurs	Nous vous prions d'agréer, Monsieur, nos salutations distinguées. Daignez accepter, Messieurs, l'assurance de notre considération.
Madame	Veuillez, je vous prie, Madame, accepter l'assurance de nos sentiments déférents / distingués / reconnaissants.

LES FORMULES D'INTRODUCTION

On trouvera dans le « Dictionnaire des 1 001 tournures », page 329, le détail de ces formules. Rappelons que le « je » ne doit être employé que si les relations rédacteur-destinataire le permettent et qu'il est préférable d'employer « nous ». De même, il est souhaitable d'user du style direct et de ne pas employer le participe présent au début d'un paragraphe.

A :

Souhaitant vous rencontrer bientôt ...

Préférer :

Je souhaite vous rencontrer bientôt ...

Accusé de réception

Nous avons bien reçu votre lettre du 10 juillet nous confirmant...

Nous accusons bonne réception de votre lettre du 10 juillet...

Nous vous remercions de votre lettre du 10 juillet...

Réponses

En réponse à votre lettre du 10 juillet, nous nous hâtons de...

Nous nous empressons de répondre à votre lettre du 10 juillet...

Selon votre désir exprimé dans votre lettre du 10 juillet...

Nous nous excusons de répondre si tard à votre lettre du...

Veuillez, je vous prie, nous excuser de répondre si tard à votre lettre...

Votre lettre du 10 juillet ne nous est parvenue que le 20 et nous nous empressons d'y répondre...

LES FORMULES DE CONCLUSION

Un certain nombre de phrases peuvent précéder la formule de politesse. En voici quelques exemples.

Dans l'attente de votre réponse, veuillez agréer...

Dans l'espoir d'une réponse rapide / positive de votre part, veuillez agréer...

Dans l'espoir que vous apporterez une prompte réponse à cette lettre, je vous prie de croire...

Nous vous remercions d'avance de bien vouloir veiller à cette commande / de bien vouloir examiner avec faveur notre demande...

Nous vous remercions d'avance et vous prions de croire...

Nous vous remercions de votre sollicitude et nous vous prions de...

Nous espérons que vous pourrez souscrire / donner suite à notre projet...

Nous espérons que vous pourrez nous donner une réponse affirmative et vous prions d'agréer, cher Monsieur, nos meilleures salutations.

En souhaitant / en espérant que vous ne nous tiendrez pas rigueur du retard apporté à notre réponse, nous vous prions d'agréer l'assurance de...

Nous vous prions d'excuser le retard apporté à...

Je vous prie de bien vouloir excuser ma secrétaire qui, en mon absence,...

Nous regrettons de vous avoir causé un tel dérangement et vous prions d'accepter nos excuses.

En vous priant de nous excuser pour tout le dérangement que nous venons de vous causer, croyez, s'il vous plaît...

Nous vous remercions du service que vous venez de nous rendre, en espérant pouvoir vous être utile dans une semblable occasion, et vous prions de croire...

Dans l'espoir que nous parviendrons à un accord, je vous prie...

Je vous prie de bien vouloir me fixer un rendez-vous à une date rapprochée, et dans cette attente, croyez...

Nous pourrions prendre rapidement rendez-vous; auriez-vous l'amabilité de m'indiquer la date et l'heure qui vous conviendraient le mieux. Dans cette attente...

▶ **Remarque.** Certaines de ces formules sont à la limite de l'obséquiosité. Elles ne sont à utiliser que si une faute grave a été commise.

1. MODÈLES :
LE MONDE DU TRAVAIL

Pour postuler un emploi

Modèle 1

Date ...

Monsieur,

Voilà déjà quelque temps que j'ai terminé mes études / mon apprentissage et je recherche activement un emploi depuis [...] mais jusqu'à présent aucune offre ne correspondait à ma formation.

J'apprends par mon professeur, M. X / par un de mes amis, M. X /, par un de vos ouvriers / employés, M. X, que vous envisagez l'embauche / la création d'un emploi de ...

Je me permets de poser ma candidature à ce poste, et soyez assuré que je ferai tout pour le remplir au mieux de nos intérêts communs.

Dégagé de mes obligations militaires, je suis libre immédiatement. J'espère que le *curriculum vitæ* que je joins à ma lettre vous permettra d'examiner ma demande avec bienveillance, ce dont je vous remercie.

Veuillez agréer, Monsieur, l'assurance de mes sentiments distingués.

Pour postuler un emploi

Modèle 2 : lieu de travail

Lettres à adresser aux chefs du personnel des entreprises situées près de votre domicile / Agence de l'emploi...

Date...

Monsieur,

Au cas où votre entreprise serait à la recherche d'employés / de secrétaires, j'ai l'honneur de poser ma candidature au poste de [...].

C'est avec regret que je quitterai la Société X, qui m'emploie depuis trois ans, mais par suite d'une décentralisation / d'un déménagement (etc.), les temps de trajet sont tels que je désire trouver une situation près de mon domicile, ce qui est le cas de votre entreprise.

Je joins à ma lettre mon curriculum vitæ. Mon chef de service, à qui j'ai fait part de ma démarche auprès de vous, pourra, si vous le désirez, vous donner tous renseignements. Il s'agit de M. ..., tél. ...

Dans l'espoir que ma demande retiendra votre attention, je vous prie d'agréer, Monsieur, l'expression de mes sentiments dévoués.

Pour postuler un emploi

Modèle 3

Date ...

Monsieur,

Ayant appris par mon ancien professeur, M. Dubois, qui veut bien m'autoriser à me prévaloir de son nom auprès de vous, que vous recherchiez une personne capable d'occuper les fonctions de secrétaire / rédacteur ... je me permets de vous faire parvenir quelques renseignements.

Mon activité s'est exercée à la Société de ... pendant ... .

à la Société ... que j'ai quittée pour une question de convenances personnelles / qui a dû procéder à une compression de personnel.

Je vous prie de trouver ci-joint mon *curriculum vitae*. M. Dubois se tient à votre disposition pour vous donner tous renseignements pouvant vous être utiles. Vous pouvez l'appeler, m'a-t-il dit, sans le déranger [nº de tél.], entre 10 heures et midi.

Veuillez agréer, Monsieur, l'expression de ma considération respectueuse.

RÉPONSE

Date ...

Monsieur,

M. Dubois a bien fait de vous recommander à notre attention et vous ne pouviez avoir meilleur introducteur.

Veuillez prendre contact avec notre service du personnel en appelant le ...

En attendant, présentez, je vous prie, à M. Dubois, mon amical souvenir.

Je vous prie de croire, Monsieur, à l'expression de notre considération distinguée.

Emploi au pair

Il convient aux deux parties de se mettre parfaitement d'accord sur les modalités d'occupations (horaires, garde des enfants, tâches ménagères). Bien qu'une personne employée au pair ne fasse pas partie du personnel domestique, vous devez cependant être en règle avec la législation actuelle (assurances, etc.).

DEMANDE

Date ...

Madame,

Mme X. m'a priée de me mettre en rapport avec vous au sujet d'un emploi au pair pour le mois de juillet.

J'aime beaucoup les enfants et je serai heureuse de m'en occuper.

J'ai dix-huit ans et je termine mes études secondaires. Mon dernier examen aura lieu le 26 juin, je serai donc libre pour le 1er juillet.

En souhaitant que grâce à Mme X. ma candidature puisse vous agréer, j'attends votre réponse.

Recevez, Madame, mes respectueuses salutations.

RÉPONSE POSITIVE

Date ...

Mademoiselle,

C'est avec grand plaisir que j'envisage de partager avec vous, au mois de juillet, mes tâches de mère de famille.

Vous aurez à vous occuper plus particulièrement de Valérie (6 ans) et de Thomas (3 ans). Ce sont deux enfants relativement faciles et j'espère qu'ils vous adopteront.

En dehors de cette occupation, acceptez-vous d'effectuer avec nous les petits travaux quotidiens?

A l'exception de quelques soirées où nous sortirons, vous serez libre de votre temps.

Bien entendu, vous pourrez profiter avec nous et les enfants de nos loisirs, surtout si vous aimez vous baigner.

Nous prendrons nos repas en commun, mais vous pourrez vous libérer pour celui du soir si vous le désirez.

Croyez, Mademoiselle, à l'expression de nos sentiments les meilleurs.

Recommandation pour un emploi

Modèle 1 : engageant votre crédit

Date ...

Cher Monsieur,

Notre ami commun, M. Dubois, m'a fait part de votre souhait de trouver un homme efficace pour s'occuper de ... .

Je me permets de vous recommander M. Jean Laborde, le fils d'un de nos employés. J'ai eu l'occasion de m'entretenir de nombreuses fois avec lui, et de le conseiller dans ses études. C'est un garçon remarquable et qui mérite qu'on lui fasse confiance. Il souhaite quitter l'entreprise où il travaille actuellement afin d'élargir ses connaissances et, d'après ce que m'a dit M. Dubois, le poste que vous avez à pourvoir correspond exactement à son souhait. Pourriez-vous le recevoir?

Je vous en remercie.

Veuillez croire, cher Monsieur, à mon souvenir le meilleur.

Modèle 2 : passe-partout

Date ...

Monsieur,

Un de mes collaborateurs, M. Dubois, me signale qu'un poste de secrétaire est actuellement vacant dans votre société.

Voici de quoi il s'agit : le fils de M. Dubois, Jacques, a terminé son temps d'obligations militaires et travaille depuis six mois à la société X. Son emploi actuel ne correspond pas du tout à ses aspirations et un de ses camarades lui a signalé le poste à pourvoir chez vous. Il semble souhaiter ardemment que sa candidature aboutisse à un résultat heureux. Auriez-vous l'amabilité de l'examiner avec bienveillance? Je vous en remercie et vous joins son curriculum vitæ.

Veuillez agréer, Monsieur, l'expression de mes sentiments reconnaissants.

Lettre d'excuses
pour une recommandation trahie

Date ...

Monsieur,

Le 5 avril dernier, je vous recommandais Jacques Dubois, le fils d'un de mes collaborateurs. J'apprends que vous avez dû le congédier à la suite de plusieurs indélicatesses.

Je n'aurais pas agi, en de semblables circonstances, autrement que vous.

Je garde toute ma considération à M. Dubois et je ne peux que déplorer avec lui la conduite inqualifiable de son fils. Il a abusé de notre confiance, et a trahi la vôtre. Puisse-t-il comprendre la peine immense qu'il a faite à ses parents et le préjudice qu'il nous a causé.

Je suis certain que cet incident déplorable n'altérera en rien nos bonnes relations et je ne puis que vous répéter combien je le déplore.

Avec tous mes regrets, je vous prie de recevoir, Monsieur, l'expression de ma considération distinguée.

Demande de renseignements

Modèle 1 : au sujet d'une employée

Date ...

Mon cher Ami,

Notre confrère, M. Dubois, me recommande pour occuper les fonctions de [...] Mlle X. Vous connaissez les responsabilités qu'exige ce poste : discrétion absolue, courtoisie envers nos clients et, en plus, disponibilité très grande, eu égard aux horaires qui lui seront demandés — largement compensés du reste par la possibilité que je lui offrirai de prendre de nombreux congés. Tout à fait confidentiellement, pensez-vous que je puisse faire confiance à Mlle X? Elle m'a dit avoir travaillé chez vous trois mois et je fais plus cas de votre avis que de celui de M. Dubois avec qui elle n'a eu que des relations amicales. L'amitié et le travail étant deux choses fort distinctes, je vous remercie de me répondre sur un plan strictement professionnel.

En vous renouvelant l'assurance de ma discrétion la plus complète, croyez, cher Ami, à mon souvenir le meilleur.

Modèle 2 : d'un ouvrier

Date ...

Messieurs,

M. Francis Bouffard sollicite un poste de [...] dans notre Société. D'après son certificat de travail, il aurait été employé chez vous du [...] au [...]. Le poste qui est vacant nécessite un sens aigu des relations humaines et de la bonne camaraderie. Je vous serai très reconnaissant de bien vouloir m'indiquer, à titre strictement confidentiel, si M. Francis Bouffard possède bien ces qualités.

Je vous remercie à l'avance, Messieurs, de votre amabilité, et vous prie de croire à l'expression de mes sentiments distingués.

Modèle 3 : **d'un cadre**

Date ...

Confidentiel

A M. le chef du Personnel

Monsieur,

Après avoir pris contact avec votre secrétaire, je vous écris pour vous demander, à titre strictement confidentiel, votre opinion sur M. Daniel Roulard qui sollicite un poste de [...] dans notre Société. Dans un très proche avenir, nous pensons lui confier certaines responsabilités qui l'amèneront à avoir accès à des documents secrets, et nous voudrions nous entourer de toutes les garanties possibles.

Votre réponse nous sera précieuse et je vous en remercie bien vivement. Si vous le désirez, vous pouvez me joindre au téléphone entre dix heures et treize heures.

Veuillez agréer, Monsieur, l'expression de mes sentiments les meilleurs.

RÉPONSE NÉGATIVE

Date ...

Monsieur,

Effectivement, j'ai employé Mlle X du 1er avril au 30 juin. Elle a été une très bonne secrétaire pendant un mois, et je comprends que notre confrère Dubois vous la recommande, car cette jeune fille semblait devoir donner toutes satisfactions. Hélas! elle s'est montrée incapable de supporter un horaire fixe, et ses retards, voire ses absences, se sont tellement multipliés que j'ai dû m'en séparer. Peut-être l'expérience lui aura-t-elle appris à se plier à une vie professionnelle plus conforme à la réalité qu'à ses rêves mais vous me demandez un avis et je vous le donne pour la période où j'ai été à même de juger du comportement professionnel de Mlle X, sachant que je puis compter sur votre discrétion.

Croyez, cher Ami, à mon amical souvenir.

RÉPONSE POSITIVE

Date ...

Cher Ami,

M. Dubois a tout à fait raison de vous recommander Mlle X. Elle a été durant les trois mois qu'elle a passés à mon secrétariat d'une conscience professionnelle digne de tout éloge. Efficace dans le travail, elle a en plus une rare qualité : son égalité d'humeur est remarquable. C'est de son propre chef qu'elle nous a quittés, à la suite d'un déménagement. Deux heures de trajet ne lui permettaient pas de rester dans notre société. Elle a dû retrouver une place aussitôt près de son domicile chez un de mes confrères, M. Y., qui n'a qu'à s'en louer. Je crois du reste savoir que, si elle désire entrer chez vous, c'est parce que vos activités correspondent plus à ses aspirations.

Vous pouvez faire confiance à M. Dubois et à moi-même et engager Mlle X.

Croyez, cher Ami, à mon souvenir le meilleur.

Le certificat de travail

Demande d'un certificat de travail. A adresser au chef du personnel.

Date ...

Nom ...

Adresse ...

Monsieur,

Mon nouvel employeur me réclame de toute urgence un certificat de travail. Je me permets de vous rappeler que j'ai été chez vous en qualité de [...]

du 1er mars 1968 au 30 juin 1972.

En vous remerciant de veiller à ce que cet envoi soit fait dans les meilleurs délais, veuillez recevoir, Monsieur, mes respectueuses salutations.

Rédaction d'un certificat de travail

Tout travailleur est en droit d'exiger ce certificat. Aucune appréciation désobligeante ne doit y figurer. En revanche, toute observation pouvant servir le travailleur est autorisée.

Je soussigné [nom, prénom adresse] certifie que M / Mme / Mlle [...] a été employé/e à mon service en qualité de [...] / a occupé le poste de [...] du [...] au [...].

M / Mme / Mlle ... me quitte ce jour [...], libre de tout engagement.

Daté / signé

Avant la date, vous pouvez ajouter les appréciations si celles-ci sont favorables, par exemple :

> M / Mme / Mlle ... m'a toujours donné la plus grande satisfaction et je m'en sépare avec regret.

Contrat de travail d'une employée de maison

Seul un exemple de contrat de travail concernant les employés de maison nous semble devoir être cité ici. Notons toutefois que ce sont les conventions collectives et non le Code du travail qui obligent à rédiger (ou non) cet acte.

Ce contrat n'a d'ailleurs aucun caractère obligatoire et doit être librement rédigé entre les parties.

> Mademoiselle DUBOIS, 22 ans, 52 Grande Rue, LE MANS est entrée le 30 juin en qualité d'employée de maison.
>
> Cette fonction comporte les travaux d'intérieur courants à l'exclusion des parquets et des vitres.
>
> Il est bien entendu que les travaux courants comportent le ménage, la cuisine, le lavage et le repassage, les courses et le service de la table jusqu'à 20 h 30.
>
> Ses occupations s'effectueront : environ 8 mois 1/2 à Paris, 2 mois à La Trinité-sur-Mer ou tout autre lieu de vacances.
>
> *Horaire :* Huit heures par jour réparties en principe entre 8 h et 20 h 30.

Repos quotidien : 4 heures après le service du déjeuner de midi plus 1 heure le matin.

Congé : du samedi 14 h au lundi matin 8 h.

Vacances : 4 semaines en dehors des mois de juillet et août plus une semaine soit à Pâques, soit à Noël.

Logement : ce logement, chambre avec cabinet de toilette, situé dans l'appartement, sera libéré, obligatoirement, dès la cessation de ce contrat.

LES PETITES ANNONCES

La rédaction

Qu'il s'agisse d'une offre ou d'une demande d'emploi, l'essentiel est de faire ressortir le poste à pourvoir ou à demander. L'offre est en général plus détaillée, l'employeur n'hésitant pas à utiliser autant de lignes qu'il lui paraît nécessaire.

Il devra donc préciser exactement le « profil » du personnel qu'il recherche, donner le maximum de renseignements capables « d'allécher » les candidats. C'est ainsi qu'il mentionnera le lieu de travail, les horaires, cantine ou tickets restaurant, l'expérience souhaitée, l'inscription éventuelle à une caisse de cadres, s'il existe une participation aux bénéfices, s'il y a un 13e mois, quelles sont les possibilités de trouver un logement, les époques et les durées des vacances... Le texte de l'annonce devra comporter peu d'abréviations, celles-ci donnant lieu à de fréquentes incertitudes. Le demandeur n'utilisera que les abréviations facilement identifiables.

Exemples d'offres d'emploi

Dentiste recherche fme de ménage parlant bien le français.

7 h - 13 h y compris le samedi. Réf. exigées. Se présenter samedi de 10 h à 12 h [adresse].

Importante société commerciale. **Spécialiste du vêtement** offre situation stable et d'avenir à **attachés commerciaux.** Après un stage de formation, possibilité d'atteindre un salaire élevé fixe + commissions. Caisse de cadres. Voiture indispensable. Possibilité de logement à [...]. Vacances août possibles. Les candidats devront avoir une expérience de trois ans. Tél. pour rendez-vous : [...]

Exemples de demande d'emploi

Licencié ès sciences écon. 3 ans exp. secret. de direction banque privée, connaissances juridiction du travail, ch. poste avec initiatives. [adresse]

F. de m. cherche emploi, après-midi seulement. [adresse]

Dactylo, 3 ans expérience, libre. Salaire 3 200. [adresse]

Secrétaire diplômée débutante, cherche place fixe près St-Lazare de préférence. [adresse]

Réponse à une petite annonce

Date...

[Nom; adresse]

Monsieur,

Dans *La Vie active* datée du [...], j'ai remarqué votre annonce et je vous écris aussitôt, car le poste que vous proposez semble correspondre tout à fait à mes aspirations.

Agée de 28 ans, mariée, un enfant de 2 ans, je suis depuis trois ans secrétaire à la Société X, située dans le 6ᵉ arrondissement. Mon salaire annuel est de [...]

Après des études secondaires, j'ai obtenu en 197 [...] le diplôme de secrétaire-sténo-dactylo de l'école de [...]

J'ai suivi pendant [...] ans les cours de la Chambre de commerce britannique; j'écris et je parle couramment l'anglais; j'ai de bonnes notions d'allemand.

Votre maison étant située à Versailles, j'économiserai un temps précieux de trajet.

Le préavis que je dois à la société qui m'emploie est en principe de deux mois mais je pense que je pourrai obtenir une diminution de ce délai.

Veuillez agréer, Monsieur, mes sincères salutations.

RÉPONSE FAVORABLE

Date...

Madame,

Votre lettre du [...] par laquelle vous nous avez fait part de votre désir de travailler dans notre société a retenu toute notre attention.

Je vous prie donc de vous présenter pour un premier entretien à notre service du personnel le 25 mai, à 11 heures. Veuillez nous apporter vos certificats de travail.

A l'issue de cet entretien, j'aurai le plaisir de vous rencontrer personnellement.

En cas d'accord, vous pourriez commencer à travailler dès le 1er juin.

Nous vous prions d'agréer, Madame, nos salutations distinguées.

RÉPONSE DÉFAVORABLE

Date...

Madame,

Votre lettre postulant, à la suite de notre annonce, un poste de secrétaire de direction dans notre société, a retenu toute notre attention. Il ne nous est malheureusement pas possible de satisfaire votre condidature. Nous classons néanmoins votre demande au cas où un poste serait de nouveau à pourvoir.

Veuillez agréer, Madame, nos salutations distinguées.

LE PERSONNEL DOMESTIQUE

Lettre demandant votre immatriculation à la Sécurité sociale comme employeur

Si vous n'avez jamais engagé de personnel de maison, il vous faut demander votre immatriculation à la Sécurité sociale comme employeur. Votre lettre est à adresser à l'URSSAF du département de votre domicile. (A Paris URSSAF 47 rue Simon Bolivar, 75950 Paris Cedex 19.)

Date...

Monsieur,

Je viens d'engager Mme [...] comme femme de ménage. C'est la première fois que j'emploie du personnel, aussi vous demanderai-je de bien vouloir m'indiquer un numéro d'immatriculation d'employeur. [Suivent votre nom, votre adresse, votre date de naissance.]

Pour déclarer un/e employé/e à la Sécurité sociale

Si votre employé / e n'a jamais travaillé, il vous faut solliciter son immatriculation à la Sécurité sociale. Votre lettre est à adresser à la Caisse primaire centrale de votre domicile, Service des immatriculations.
(Pour Paris : 84 rue Charles-Michels, 93200 Saint-Denis.)

                                        Date...

        Monsieur,

            Je viens d'engager M. / Mme ... en tant que ... M. / Mme ... n'ayant jamais travaillé, je vous prie de bien vouloir l'inscrire à votre caisse.

            Il s'agit de [nom, adresse, date de naissance]

DEMANDE D'AUGMENTATION DE SALAIRE

Cette demande se fait généralement de vive voix mais certaines circonstances peuvent amener à la formuler par écrit. Le ton à adopter dépend bien évidemment des rapports que vous entretenez avec votre chef de service ou votre directeur. Le plus souvent cette lettre ne sera que le reflet d'une conversation précédente.

Date...

Monsieur,

Voilà quelque temps, je vous avais entretenu d'un problème concernant ma classification. Parmi vos nombreuses occupations, il est bien naturel que vous ayez été obligé de le laisser de côté, aussi je me permets de vous le rappeler brièvement.

Au mois de juin 19.., j'ai été classé dans la catégorie correspondant à un salaire de [...]

En dehors des augmentations générales, mes appointements n'ont subi aucun changement depuis cette date.

Vous n'êtes pas sans savoir que de nombreux facteurs interviennent pour rendre la vie matérielle parfois difficile [énumérer les principales : naissance, déménagement, etc.].

Suis-je fondé à espérer que vous voudrez bien prendre en considération le fait que mes activités se sont largement développées depuis plusieurs mois déjà?

Je vous prie d'agréer, Monsieur, l'expression de mon respectueux dévouement.

LETTRE DE DÉMISSION

Monsieur,

Pour convenances personnelles et pour tenir compte des textes de la convention collective, je vous prie de bien vouloir noter que je souhaite quitter mes fonctions le 1er juillet de cette année. Vous prévenant fin mai, je respecte les deux mois légaux de préavis.

Croyez, Monsieur, à l'expression de mes sentiments les meilleurs.

Lieu... date...

Signature

La date étant d'une grande importance, l'indiquer avant la signature.

Si seules des circonstances indépendantes de votre volonté vous font quitter votre place et que vous entreteniez de bons rapports avec votre chef de service, après lui avoir exposé les raisons de votre futur départ, écrivez-lui un mot courtois, le priant d'aviser lui-même le chef du personnel.

Date...

Monsieur,

C'est avec regret, vous le savez, que je me vois contraint de quitter mes fonctions. Depuis [...] ans que je suis sous vos ordres, j'ai pu apprécier à la fois votre courtoisie et votre sens de la justice.

Il m'est agréable de vous rappeler quelques circonstances où vos qualités de cœur m'ont été d'un grand réconfort : lors de la maladie de mes enfants, ou de celle de ma mère, suivie de son décès, vous m'avez permis de m'absenter, laissant à ma seule conscience professionnelle le soin d'assurer les tâches qui m'incombent et que, avec l'aide de mes collègues, vous vous êtes efforcé d'alléger.

Cela est rare, paraît-il, aujourd'hui. Croyez que je l'ai apprécié et que je vous en suis reconnaissant.

Je vous demanderai encore un service en vous priant d'informer le chef du personnel de mon départ le 1er juillet et de bien vouloir, pour cette date, veiller à ce que toutes les formalités — certificat, Sécurité sociale, règlement, etc. — soient à jour.

Je vous prie de croire, Monsieur, à mes respectueux et dévoués sentiments.

LE CURRICULUM VITAE

Rédaction d'un curriculum vitae

Le marché du travail — même perturbé — est une véritable bourse où deux parties sont prenantes : l'employeur et vous. Il est un précepte cependant qu'il ne faut pas oublier :

> Si c'est l'entreprise qui choisit ses collaborateurs, c'est à vous de choisir votre entreprise.

Avant de rédiger votre curriculum vitae, il vous faut définir, en fonction du marché du travail :

> — vos compétences,
> — vos aptitudes,
> — vos besoins,
> — votre lieu de travail.

Une fois ces points déterminés, pensez à celui qui le lira et essayez de personnaliser ce document trop souvent standardisé.

La forme

Utilisez une feuille blanche de format 21 × 29,7. Ayez recours à une frappe lisible. N'employez que des phrases courtes. N'hésitez pas à détacher nettement vos pensées en ayant recours aux paragraphes.

Le fond

Identité. Nom, prénoms, âge (inutile d'indiquer votre date de naissance, cela oblige à faire des calculs), adresse, téléphone.

Situation de famille. Marié, ... enfants (inutile de donner leurs prénoms ni leurs dates de naissance!).

Diplômes ou niveau d'études. N'indiquez pas par exemple « Recalé au baccalauréat », mais « Études secondaires ».

Expériences professionnelles

Énumérez par ordre chronologique les différents postes que vous avez occupés. Précisez, s'il y a lieu, brièvement, les résultats obtenus.

Langues étrangères

Précisez lesquelles en mentionnant au besoin : *lue, écrite, notions de...*

Divers

Si vos activités extra-professionnelles vous ont amené à poursuivre des études ou à continuer un enseignement, indiquez-le.

DUBOIS, Antoine, 34 ans.
Adresse [...]
Tél. [...]

Marié, 3 enfants.

Diplômé en [...]
sortie de l'École en [...]

1966. Entré à la Société [...] Fonction [...]
        Période enrichissante de formation. Nombreux
        contacts avec des Sociétés étrangères. Stage de
        perfectionnement à Londres.

1968. Ai quitté de mon plein gré cette Société pour
        occuper le poste de [...] à la Société [...] Les
        responsabilités y étaient plus importantes :
        chargé particulièrement du domaine [...], les
        relations avec l'étranger m'ont amené à faire
        de fréquents séjours à Londres puis aux U.S.A.

1976. L'avenir dans la Société qui m'emploie est
        actuellement bloqué.

DURAND, Henriette, 20 ans.
Adresse : [...]

Célibataire.

Niveau d'études : B.T.S. [préciser lequel].

Du 1er août au 1er décembre 197., stage à la Société [...] (adresse de la Société).

Du 1er décembre 197.. au 1er janvier 197., employée en qualité de [...] à la même Société.

Du 1er janvier 197. à aujourd'hui, employée en tant que secrétaire téléphoniste.

Au cours de cette dernière période, a eu de nombreux contacts avec les clients de la Société.

La lettre de candidature

Vous soignerez tout particulièrement cette lettre qui accompagnera votre curriculum vitae. Bien souvent, elle sera lue avant celui-ci.

Employez une feuille blanche au format 21 × 29,7. Écrivez très lisiblement (sans surcharge ni ratures bien évidemment).

Si vous ne connaissez pas le titre exact de la personne à qui vous écrivez, essayez de l'obtenir en téléphonant à la Société, sinon commencez par « Monsieur » et non « Cher Monsieur ».

En haut, à gauche, inscrivez, en caractère d'imprimerie, vos nom et prénoms, votre adresse et votre numéro de téléphone. Ne vous servez pas — même si vous en avez l'habitude — d'un tampon encreur.

Il vous faudra copier autant de lettres de candidature que vous en enverrez, une photocopie pouvant avoir sur l'employeur une influence dissuasive. (En revanche, le curriculum vitae peut être photocopié puisqu'il est dactylographié.) Utilisez une encre noire ou bleue. Ne joignez pas de timbre pour la réponse.

Si une photographie est demandée, n'oubliez pas de mettre au dos de celle-ci votre nom. Une photo d'identité récente convient parfaitement.

2. MODÈLES :
LE COMMERCE, LES FOURNISSEURS
LES RÉCLAMATIONS, L'ASSURANCE

Avec le commerce, nous entrons dans un domaine très spécialisé. Il ne saurait donc être question ici de proposer des modèles de lettres ou de circulaires pour des firmes importantes qui ont recours, le plus souvent, à des « publicitaires ». En revanche, lors de cession ou de création d'un petit commerce, il y a lieu de vous faire connaître le mieux possible — et le plus efficacement.

▶ *En cas de cession,* votre vendeur vous donnera toutes les adresses utiles. Convainquez-le d'adresser (à vos frais) à tous ses bons clients une lettre personnalisée qui témoignera de la confiance qu'il vous porte. Quelques jours après, envoyez votre propre message.

▶ *En cas de création,* ayez recours aux différents annuaires pour lancer au mieux vos invitations. N'hésitez pas non plus à demander conseil au plus proche des commerçants avec qui vous aurez établi de bonnes relations. N'ayez recours qu'exceptionnellement aux lettres ronéotypées. Pour un premier contact, faites taper autant de lettres que vous en enverrez.

1. COMMERCE

Création d'un commerce

Lettre personnalisée et invitation

M. Jean Dubois
5 rue des Carmes
92320 Châtillon

Date ...

Madame, Monsieur,

Nouveaux arrivants dans votre ville, nous serons heureux, Madame Dubois et moi-même, de vous rencontrer à l'occasion de l'inauguration de notre magasin.

C'est à la suite d'une remarque de plusieurs de vos concitoyens que nous avons fait procéder à une enquête; elle révèle qu'il n'existait que très peu de drogueries / magasins de vêtements, [etc.]. Or, notre ville se développe sans cesse. En ouvrant ce magasin, nous espérons faciliter la vie de tous les jours à beaucoup d'entre vous, car nous mettons dès maintenant à votre disposition un choix très abondant d'articles [énumération des principaux].

Vous trouverez ci-joint un carton d'invitation. Nous espérons que vous serez libres; sinon, n'hésitez pas à vous faire connaître, afin que nous ayons le plaisir de vous offrir, le jour de votre choix, notre cadeau de bienvenue.

Veuillez agréer, Madame, Monsieur, l'expression de nos sentiments dévoués.

> Les Créations dans le Vent
> seront heureux de vous accueillir le
> samedi 26 juin
> à partir de 16 heures
>
> Buffet   5 rue des Carmes
>   92320 Châtillon

Cession d'un commerce

Votre vendeur adressera à tous ses clients une lettre de recommandation où il les remerciera des bons rapports qu'il eut avec eux.

A votre demande, et à vos frais, il rédigera une courte lettre de présentation.

Du vendeur à sa clientèle

Lieu ... et date ...

Madame, Monsieur...

C'est avec regret que j'ai dû céder la place à plus jeune que moi mais je vais enfin pouvoir profiter de ma campagne natale et mes regrets sont atténués du fait que je laisse ma clientèle entre les mains de M. et Mme Jolliet.

Vous avez été durant des années des clients fidèles (et satisfaits je l'espère). Je vous invite à reporter sur mes successeurs votre confiance.

Vous trouverez auprès d'eux d'excellents conseils, et aussi, des prix avantageux, car ce couple dynamique a déjà réussi des tours de force dont je n'étais plus capable.

De toute façon, j'espère que nous nous reverrons à l'inauguration de leurs nouvelles installations, le samedi 26.

Veuillez croire à nos sentiments dévoués.

De l'acheteur

Lieu ... et date ...

Madame,

Monsieur [X] a bien voulu nous faire confiance, en nous permettant de reprendre son magasin de confection / sa droguerie...

Si nous avons innové et donné un aspect nouveau, ce n'est pas par souci de vous couper du passé mais afin de nous permettre de vous satisfaire mieux encore. Nous espérons bien conserver les excellentes relations que Monsieur [X] avait su établir avec tous ses clients.

Veuillez agréer, Madame, l'expression de nos sentiments dévoués.

Changement d'adresse

Lieu ... et date ...

Monsieur et cher Client,

Voilà fort longtemps que nos représentants / que notre clientèle se plaignaient de l'étroitesse de nos locaux, nous sommes heureux de vous faire savoir que notre magasin ouvrira ses portes le lundi 3 juin à notre nouvelle adresse et sous la même raison sociale :

Les Créations dans le Vent
5, rue des Carmes
92320 Châtillon

Fermeture pour travaux

Lieu ... et date ...

Chers Clients et Amis,

Nous allons procéder du 15 juin au 15 septembre à d'importants travaux en vue d'améliorer notre service. Nous savons que cette fermeture va vous occasionner une gêne certaine. Nous vous prions dès maintenant de nous en excuser.

Sachez que si le cadre habituel sera modifié, il conviendra mieux aux exigences de la vie d'aujourd'hui.

[Énumération des services qui seront améliorés, par exemple pour un restaurant] :

Nos cuisines devenaient trop petites; nous les agrandirons afin que notre chef et ses aides puissent élaborer des plats encore plus succulents.

Nous maintenons notre décor qui vous est cher, mais nous espacerons les tables afin d'améliorer le service et de mieux préserver votre tranquillité.

A la belle saison, vous trouverez en plein air une terrasse qui vous rappellera vos vacances.

Au 15 septembre donc, cher Client et Ami, pour le cocktail d'inauguration.

2. LES FOURNISSEURS

Demande de documentation

Lieu... et date...

Messieurs,

Plusieurs de mes clients se sont étonnés de ne pas trouver dans mon magasin certains articles de votre marque. En comparant votre nouveau tarif reçu le ... avec votre catalogue général, daté de ..., je m'aperçois que plusieurs articles ne figurent pas sur celui-ci, notamment [...]

Auriez-vous l'amabilité de m'envoyer dans les meilleurs délais 100 catalogues ? Je vous en remercie et vous prie d'agréer, Messieurs, l'assurance de mes sentiments distingués.

RÉPONSE

Lieu ... et date ...

Monsieur,

Nous vous remercions de nous avoir signalé que vous n'avez pas reçu notre dernier catalogue.

C'est une erreur que nous réparons aujourd'hui même en vous expédiant, par colis franco domicile, 120 exemplaires du catalogue général dernière édition .... Nous y ajoutons 300 feuilles de commande en attirant votre attention sur les promotions suivantes [énumération des articles faisant l'objet de cette promotion].

Dans l'attente de vos ordres qui recevront tous nos soins, nous vous · prions d'agréer, Monsieur, avec nos remerciements, nos salutations distinguées.

Lettres de relance ou plus simplement « relance »

Le terme relance, dans le langage commercial, n'est pas péjoratif. Il signifie qu'un fournisseur « rappelle » à un commerçant qu'il lui a déjà écrit sans recevoir de ses nouvelles... donc, de commandes. Chaque firme, bien entendu, aura son idée sur la meilleure lettre à rédiger suivant son genre d'activité.

Nous ne proposons ici que des modèles « passepartout ».

Ces lettres, afin de ne pas paraître trop « insistantes » peuvent être expédiées par des personnes différentes. Certains estiment que deux lettres sont suffisantes. A vous de voir si vous devez en envoyer une troisième.

Première lettre

Services commerciaux

Date...

Monsieur et cher Client,

Nous vous avons adressé le ... notre catalogue général auquel étaient joints des bulletins de commande ayant trait à notre grande campagne de publicité prévue pour les mois d'été. Cette campagne sera développée tant dans la presse nationale que dans la presse locale. Or, en vérifiant notre fichier « Clients » nous nous sommes aperçus que vous n'avez pas encore profité de notre offre de colis « Promotion ».

Cette absence nous fait penser que vous n'avez peut-être pas reçu ce colis; en ce cas, veuillez nous le faire savoir très rapidement, afin que nous procédions immédiatement à un nouvel envoi.

Veuillez agréer, Monsieur et cher Client, l'assurance de nos sentiments les meilleurs.

Deuxième lettre

Le Directeur des ventes

Date...

Cher Monsieur,

Nos services commerciaux viennent de m'aviser que, à ce jour, ils n'avaient pas eu de réponse à leur lettre du [...]. Je suppose que vous êtes fort occupé en cette période de l'année et que vous n'avez pu encore examiner avec tout votre soin habituel les avantages que vous pouvez retirer de la vente de nos articles.

Pour simplifier vos commandes, nous avons mis cette année, comme l'année précédente, des colis « standard » à votre disposition. Le succès de cette formule a été total, c'est pourquoi nous vous la recommandons tout particulièrement.

Je vous remercie à l'avance de l'attention que vous apporterez à cette offre et vous prie de recevoir, cher Monsieur, l'expression de mes sentiments les meilleurs.

Troisième lettre

Le chef de publicité

Date...

Cher Monsieur,

C'est avec enthousiasme que j'ai été amené à lancer notre nouvelle campagne de publicité, tant le succès des colis « standard » avait été grand l'année dernière.

Je suis heureux de vous faire savoir que le choix des articles a été encore amélioré, afin de mieux répondre aux désirs de notre clientèle, donc aux vôtres.

J'attire tout particulièrement votre attention sur les colis numérotés 4 et 7 qui ont fait l'objet d'une étude particulière.

Vous pouvez adresser directement vos commandes à nos services commerciaux :

[adresse]

ou me les faire parvenir. En ce cas, je veillerai tout particulièrement à leur bonne exécution.

Avec l'espoir de vous satisfaire, je vous prie de croire, cher Monsieur, à ma considération la meilleure.

Demande d'un devis

A un pépiniériste

Date...

Monsieur,

Nous sommes désireux de faire planter par vos soins les arbres et arbustes suivants :

[liste]

Auriez-vous l'amabilité de me faire parvenir votre devis dans les meilleurs délais? Si celui-ci nous convient, je vous téléphonerai pour prendre rendez-vous, car vos conseils nous seront sûrement utiles et peut-être pourrons-nous étudier avec vous d'autres possibilités que notre choix initial.

Avec mes remerciements anticipés, agréez, Monsieur, l'assurance de mes sentiments les meilleurs.

A un entrepreneur

Date...

Monsieur,

L'achat que nous avons fait de la maison sise ... nous amène à vous consulter pour y effectuer certains travaux. C'est mon ami André Dubois qui m'a conseillé de m'adresser à vous.

Les travaux que j'envisage comprennent :
— cheminée à refaire,
— gouttières à changer,
— maçonnerie à reprendre.

Nous serons à [...] du [...] au [...]. Auriez-vous l'amabilité de me fixer un rendez-vous, si possible dès notre arrivée ? Vous aurez ainsi le temps de nous établir un devis.

Je vous en remercie et vous prie de croire, Monsieur, à mes sentiments les meilleurs.

Pour l'installation d'une salle de bain

Date...

Monsieur,

Lors de notre séjour en juin, je vous avais exposé notre problème quant à l'installation d'une salle de bain complète (baignoire, bidet, lavabo / accessoires : glace, plaquette, armoire à pharmacie, etc.) avec carrelage des murs sur une hauteur de 1,60 m, ainsi que du sol.

Je vous rappelle que la pièce fait 6 m $\times$ 4 m. Auriez-vous l'amabilité de nous faire parvenir votre documentation et un devis ? Nos préférences vont aux teintes bleues ou vert pâle.

En espérant une prompte réponse, je vous prie de croire, Monsieur, à mes salutations distinguées.

Envoi d'un devis

Trop souvent lorsque l'on réclame un devis, il nous est adressé un catalogue général. Cet envoi qui, dans l'esprit de certains, laisse aux clients la liberté du choix, n'atteint pas toujours son but. Une personnalisation est toujours préférable.

Date...

Monsieur,

En réponse à votre lettre du 8 octobre, nous vous faisons parvenir notre catalogue général ainsi que nos tarifs mis à jour.

Comme vous pourrez le constater, notre choix est très varié et correspond à une gamme étendue.

Pour votre problème, il nous semble que les installations des pages 7 et 11 correspondent aux souhaits exprimés dans votre lettre — le bleu est particulièrement séduisant et a beaucoup de succès.

Nous attirons votre attention sur le fait que le carrelage n° 5146, 5216 correspondant aux matériaux de la page 11 n'existe que dans trois couleurs : blanc, brun et vert.

Je me permets d'attirer votre attention sur le choix de la robinetterie; celui-ci modifie très sensiblement le montant du devis.

Dès que vous nous aurez précisé votre choix, nous vous enverrons un devis complémentaire concernant la main-d'œuvre.

Je vous rappelle, à titre indicatif, le prix

du mètre carré posé de carrelage (sol) qui s'élève à ... F et celui du mur à ... F dans les qualités numéros 74 et 75 page 8 de notre catalogue.

En espérant vous satisfaire, je vous prie d'agréer, Monsieur, l'expression de mes sentiments les meilleurs.

Pour passer une commande

Bien que la plupart des maisons de commerce mettent à votre disposition des bulletins de commande qu'il vous suffit de compléter, il vous arrivera d'avoir à commander certains articles en écrivant à un fournisseur. Évitez, autant que possible, de traiter d'une question n'ayant pas de rapport avec ladite commande. Établissez un double que vous conserverez soigneusement afin de vérifier la livraison.

Date...

Cher Monsieur / Monsieur,

Nous avons été pleinement satisfaits de votre dernière livraison de banyuls et vous prions de bien vouloir nous expédier une bonbonne de 25 litres, verre perdu. Votre dernière livraison remonte au 30 mars 1975 et votre facture n° 9614 du 15 avril 1976 s'élevait à ...

J'espère que votre tarif n'a pas été modifié depuis. Si une hausse était intervenue, veuillez, avant expédition, me communiquer vos prix actuels. En espérant que vous pourrez nous livrer avant le 1er juillet, nous vous présentons nos sincères salutations.

RÉPONSE

Date...

Monsieur et cher Client,

Nous avons bien reçu votre lettre du 15 juin 197. et nous vous remercions de la confiance que vous nous accordez.

Malgré une légère hausse, nous vous maintenons exceptionnellement les conditions de l'année dernière et nous vous prions de trouver ci-joint notre facture n° 9678 s'élevant à ... F.

Nous espérons pouvoir vous satisfaire quant à la date de livraison, mais sans garantie.

Veuillez agréer, Monsieur, l'expression de nos sentiments dévoués.

Pour prévenir d'un retard

Date...

Monsieur et cher Client,

Dans notre dernière lettre datée du 20 juin, nous espérions pouvoir vous livrer votre commande avant le 1er juillet ainsi que vous en aviez exprimé le désir. Malheureusement, le transporteur qui groupe nos petites expéditions nous a fait défaut et nous ne pouvons envisager de vous livrer que vers le 10 juillet.

Nous vous présentons nos excuses pour ce retard bien involontaire, et vous prions d'agréer, Monsieur, nos salutations distinguées.

Pour accuser réception d'une facture

Date...
>Messieurs,

Nous accusons réception de votre facture n° 5870 datée du 6 juillet, d'un montant de 1 890 F.

Nous en effectuerons le règlement en fin de mois.

Veuillez agréer, Messieurs, nos salutations distinguées.

3. LES RÉCLAMATIONS[1]

AUTOMOBILES

Pour activer une livraison

1ʳᵉ lettre

Lieu... et date...
>Monsieur,

Le..., je vous ai passé commande d'une voiture modèle ..., dont vous êtes le concessionnaire. Fidèle client de votre garage, je suis surpris de n'avoir pas été avisé du retard pris dans la livraison. Cette omission est fort regrettable et m'est préjudiciable.

1. Voir p. 197, les réclamations concernant locataires-propriétaires-vacanciers.

Veuillez me faire savoir, par retour du courrier, les raisons de ce retard et, partant, la date à laquelle je pourrai prendre possession de mon véhicule.

Recevez, Monsieur, l'assurance de mes sentiments les meilleurs.

2ᵉ lettre

Date...

Monsieur,

Il est inadmissible que ma lettre du [...] soit restée sans réponse. J'écris par ce même courrier à la direction générale des usines [...] pour l'aviser des circonstances de non livraison de ma voiture.

J'ose espérer cependant que vous ferez le maximum pour pallier ce retard dans les délais les plus brefs.

Veuillez agréer, Monsieur, mes salutations distinguées.

A un garagiste pour lui signaler un vice grave

Lieu... et date...

Monsieur,

Vous m'avez recommandé une voiture de marque X et je vous ai fait confiance. Or, après seulement 1 200 km, cette voiture est tombée en panne [décrire très exactement les caractéristiques mécaniques de la panne].

Je vous demande de bien vouloir prendre contact avec le garage X où elle a été remorquée, afin que les termes de notre contrat soient respectés et que vous procédiez dans les meilleurs délais à la remise en état du moteur.

Recevez, Monsieur, l'assurance de mes sentiments les meilleurs.

A un garagiste pour contester une facture

Date...

Monsieur,

Je viens de recevoir votre facture n° 000 datée du [...], d'un montant de 966 F.

Je vous avais demandé d'effectuer le réglage de [...] ainsi que le changement de [énumérer exactement la nature des travaux].

En comparant cette facture avec celle que vous m'avez adressée le ... je constate une différence de plus de 150 F.

Je pense qu'il s'agit là d'une simple erreur de votre chef d'atelier et que, après enquête, vous m'adresserez une facture rectificative.

Inutile de vous dire que, fidèle client de votre garage, je suis fort surpris de cette erreur.

En vous remerciant de bien vouloir résoudre rapidement ce problème, je vous prie d'agréer, Monsieur, l'expression de mes sentiments les meilleurs.

VÉHICULES D'OCCASION

Vous avez acquis une voiture d'occasion et vous constatez qu'elle comporte un vice grave. La première chose à faire est de lire attentivement votre contrat de vente pour vous assurer que le vice constaté est bien couvert par ledit contrat. Si tel est le cas, voyez votre vendeur et demandez-lui de procéder aux réparations — ou de vous rembourser. En cas de conflit, vous pouvez écrire à la C. S. N. C. R. A.

Lettre à la Chambre Syndicale Nationale du Commerce et de la Réparation Automobile[1]

à l'attention de la Commission d'Arbitrage

Lieu... et date...

Monsieur le Président,

J'ai acquis un véhicule d'occasion le [...], au garage [...] pour un prix de [...]

[...] jours après cet achat, cette voiture a présenté les défauts suivants : [exposé détaillé].

Je joins à ma lettre les pièces suivantes :
— Une lettre relatant les faits,
— Une photocopie de la carte grise,
— Une photocopie du contrat de vente,
— Une photocopie des factures.

Je souhaite que mon dossier soit examiné par votre Commission d'Arbitrage car M. [...], mon vendeur, refuse de me donner satisfaction quant aux réparations indispensables à la bonne marche de ce véhicule.

Veuillez, je vous prie, Monsieur le Président, accepter l'assurance de ma considération distinguée.

1. 6, rue Léonard de Vinci, 75116 Paris.

LETTRES DIVERSES

Pour réclamer un paiement

Date...

Cher Monsieur / Monsieur,

Faisant suite à votre commande en date du [...] nous vous avons envoyé notre facture n° 9678 datée du [...].

Notre service de comptabilité me fait savoir que ce règlement n'a pas été effectué. C'est sûrement un oubli de votre part, que je me permets de vous signaler et qui sera, j'en suis sûr, bien vite réparée.

En espérant toujours vous satisfaire quant à la qualité de nos produits, nous vous adressons, Monsieur / Cher Monsieur, nos salutations distinguées.

RÉPONSE

Date...

Cher Monsieur,

Votre facture n° 9678 en date du 20 juin a fait l'objet de tous mes soins dès notre retour de vacances.

Je vous prie de trouver ci-joint un chèque sur le Crédit Lyonnais, d'un montant de ..., correspondant à ladite facture.

En vous priant d'accepter mes excuses pour ce retard involontaire, je vous prie de croire, cher Monsieur, à mes salutations les meilleures.

Non conformité de travaux par rapport au devis

Date...

Messieurs,

J'ai bien reçu votre facture n° [...] du [...]. Après vérification des travaux, je m'aperçois que votre devis vous engageait à poser à toutes les fenêtres du rez-de-chaussée des barreaux de 8 mm. La fenêtre du garage n'en comporte pas et ceux que vous avez fixés aux autres ouvertures ne font que 5 mm.

Je vous demanderai de bien vouloir faire procéder à ces modifications le plus rapidement possible. Aussitôt celles-ci exécutées, je m'empresserai de régler votre facture.

Je vous prierais également de bien vouloir changer les vis des persiennes qui ne sont pas galvanisées. Je vous avais pourtant expressément demandé de veiller à ce détail important.

Je vous remercie d'avance de votre réponse et vous prie d'agréer, Messieurs, mes salutations distinguées.

Refus pour livraison tardive

Date...

Messieurs,

Le [...] je vous avais commandé divers articles à livrer avant le 20 mars.

J'ai le regret de vous informer que c'est seulement aujourd'hui 5 mai que ce colis m'a été présenté. Il ne m'a pas été possible de l'accepter.

Je vous prierais de bien vouloir me faire parvenir dans les délais les meilleurs le remboursement de ma commande qui se monte à 600 F.

En espérant que mes prochaines commandes seront mieux exécutées, je vous pric d'agréer, Messieurs, mes sincères salutations.

Lettre à la S. N. C. F. pour un colis refusé.
— En recommandé

Lieu... et date...

Monsieur le Chef de gare,

Le colis qui m'a été présenté le ... comportant une détérioration grave, j'ai l'honneur de vous informer que j'ai dû refuser d'en prendre livraison. Ce colis était en provenance de la Maison X à Arbois, et avait été expédié le ...

Ce colis voyageant à mes risques et périls, je vous joins la copie de la facture afin que vous puissiez constater la perte subie.

Auriez-vous, Monsieur le Chef de gare, l'amabilité de veiller à ce que je sois rapidement indemnisé.

Je vous en remercie à l'avance et vous prie d'agréer, Monsieur le Chef de gare, l'assurance de ma considération distinguée.

4. L'ASSURANCE

Lettres à votre agent d'assurances

Avant d'expédier votre lettre, sachez bien à qui vous l'adressez. Il y a lieu en effet de distinguer un agent général d'assurances d'un courtier.

L'agent général est le mandataire de la ou des Sociétés d'assurances qu'il représente. Par conséquent toute déclaration qui lui est faite engage la Société d'assurances.

Le courtier est un commerçant; il n'est rattaché à aucune société. Si, dans la pratique, les Sociétés d'assurances lui accordent une large confiance, il ne peut engager, en principe, la société. C'est pourquoi il est prudent de déclarer, en particulier, toute aggravation ou changement de risque à la Société d'assurances elle-même.

Lorsque la Société d'assurances est une mutuelle n'utilisant pas les services des agents ou des courtiers, la correspondance se fait obligatoirement avec le siège social ou le bureau régional s'il en existe un[1].

---

1. Les modèles et les conseils contenus dans ce chapitre sont le résumé d'une brochure éditée par le Centre de Documentation et d'Information de l'Assurance, 2, rue de la Chaussée-d'Antin, 75009 Paris. Certains termes ont été modifiés, mais tous les modèles sont à adapter à votre cas personnel.

☞ Conseils

Pour une correspondance offrant une possibilité de contestation, il est prudent de ne pas expédier une lettre recommandée sous enveloppe; le cachet de la poste, qui fait foi de la date d'expédition, doit être porté directement sur la lettre elle-même.

Dans toute correspondance, il faut rappeler :

▶ Votre nom et votre adresse,

▶ Le numéro du (des) contrat (s),

▶ Lorsqu'on écrit directement à la Société d'assurances, le nom de l'assureur-conseil par l'intermédiaire duquel les contrats ont été souscrits,

▶ Les références complètes de la lettre à laquelle on répond pour que cette réponse parvienne immédiatement au service intéressé. En particulier, toute correspondance relative à un sinistre doit porter en plus du numéro du contrat d'assurance, la référence du dossier « sinistre ».

Décès de l'assuré et demande d'avenant de transfert

Nom ...
Adresse ...
Contrat n° ...

Date...

Monsieur,

J'ai le regret de vous informer du décès

de mon père : M. Francis DUPONT, 238, rue de Tourcoing, Marseille (6e) dont je suis l'héritier.

Je vous informe que je prends la succession de mon père en qualité de ... et que je continue les contrats d'assurances souscrits par lui pour les besoins de sa profession.

Je vous serai reconnaissant de faire le nécessaire pour le transfert de ces contrats à mon nom ainsi que pour leur mise à jour.

Je suis, bien entendu, à votre disposition pour tous renseignements que vous jugerez bon de me demander.

Veuillez agréer, Monsieur, l'expression de mes salutations distinguées.

☞ **Note**

L'avenant est un écrit qui modifie le contrat et a de ce fait la même importance que la police.

Décès de l'assuré et demande de résiliation

Lettre recommandée à adresser à la Société d'assurances, avec un double à l'assureur-conseil.

Nom ...
Adresse ...
Contrats n° ...
Agent : M. X

Date ...

Monsieur le Directeur,

J'ai le regret de vous informer du décès de

mon père : M. Francis DUPONT, 238, rue de Tourcoing, Marseille (6ᵉ) dont je suis l'héritier.

Je vous informe que je ne désire pas continuer les contrats d'assurance souscrits par mon père / que je n'exerce pas la profession de mon père.

Je vous demande la résiliation des contrats d'assurance nᵒ ... et nᵒ ... et vous prie de m'en donner acte.

Veuillez agréer, Monsieur le Directeur, l'expression de mes salutations distinguées.

Lettres concernant la vente du bien assuré

☞ Conseils

En cas de vente de la chose assurée, le contrat suit la chose assurée et passe automatiquement à l'acheteur. Celui-ci peut accepter le transfert du contrat à son nom ou le résilier. Le paiement d'une prime est considéré comme acceptation puisque l'acheteur exécute un engagement prévu dans le contrat.

Deux situations sont à envisager : celle du vendeur et celle de l'acquéreur.

LES DIVERSES OPTIONS OFFERTES AU VENDEUR

La Société d'assurances ignore qu'un bien qu'elle garantit est passé en d'autres mains. Par conséquent, elle va continuer à vous réclamer les primes.

La loi du 13 juillet 1930 prévoit que le vendeur doit acquitter ces dernières tant qu'il n'a pas avisé la Société d'assurances *par lettre recommandée* de la vente du bien garanti.

Le sort des contrats d'assurance est souvent réglé par le contrat de vente : l'acheteur s'engage à reprendre les contrats d'assurance ou bien « fait son affaire » des contrats d'assurance, ou bien refuse de les reprendre.

1° L'acheteur s'engage à reprendre les contrats d'assurance : le vendeur avise la Société d'assurances *par lettre recommandée* de la vente, et indique le nom et l'adresse de l'acquéreur;

2° L'acheteur « fait son affaire personnelle » des contrats d'assurance : le vendeur procède comme précédemment;

3° L'acheteur refuse de continuer les contrats d'assurance : l'acheteur demandera la résiliation des contrats; la Société pourra demander soit à lui, soit au vendeur une indemnité de résiliation.

En définitive, quel que soit le sort réservé par le contrat de vente à la police d'assurance, et même si le contrat de vente ne fait aucune mention de cette dernière, le vendeur doit aviser la Société d'assurances de la vente de la chose assurée, afin d'être dégagé du paiement des primes à venir.

Lettre annonçant une vente

Lettre recommandée à adresser à la Société d'assurances; double à l'assureur-conseil.

Nom ...
Adresse ...
Réf. ...

Date...

Monsieur le Directeur,

Je vous informe que j'ai vendu l'immeuble / le matériel suivant ... sis à : GENNEVILLIERS 232, rue Nationale

Garanti contre l'incendie par police n°...

L'acquéreur est : Monsieur Jean DUPONT, 275, rue Grance, PARIS 15ᵉ.

Par le contrat de vente, l'acquéreur s'est engagé à continuer le contrat d'assurance / l'acquéreur a déclaré faire son affaire personnelle du contrat d'assurance / le contrat de vente ne contient aucune clause relative aux assurances.

Je vous prie de bien vouloir me donner acte de ma déclaration.

Veuillez agréer, Monsieur le Directeur, mes salutations distinguées.

Lettre de demande de transfert ou de résiliation

Deux options vous sont offertes : l'acquéreur s'est engagé à continuer les contrats, il s'est engagé à

« faire son affaire personnelle » des contrats. Lettre recommandée à adresser à la Société d'assurances; double à l'assureur-conseil dont le nom figure sur la police.

Nom ...
Adresse ...
Contrat n° ...
Au nom de M...
Risque sis :

Date...

Monsieur le Directeur,

Je vous informe que je viens de me rendre acquéreur d'un bâtiment sis : ..., assuré auprès de votre société par M. ... (l'adresse) par contrat n° ... .

Je me suis engagé à continuer le contrat; en conséquence, je demande à M. ... , assureur-conseil, de vouloir bien me rendre visite pour examiner les garanties de ce contrat et établir un avenant de transfert / je me suis engagé à « faire mon affaire » du contrat d'assurance. En conséquence, je vous demande :

— Un avenant de transfert à mon nom / La résiliation de la police n° ... Et je vous prie de bien vouloir m'en donner acte.

Veuillez agréer, Monsieur le Directeur, mes salutations distinguées.

Lettre annonçant la disparition du risque

☛ **Conseil**

On dit qu'il y a disparition du risque lorsque l'objet garanti est détruit par un événement autre que ceux qui sont prévus au contrat, par exemple :

Maison assurée contre l'incendie et détruite par une inondation; personne assurée contre les accidents et décédée d'un cancer ou d'une crise cardiaque; voiture assurée seulement pour les dommages causés aux tiers et volée ou détruite par un incendie ou par un heurt contre un arbre, etc.

En cas de disparition du risque, la police d'assurance n'a plus de raison d'exister. L'assuré en demande, soit la suspension (s'il désire reconstruire sa demeure ou acheter une nouvelle voiture), soit la résiliation définitive.

Lettre recommandée à adresser à la Société d'assurances; double à l'assureur-conseil.

Nom ...
Adresse ...
Réf. : ...
Agent : M...

Date...

Monsieur le Directeur,

Nous avons l'honneur de vous informer que notre dépôt de ..., assuré contre l'incendie par police nº ..., a été entièrement détruit par la crue du ... dans la nuit du 27 février. La totalité des marchandises est irrécupérable.

Nous n'avons pas l'intention de reconstruire un nouveau dépôt dans cette région trop fréquemment inondée.

En conséquence, nous vous prions de bien vouloir résilier notre contrat d'assurance incendie n° ... et nous restituer le prorata de prime non absorbé.

Veuillez agréer, Monsieur le Directeur, mes salutations distinguées.

Lettres annonçant une modification juridique
(locataire devenant propriétaire par exemple)

Nous donnons deux modèles, le premier dans le cas d'une modification de la police à votre nom, sans modification de prime, le deuxième lorsqu'il y a une modification (exemple 2).

En ce dernier cas, vous adressez un double de votre lettre à votre assureur.

Lettre recommandée à adresser à votre agent d'assurances.

M. ...
Réf. : ...
Agent : M. ...

Date...

Exemple 1 : nu-propriétaire devenant propriétaire.

Monsieur le Directeur,

Je vous informe qu'à la suite du décès de ma tante, Mme Veuve FRANÇOIS, je suis désormais le seul propriétaire du bâtiment à usage d'habitation sis : ... et assuré par police n° ...

Veuillez agréer, Monsieur le Directeur, mes salutations distinguées.

Exemple 2 : locataire devenant propriétaire.

Je vous informe que je viens de me rendre acquéreur du bâtiment à usage de bureaux sis : ... dont j'étais précédemment locataire.

Je vous signale que je ne me suis pas engagé à continuer les contrats d'assurance en cours.

En conséquence, je demande à mon assureur, M. ..., de bien vouloir me rendre visite pour l'adjonction de ce bâtiment à ma police « incendie » n° ...

Veuillez agréer, Monsieur le Directeur, mes salutations distinguées.

Lettre pour déclarer une aggravation de risque

Lettre recommandée à adresser au préalable à la Société d'assurances; double à votre assureur-conseil.

N'oubliez pas, même si votre police est dite « à indice variable » — vous n'avez pas, en ce cas, à vous préoccuper de la hausse des prix — de notifier à votre assureur toute nouvelle acquisition (mobilier, machines, etc.) qui accroît la valeur du risque. Votre assureur vous établira un avenant dit « d'augmentation ».

Nom ...
Adresse ...
Réf. : ...

Date...

Monsieur le Directeur,

Je vous informe que je viens de procéder à l'acquisition d'une machine (description, prix).

La nouvelle installation sera vraisemblablement en fonctionnement à partir du 15 du mois prochain.

Je demande à mon assureur M. ... de bien vouloir me rendre visite afin de procéder à la modification de ma police « incendie ».

Veuillez agréer, Monsieur le Directeur, mes salutations distinguées.

Lettre pour demander une diminution de risque

Lettre recommandée à adresser à la Société d'assurances; double à votre assureur-conseil.

Nom ...
Adresse ...
Réf. : ...

Date...

Monsieur le Directeur,

Je vous informe que je viens de faire installer le chauffage central dans mon atelier et de supprimer le poêle à charbon qui servait au chauffage de ce dernier. Par ailleurs, le bain-marie à colle fonctionnant au charbon est remplacé par un bain-marie chauffé électriquement, ce qui a pour résultat de supprimer définitivement tous les foyers se trouvant dans mon atelier.

Je vous serais reconnaissant de bien vouloir revoir le décompte de la prime de ma police d'assurance « incendie » et de m'aviser de la déduction qui résulte des travaux que j'ai entrepris.

Veuillez agréer, Monsieur le Directeur, mes salutations distinguées.

Lettre indiquant le changement d'usage d'un véhicule

Lettre recommandée à adresser à votre assureur en confirmation d'une demande téléphonique de garantie.

Nom ...
Adresse ...
Réf. : ...

Date...

Monsieur,

Ainsi que nous vous l'avons indiqué par téléphone ce jour, nous vous confirmons que le véhicule (marque), immatriculé ... utilisé jusqu'à présent par M. ... exclusivement pour des déplacements privés, sera affecté à des livraisons dans Paris et la proche banlieue, à compter de demain 15 avril.

Dans l'attente de l'avenant de régularisation de ce changement, nous vous prions d'agréer, Monsieur le Directeur, nos salutations distinguées.

Lettre notifiant un changement de profession

Lettre recommandée à adresser à la Société d'assurances; double à votre assureur-conseil.

Nom ...
Adresse ...
Réf. : ...

Date...

Monsieur,

J'ai été amené à étendre mon activité aux villages proches de [...], ce qui nécessite l'utilisation de mon véhicule [marque] immatriculé ... pour des tournées de livraison. En conséquence, je vous demande d'inclure dans mon assurance de responsabilité civile chef d'entreprise les accidents qui pourraient survenir à des clients en train d'acheter des vêtements autour de la fourgonnette sur la place d'un village.

Dans l'attente de votre visite, veuillez agréer, Monsieur le Directeur, mes salutations distinguées.

Pour déclarer l'adjonction temporaire d'une remorque

Adjonction temporaire d'une remorque (même si la remorque en location est déjà assurée, il faut déclarer l'attelage).

Lettre recommandée à adresser à la Société d'assurances; double à votre assureur-conseil.

Nom ...
Adresse ...
Réf. : ...

Date...

Monsieur le Directeur,

Je vous informe que, du 1er au 31 inclus du mois de juillet, mon véhicule [marque] immatriculé ..., circulera attelé d'une remorque camping de plus de 750 kg de poids total en charge, immatriculé ... Je suis titulaire du permis de conduire « catégorie E ».

Je demande à mon assureur-conseil, M. ..., de m'établir une note de couverture et une attestation pour cette remorque.

Veuillez agréer, Monsieur le Directeur, mes salutations distinguées.

Lettres pour déclarer un sinistre

Il vous faut déclarer un sinistre *dès que vous en avez connaissance*, et au plus tard dans les **cinq jours.**

En cas de vol, n'oubliez pas de le déclarer dans les **vingt-quatre heures** et, en plus, de déposer une plainte auprès des autorités de police.

Lettre pour déclarer un incendie

Lettre recommandée à adresser à la Société d'assurances; double à votre assureur-conseil.

Nom ...
Adresse ...
Réf. : police incendie n° ...

Date...

Monsieur le Directeur,

J'ai l'honneur de vous déclarer un commencement d'incendie, qui s'est produit le ..., dans les conditions suivantes :

[exposé aussi précis que possible]

Les causes exactes ne m'en sont pas connues.

Les dommages globaux sont de l'ordre de ... F environ : soit une perte de ... F de mobilier, et peut-être ... F de dommages. Bâtiment très abîmé par l'eau et la fumée.

Nous avons immédiatement signalé cet incendie à M. ..., propriétaire de l'immeuble.

Nous vous indiquons, par ailleurs, que nous avons reçu une réclamation de recours de M. ... qui occupe l'étage au-dessus du nôtre. Nous l'avons prié de vous transmettre sa réclamation.

Nous vous serions obligés de faire le nécessaire d'urgence, afin que nous puissions récupérer
rapidement notre logement.

Veuillez agréer, Monsieur le Directeur, mes
salutations distinguées.

Lettre pour déclarer un accident d'automobile[1]

A adresser par lettre recommandée à la Société;
double à votre assureur-conseil en confirmation de la
déclaration téléphonique.

Nom ...
Adresse ...
Police n° ...
Avenant de contre-assurance n° ...

Date ...

Monsieur le Directeur,

J'ai l'honneur de vous informer que ma voiture marque ... n° ... est entrée en collision hier
avec une voiture particulière.

Il est résulté de cette collision de gros dommages matériels de part et d'autre. Ma femme
a été blessée, tandis que deux personnes dans la
voiture adverse étaient légèrement contusionnées.

— Date ...
— Heure ...

Il faisait jour et le temps était sec.

---

1. Bien entendu, vous vous servirez, chaque fois que cela sera possible,
du constat amiable ou contradictoire que vous a remis votre assureur.

— Lieu : croisement de la route ... et de la R. D. ... .

Le croisement est signalé sur les deux routes par un panneau d'intersection sans priorité particulière.

Je suis titulaire du permis de conduire n° ... délivré le ... par la préfecture de ...

— Véhicule adverse : voiture de tourisme, conduite intérieure, marque ... n° ..., CV.

— Assurance : police n° ..., à la compagnie ... (adresse).

— Conducteur du véhicule adverse : M. ... (profession) (adresse).

L'accident s'est produit de la façon suivante :

Je circulais sur la route départementale ..., venant de ...

Arrivé au croisement avec la départementale ..., je ralentis et klaxonnai, puis m'engageai dans le carrefour, au moment où arrivait de ma droite, à vive allure, allant vers ... et venant ..., la voiture ...; à noter que la visibilité est masquée par une maison, à l'angle des deux routes.

J'allais au pas; on a relevé des traces de freinage de 1 mètre derrière les roues de ma voiture. La (marque) laissa 25 mètres de traces de freinage.

[Plan aussi précis que possible].

Le choc se produisit entre l'avant de la (marque) et le côté droit de ma voiture.

Ma femme a été blessée au bras droit et a

été transportée à l'hôpital de ... par un automobiliste de passage, le docteur ...

Apparemment je n'ai pas été blessé. Je fais toutefois toutes les réserves d'usage en ce qui concerne mon état de santé.

Le conducteur de la voiture adverse et son passager ont été légèrement commotionnés mais ont refusé tout soin.

La gendarmerie de ..., appelée par M. ..., est rapidement arrivée sur les lieux et a procédé aux constatations d'usage.

Les seuls témoins sont les personnes transportées, à savoir :

— dans mon véhicule :

Ma femme

— dans la voiture adverse :

M. ... (adresse)

— Blessés :

— dans ma voiture :

ma femme, fracture probable du bras droit.

— Dans l'autre voiture :

M. ...

Contusions légères — refus de soins.

M. ...

Contusions légères — refus de soins.

— Dégâts matériels :

— à mon véhicule :

Côté avant droit, cabine enfoncée.

— à la voiture adverse :

Tout l'avant détérioré.

Je vous serais reconnaissant de faire le nécessaire pour que ma voiture soit expertisée le plus rapidement possible.

Votre expert voudra bien téléphoner pour prendre rendez-vous au 12-85 à ...

Veuillez agréer, Monsieur le Directeur, mes salutations distinguées.

Pour résilier un contrat

Lettre recommandée à adresser à la société d'assurances; double à votre assureur-conseil, **trois mois** avant la date d'échéance anniversaire du contrat.

Nom ...
Adresse ...
Réf. : ...

Date ...

Monsieur le Directeur,

Conformément aux dispositions de l'article ... des conditions générales de mon contrat d'assurance « incendie » n° ... je vous informe que je désire résilier ce dernier à l'expiration de la période triennale en cours, soit le ... / pour la fin de l'année d'assurance en cours, soit le ...

Veuillez, je vous prie, m'en donner acte.

Veuillez agréer, Monsieur le Directeur, mes salutations distinguées.

3. MODÈLES. LOCATAIRES, PROPRIÉTAIRES, VACANCES

Promesse de vente

Voici un modèle simple de promesse de vente. Dans des cas complexes, il est préférable de consulter un notaire, car n'oubliez pas que : « Promesse de vente vaut vente lorsqu'il y a consentement réciproque des deux parties sur la chose et sur le prix » (art. 1589 du Code civil).

Pour l'achat d'un terrain, d'une maison ou d'un appartement, n'oubliez pas de faire une réserve indiquant que, si les services d'urbanisme révélaient que le terrain n'est pas constructible — cas beaucoup plus fréquent qu'on ne le pense —, ou que si la prime à la construction ou le prêt sur lesquels vous comptiez n'étaient pas accordés, le contrat serait purement et simplement annulé.

Enfin, sachez que si des arrhes sont versées, chacun des contractants est libre de les abandonner; l'acheteur les perdra, le vendeur en restituera le double[1]. En général, le délai de réalisation est de deux à trois mois.

La promesse de vente, pour être valable, doit être enregistrée dans les 10 jours à dater de sa signature,

---

1. Le Code civil prévoit la possibilité de dédit lorsqu'il y a versement d'arrhes ou l'impossibilité de se dédire par le vendeur. En cas de doute, voyez un notaire.

sous peine de nullité. Elle devra donc être établie en trois exemplaires (un pour chaque partie plus un pour l'enregistrement).

Entre les soussignés :

Monsieur Morel Jean, ingénieur, [adresse ...], d'une part, et

Monsieur Dubois Paul, agriculteur, [adresse ...] d'autre part,

Il a été convenu et arrêté ce qui suit :

Monsieur Dubois Paul s'engage à vendre à Monsieur Morel Jean, qui accepte, un terrain situé route d'Auray, commune de [...], section G, numéro de parcelle 1179, d'une superficie d'environ 22 ares.

Ledit terrain appartient en propre à Monsieur Dubois Paul pour lui avoir été attribué lors de la succession de son père Monsieur Dubois Daniel (Maître X, notaire à ...).

Monsieur Morel Jean s'engage à prendre ce terrain dans l'état où il est.

Cette promesse de vente est faite sous les trois conditions suspensives suivantes :

1. Que le certificat d'urbanisme soit assorti de réserves telles qu'elles permettent l'exercice du droit de préemption ou ménagent l'éventualité d'une interdiction de construire.

2. Que les prêts demandés en vue de la construction soient refusés;

3. Que Monsieur Morel Jean décède avant la réalisation de la vente.

Si cette vente se réalise, elle sera faite moyennant le prix principal de 30 000 F.

Somme payable comptant le jour de la signature de l'acte authentique à recevoir par Maître X, notaire à [...], aux frais de l'acquéreur. Monsieur Morel Jean s'engage au paiement de la totalité du prix d'acquisition et au versement des frais, droits et honoraires.

La réalisation de la présente promesse de vente ne pourra être demandée que jusqu'au [...]

Monsieur Morel Jean a versé à Monsieur Dubois Paul la somme de 3 000 F. Si la vente se réalise, ces 3 000 F seront imputables sans intérêts sur le prix d'acquisition.

Faute par Monsieur Morel Jean d'avoir réalisé la vente dans le délai sus-indiqué, ladite somme de 3 000 F demeurera acquise à Monsieur Dubois Paul à titre d'indemnité.

Si par convenances personnelles, Monsieur Dubois Paul voulait se départir de ladite promesse de vente avant le [...], il réglera à Monsieur Morel Jean le double de la somme versée, soit 6 000 F.

Fait, en toute connaissance de cause, en triple exemplaire [date de l'enregistrement].
A ..., le [...]

Acte de location, état des lieux

De plus en plus, les actes font l'objet de textes imprimés. Vérifiez soigneusement si l'acte remis par le propriétaire ou par l'agence chargée de la location correspond bien au local loué. Lisez avec attention la rubrique « charges accessives » qui comprennent généralement en plus du loyer :

— les taxes d'enlèvement des ordures ménagères,
— le droit de bail,
— la quote-part du salaire du concierge (éventuellement),
— la quote-part de pose, dépose et battage des tapis de l'escalier,
— les consommations d'eau et d'éclairage des parties communes,
— les taxes et l'entretien des compteurs des parties communes,
— tous les frais d'entretien de propreté des parties communes ainsi que ceux des espaces verts.

Assurez-vous également, dans les « conditions générales », qu'aucune clause ne vous procurera gêne ou ennui.

L'état des lieux est effectué habituellement par le propriétaire, pièce par pièce; en cas de location saisonnière, assurez-vous dès votre arrivée qu'il est conforme à la réalité (voir p. 197).

Demande d'explications au sujet de la quote-part des charges

Date ...

Monsieur,

Votre lettre du [...] fait mention d'un règlement à effectuer de [...]. La différence par rapport à l'année dernière étant de [...]/fort importante, je vous serais reconnaissant de bien vouloir me fournir des explications que je juge nécessaires avant de vous régler dans les meilleurs délais.

Dans cette attente, je vous prie de recevoir, Monsieur, l'expression de ma considération la meilleure.

Pour contester le montant des charges

Date ...

Monsieur,

Je vous remercie de m'avoir fait parvenir si rapidement le détail des charges, ce qui m'a permis de comprendre la différence existant avec le montant de l'année dernière.

Il apparaît en effet que vous avez inclus / que le gérant y a inclus les frais de remise en état des escaliers, frais qui sont de toute évidence à la charge du propriétaire ainsi que les frais de réfection de la cour intérieure.

En conséquence, je vous demande de bien

vouloir me faire parvenir une facture ne comportant que les seuls frais imputables aux locataires. Je vous la réglerai aussitôt.

Recevez, monsieur, l'assurance de ma considération distinguée.

Au propriétaire / au gérant pour solliciter un délai de paiement

Date ...

Monsieur,

Depuis [...] ans que je suis votre locataire, je vous ai réglé ponctuellement mon loyer. Il me sera toutefois difficile de m'acquitter du prochain règlement, car j'ai dû faire face à des dépenses imprévues [bref exposé : mauvais calcul des impôts / frais à la suite de maladie / réparation importante de la voiture, etc.].

Auriez-vous l'extrême amabilité de m'indiquer si je peux retarder d'un mois le versement du mois de juin — je pourrais peut-être, si vous le souhaitez, ne vous verser que la moitié au 1er juin et l'autre avec le mois de juillet.

Cette dernière solution m'arrangerait certes moins, mais peut-être pourrait-elle mieux vous convenir.

En espérant que vous pourrez donner une suite favorable à l'une de ces deux suggestions, je vous prie d'agréer, Monsieur, l'expression de mes sentiments reconnaissants.

RÉPONSE POSITIVE

Date ...

Monsieur,

J'ai bien reçu votre lettre du [...] et j'accède tout à fait exceptionnellement à votre demande, car vous savez par expérience combien les charges, impôts et frais divers sont importants.

Vous me réglerez donc le mois de juin avec le mois de juillet. ·

En espérant que cette solution vous permettra de faire face à vos obligations, recevez, Monsieur, l'assurance de mes sentiments les meilleurs.

RÉPONSE NÉGATIVE

Date ...

Monsieur,

Votre lettre du [...] concernant le paiement de votre loyer de juin me parvient aujourd'hui même.

Ayant moi-même à faire face à un règlement le 15 juin, il ne m'est pas possible, à mon grand regret, d'accéder à votre demande et je vous prie d'effectuer dans les délais normaux ce règlement. / A la rigueur j'accepte que votre chèque me parvienne avant le 13 juin.

Agréez, Monsieur, l'assurance de mes sentiments les meilleurs.

Au propriétaire / gérant pour demander des travaux urgents

Date ...

Monsieur,

Lors de la tempête qui a sévi la nuit dernière, plusieurs tuiles se sont détachées du toit et des infiltrations d'eau se sont produites, endommageant gravement le plafond.

Il y a lieu de procéder de toute urgence à des réparations et j'ai cru vous être agréable, ne pouvant vous joindre par téléphone, en demandant à l'entreprise ... de prévoir les travaux concernant votre maison dans son planning et de vous établir un devis qu'il vous envoie ce jour même.

Veuillez agréer, Monsieur, l'expression de mes sentiments les meilleurs.

Entre voisins

Pour installer une clôture

Date ...

Monsieur / Cher Monsieur,

Comme moi, vous avez pu remarquer que de nombreuses personnes venaient se promener sur nos terrains contigus. Ayant fait procéder à de nombreuses plantations, j'ai constaté que plusieurs d'entre elles avaient été arrachées. J'ai donc décidé de clôturer ma propriété sur le côté qui nous est commun, à l'aide de [description des travaux]. Les bornes étant bien visibles, j'ai fait tendre un fil et planter des jalons.

Je vous signale mon intention afin que vous ne soyez pas surpris par ces travaux, et que nous continuions nos excellents rapports. Les travaux commenceront le [...].

Si vous voyez un inconvénient aux conditions de réalisation de cette clôture, veuillez me le faire savoir avant cette date. A toutes fins utiles, je vous signale que le marquage de mon terrain a été fait par M. M. géomètre à C.

Recevez, je vous prie, cher Monsieur, mes salutations les meilleures.

Pour protester contre une plantation d'arbres illégale.

Date ...

Monsieur,

Notre surprise a été grande de constater les plantations que vous avez faites tout le long de notre terrain mitoyen. D'ici à quelques années, vos arbres vont complètement obscurcir une partie de mon terrain. A mon grand regret, je dois vous demander de respecter la limite de plantation dont la distance doit être de deux mètres. Nous nous connaissons suffisamment pour que vous compreniez que ma demande n'est faite que par souci de conserver nos bons rapports.

Je vous prie d'agréer, Monsieur, mes sincères salutations.

Demande de locations saisonnières

A UNE AGENCE

Date ...

Monsieur,

Auriez-vous l'amabilité de m'indiquer, parmi vos locations, les villas / les appartements correspondant aux souhaits suivants, pour le mois de juillet, et plus particulièrement celle que vous pouvez me recommander.

— Pour sept personnes (2 couples et 3 enfants) 3 chambres minimum plus séjour;

— Située à moins de 500 mètres de la mer;

— Confort souhaité : au-dessus du simple aménagement;

— Jardin / appartement calme;

— Garage.

Je vous remercie par avance de l'attention que vous voudrez bien prêter à ma demande, et vous prie de recevoir, Monsieur, mes salutations les meilleures.

RÉPONSE

Date ...

Monsieur,

Votre lettre du [...] a retenu toute notre attention. Nous vous prions de trouver ci-joint la liste de nos locations. Les numéros 42, 57 et 69 correspondent à vos souhaits.

Je me permets de vous recommander le n° 57 et vous engage vivement à venir visiter cette villa afin de vous assurer par vous-même et de sa situation exceptionnelle et du confort qu'elle comporte. Je ne voudrais pas que vous soyez déçu.

Nous vous joignons à toutes fins utiles notre acte de location à nous renvoyer le plus tôt possible, car, cette année, les demandes de location se font tôt.

Veuillez agréer, Monsieur, l'assurance de toute notre considération.

Lettre à l'Agence pour signaler une erreur

Date ...

Madame,

En arrivant à la villa que vous nous avez louée, je constate que plusieurs objets figurant sur l'état des lieux sont manquants et que certains autres sont détériorés.

Dans la cuisine, il manque deux bols, trois sont ébréchés.

Dans la salle à manger, un « vase façon cristal » est absent.

Dans la salle de bain, le flexible de la douche est cassé. Je vous serai reconnaissant de faire procéder à son remplacement dans les délais les meilleurs.

A part ces quelques détails litigieux, nous sommes très contents de cette location, et nous vous remercions de nous l'avoir conseillée.

Nous vous présentons, Madame, nos salutations distinguées.

A UN SYNDICAT D'INITIATIVE

Date ...

Messieurs,

Auriez-vous l'amabilité de me faire parvenir la liste des locations saisonnières de votre ville ainsi que les brochures concernant les excursions, loisirs, etc.

Je vous joins des timbres pour la réponse que je souhaiterais rapide.

Je vous en remercie à l'avance et vous prie, Messieurs, d'agréer l'expression de mes sentiments les meilleurs.

Pour retenir une chambre d'hôtel

Date ...

Monsieur,

Auriez-vous l'amabilité de m'indiquer les arrhes que je dois vous verser afin de retenir une chambre pour deux personnes avec douche pour la nuit du 30 au 31 juin ? Nous partirons en voiture en fin de journée et n'arriverons pas avant 23 heures.

Dans le cas où vous ne disposeriez pas d'une chambre avec douche pour cette date, veuillez me réserver une chambre avec salle de bain.

Si votre hôtel est déjà complet à cette date, auriez-vous l'amabilité de m'indiquer le nom et l'adresse d'un de vos confrères qui pourrait me donner satisfaction ?

En vous remerciant, recevez, Monsieur, mes salutations distinguées.

Pour une demande de renseignements

Date ...

Monsieur,

Auriez-vous l'amabilité de bien vouloir m'indiquer les conditions que vous nous feriez pour un séjour en votre hôtel du 3 juillet au soir au 21 juillet au matin.

Nous désirons :

Une chambre avec vue sur la mer pour deux grandes personnes,

Deux chambres, l'une pour notre fils âgé de 15 ans et une autre pour nos fillettes âgées de 5 et 8 ans, si possible communiquant avec la nôtre, toutes deux avec vue sur la mer de préférence.

A la rigueur, nous pourrions nous satisfaire d'une grande chambre commune aux trois enfants.

Dans l'attente d'une réponse rapide, je vous prie d'agréer, Monsieur, mes sincères salutations.

RÉPONSE

Date ...

Monsieur,

J'ai bien reçu votre lettre du ... et m'empresse d'y répondre. Nous pouvons mettre à votre disposition pour la période indiquée — 3 au 21 juillet — soit trois chambres (2 seulement avec vue sur la mer) ainsi que vous le souhaitez, soit deux belles chambres donnant sur la mer.

Nos prix de pension seraient dans le premier cas de [...] par personne, seule votre fillette de cinq ans bénéficiant d'une réduction de 50 pour 100.

Si vous n'occupiez que deux chambres, et pour vous être agréables, nous consentirions une réduction de 50 pour 100 pour les deux enfants âgés de cinq et huit ans.

Dans le cas où ces conditions vous conviendraient, je vous serais reconnaissant de m'adresser des arrhes correspondant à trois jours de pension.

Les demandes de séjour étant déjà nombreuses et le choix entre deux ou trois chambres m'obligent à vous demander une réponse très rapide, ce que vous comprendrez.

Je joins à ma lettre un dépliant de notre hôtel qui vous donnera tous renseignements quant à sa situation privilégiée et aux heures des repas. Nos menus sont toujours très appréciés de notre clientèle et j'espère qu'il en sera de même pour vous.

Veuillez agréer, Monsieur, l'assurance de toute notre considération.

Pour se décommander

Date ...

Monsieur,

Nous nous réjouissions de passer nos vacances du 3 au 21 juillet en votre hôtel. Hélas ! ma femme / un de mes enfants / est gravement malade / des obligations professionnelles / nous obligent à annuler notre réservation pour cette période.

Nous le regrettons vivement et espérons qu'aucun événement ne mettra obstacle l'année prochaine à notre séjour. Bien entendu vous garderez les arrhes versées à moins que notre défection puisse être compensée — en ce cas seulement nous vous laissons juge de l'opportunité de nous les rembourser, même en partie.

Avec nos regrets, et en vous remerciant d'avance de ce que vous pourrez faire, nous vous assurons, Monsieur, de notre parfaite considération.

2

Les lettres de tous les jours

1. LES INVITATIONS ET LEURS RÉPONSES

On trouvera page 72 les modèles lorsqu'il est fait usage d'une carte de visite.

Invitation à un repas (entre amis)

Date ...

Bien chers Amis,

Nous serions très heureux si vous pouviez venir déjeuner dimanche prochain, 9 décembre, vers 13 heures. Nous espérons que vous serez libres et que cette heure vous conviendra. Nous aurons également nos amis Martin dont je vous ai déjà parlé : ils aimeraient beaucoup vous connaître.

Paul se joint à moi pour vous adresser nos fidèles amitiés.

RÉPONSE POSITIVE

Date ...

Chers Amis,

C'est avec le plus grand plaisir que nous nous rendrons à votre aimable invitation le dimanche 9 décembre. Treize heures nous conviennent parfaitement. Outre le plaisir de vous revoir, nous serons heureux de faire la connaissance de vos amis Martin — il y a si longtemps que vous nous parlez d'eux...

Amitiés de ménage à ménage.

RÉPONSE NÉGATIVE

Date ...

Ma chère Jeanne,

Nous sommes vraiment désolés de ne pouvoir nous rendre à votre gentille invitation mais nous devons aller ce jour-là voir les parents de Jacques / nous sommes déjà conviés à un déjeuner chez le patron de Jacques / chez ma mère / [...].

Croyez, chers Amis, que nous le regrettons vivement, tes réceptions, ma chère Jeanne étant toujours parfaites.

Jacques se joint à moi pour vous adresser nos bonnes amitiés... et nos regrets.

▶ En cas de réponse négative, la politesse demande que l'on donne un motif. Si, pour une raison ou une autre, votre refus correspond à un désir de ne pas aller chez vos amis, invoquez un prétexte vraiment plausible, sinon vous risqueriez de vous fâcher.

▶ Vous pouvez, entre intimes, répondre par téléphone à une invitation.

Invitation à un dîner (à une amie dont le mari est absent).

Date ...

Ma chère Jeanne,

Paul vient de me dire que votre mari est parti pour plusieurs jours. Je m'empresse de combler votre solitude en vous demandant de venir dîner le jeudi 8 (vingt heures, ou plus tôt si vous le pouvez). En ce cas, je serais heureuse de bavarder un peu en toute tranquillité avec vous. Vous retrouverez nos amis Martin ainsi que les Dupont.

Croyez à nos bonnes amitiés.

RÉPONSE POSITIVE

Date ...

Chère Amie,

Avoir pitié de ma solitude est une vraie marque d'amitié et je l'apprécie d'autant plus que je me sens perdue lorsque Jacques n'est pas là. C'est avec reconnaissance que je me rendrai à votre si prévenante invitation. Au 8 donc, à vingt heures.

Toutes mes amitiés.

RÉPONSE NÉGATIVE

Date ...

Chère Amie,

C'est avec le plus grand plaisir que je me serais jointe à vous le jeudi 6, malheureusement je suis déjà / invitée par mes enfants qui désiraient depuis longtemps me faire connaître un couple de leurs amis / invitée chez des amis.

Cela m'ennuierait de leur faire faux bond.

Merci d'avoir pensé à moi, l'absence de Jacques a eu au moins ceci d'agréable : voir combien je suis entourée par tous mes amis.

Croyez, chère Amie, à ma fidèle amitié.

A un goûter d'enfants

Date ...

Chère Madame,

Béatrice serait très heureuse de compter Martine parmi ses amis le mercredi 4, à partir de quinze heures, et de partager avec elle ses jeux.

Nous la raccompagnerons bien entendu à moins que vous nous fassiez le plaisir de venir prendre une tasse de thé vers dix-sept heures.

Béatrice embrasse son amie Martine.

Croyez, chère Madame, à mon souvenir amical / le meilleur.

▶ Une carte de visite convient à ce genre de réponse pour une acceptation.

RÉPONSE POSITIVE

MADAME JACQUES DUPONT
conduira Martine en début d'après-midi
chez son amie Béatrice et sera heureuse de se rendre à
votre aimable invitation
en fin de journée.

▶ Un refus demande plutôt un court billet.

RÉPONSE NÉGATIVE

Chère Madame,

Martine a été très touchée de votre si gentille invitation; malheureusement, ce jour-là, elle doit se rendre chez une de ses cousines qui fête son anniversaire.

Je vous remercie vivement d'avoir pensé à Martine pour partager les jeux de Béatrice, et vous adresse, chère Madame, mon amical souvenir.

A une pendaison de crémaillère

Chers Amis,

« La Sapinière » sera en fête le samedi 8 avril grâce à votre présence et à celle de tous nos amis. C'est ce jour-là que nous y pendrons la crémaillère, à partir de treize heures.

Nous serons heureux de vous y accueillir — en tenue décontractée.

Nous espérons prolonger tard dans la nuit cette réunion.

A très bientôt une bonne réponse.

A un barbecue

Ce genre de réception réunit en général beaucoup d'amis, de relations. Vous pouvez faire votre invitation au moyen d'une carte de visite.

M. et Mme LEBON

seront heureux de vous recevoir
le samedi 8 juin
(barbecue à partir de 13 heures)

Si un barbecue est organisé à l'intention de jeunes ou si vous l'avez prévu entre amis, vous pouvez indiquer ce que chacun doit apporter :

Date ...

Mon cher Jacques,
Ma chère Jeanine,

Nous prévoyons pour le dimanche 8 juin le barbecue dont nous avions parlé le mois dernier. Nous serons, je pense, une trentaine et nous espérons bien que vous ne nous ferez pas faux-bond, car votre dynamisme sera un gage de succès.

Chacun ayant manifesté le désir d'y participer, pouvez-vous me dire s'il vous serait possible de songer aux saucisses de Bretagne ou si Jeanine préfère nous confectionner son célèbre gâteau aux noix ?

Très vite une bonne réponse. Merci.
Avec toutes nos amitiés.

Invitation pour un séjour à la campagne

Date ...

Chers Amis,

Voilà fort longtemps que vous nous aviez promis de venir passer quelques jours à « La Sapinière ». Nous espérons que vous pourrez tenir votre promesse cette année et nous faire le très grand plaisir d'y séjourner avec nous. Nous vous proposons deux dates en espérant qu'elles vous conviendront : du [...] au [...] ou du [...] au [...].

Vite une bonne réponse, car nous devons tenir un calendrier d'occupation. Vous aurez le plaisir de voir nos amis X si vous venez du [...] au [...].

Amitiés de ménage à ménage.

▶ Quelle que soit votre réponse, elle doit être envoyée dans les meilleurs délais.

RÉPONSE AFFIRMATIVE

Date ...

Chers Amis,

C'est avec une grande joie que nous tiendrons notre promesse de venir admirer votre « domaine » et surtout de passer quelques jours avec vous. C'est vraiment gentil de penser à nous, et nous nous réjouissons de rencontrer vos amis X. C'est dire que nous viendrons du ... au ... Si, par extraordinaire, vous aviez un empêchement ou un change-

ment de programme, dites-le-nous bien simplement, car nous ne voudrions pas être une cause
de dérangement.

Recevez toutes nos amitiés...

Date ...

Chers Amis,

Votre lettre, comme toujours, nous a été fort
agréable et la perspective de passer quelques jours
avec vous est bien douce à notre amitié. Hélas! seul
le peu de temps dont Jacques dispose pour ses
vacances nous empêche de répondre par l'affirmative à votre si aimable proposition. Nous partons
en effet tout le mois de juillet et nous avons également promis d'aller chez nos beaux-parents...

Croyez à notre vif regret de ne pas être des
vôtres.

Bien amicalement.

Pour se décommander

Date ...

Chers Amis,

Dans ma lettre précédente, nous vous disions
toute la joie que nous avions à la perspective de
passer quelques jours avec vous. Nous nous réjouissions trop tôt, et un fâcheux contretemps va nous
empêcher de réaliser ce projet. En effet [cause de
l'empêchement résumé mais précis, pas de problème si c'est une maladie ou un deuil. Si c'est

pour aller chez d'autres amis qui vous ont invités après, votre cas est difficile et vous devez vous efforcer de trouver une raison acceptable, par exemple :].

Nous nous réjouissions trop tôt, car Jacques vient de m'apprendre qu'il est obligé de se rendre à [...] pour son travail. Nous nous y rendrons ensemble, un de ses collègues désirant, en plus, faire ma connaissance !

J'espère qu'une autre occasion se trouvera bientôt. Croyez, chers Amis, à nos regrets. Bien amicalement à tous deux.

▶ En dehors des fiançailles, du mariage, de la communion, certains événements donnent lieu à des réceptions importantes. L'emploi d'un carton d'invitation est, en ce cas, d'usage.

Noces d'or

A l'occasion de nos noces d'or, nous serions
très heureux de vous avoir parmi nous
le samedi 19 juin
à partir de 16 heures

JEAN et COLETTE
53, rue des Coteaux — 92140 Clamart

R.S.V.P.

Réception pour un événement important

D'une épouse à un collègue de son mari

Date ...

Cher Monsieur,

Nous fêterons le samedi ..., à partir de seize heures, la promotion de Jacques.

Nous serions heureux et honorés si vous pouviez vous joindre à nos amis.

Je vous prie de croire, cher Monsieur, à mon souvenir amical.

2. LES FÉLICITATIONS

Pour un examen

Un père à son fils

Date ...

Mon cher Pierre,

Ton coup de téléphone nous a remplis de joie. Nous sommes à la fois fiers de ton succès et fiers de toi qui as su surmonter toutes les difficultés qui se présentaient.

Je sais bien que tu considères les examens comme une brimade, aussi ta maman et moi apprécions d'autant plus ton succès et te sommes reconnaissants d'avoir travaillé avec acharnement pour atteindre cette étape. L'avenir s'ouvre devant toi, puisque c'est de ta volonté et de ton intelligence dont tu viens de faire une démonstration éclatante, que tout dépend.

Nous espérons te voir très vite et serons heureux de te remettre le cadeau que tu désirais depuis longtemps.

Encore bravo. D'affectueux baisers de tous.

Pour un avancement

D'un inférieur à un supérieur

Ce type de lettre ne s'envoie qu'à un supérieur que l'on a bien connu et qui, donc, se souviendra du scripteur.

Cette missive ne convient qu'au cas où la différence des situations est importante, par exemple, un sous-officier (ou un sous-officier devenu officier) à un officier sous les ordres duquel il a servi ou un officier subalterne s'adressant à un officier supérieur (lieutenant-colonel, colonel, général).

I. MILITAIRE

Grade, nom
Adresse

Date ...

Mon [grade],

Le journal ... [citer la source : radio, télévision, bulletin des anciens] m'apporte l'heureuse nouvelle de votre promotion / nomination; cela me permet, en vous présentant mes félicitations / mes respectueuses félicitations, d'évoquer la période pendant laquelle j'ai eu l'honneur de servir sous vos ordres c'était en [...] [ne donner cette précision que si l'on s'en souvient avec certitude].

J'en garde de nombreux souvenirs où se mêlent, vous vous en doutez, ceux des bons et des mauvais jours [on peut préciser en quelques mots un ou deux faits marquants, glorieux, tristes].

Je vous prie, mon [grade], de croire à mes respectueux sentiments.

Réponse

Date ...

Mon [grade] ...

Vos félicitations m'ont beaucoup touché et je vous remercie vivement pour votre lettre.

Je garde un excellent souvenir du temps passé à [...] et c'est bien souvent que j'évoque les bons moments sans oublier pour autant les jours difficiles que nous avons vécus, plus particulièrement [rappel de 1 ou 2 faits au maximum].

Maintenant nous sommes à [donner de brèves nouvelles concernant son activité professionnelle, sa famille].

En vous renouvelant mes remerciements, je vous adresse mes sentiments fidèles.

II. CIVIL

D'un collaborateur à un supérieur

Date ...

Cher Monsieur,

L'avis de votre nomination au poste de ... vient de nous parvenir. Mes collègues et moi-même, nous en sommes ravis. Ils m'ont chargé de vous présenter leurs bien sincères félicitations auxquelles, vous vous en doutez, je m'associe pleinement.

Je forme des vœux pour que les responsabilités auxquelles vous êtes appelé vous laissent la possibilité de nous rendre quelques visites : vous savez que nous serons toujours heureux de vous revoir.

Veuillez agréer, cher Monsieur, l'assurance de mon amical souvenir.

▶ Bien qu'une réponse ne soit pas obligatoire à ce genre de lettres, il est courtois au supérieur de remercier soit oralement soit par une carte de visite, soit encore par une invitation à un « pot ».

Pour une décoration

A un ami

Date ...

Mon cher Paul,

C'est avec le plus grand plaisir que j'ai remarqué votre nom sur la liste des personnalités qui ont reçu la ...

Nul mieux que vous ne la méritait et c'est la juste récompense de tous les efforts que vous avez déployés dans les domaines qui vous sont chers. Permettez-moi d'y associer Jacqueline qui sait si bien vous encourager et qui veille avec tant de passion à votre bien-être. Elle a droit elle aussi à un ruban.

A très bientôt.

Fidèlement à vous.

A une relation

Date ...

Cher Monsieur,

Permettez-moi de joindre mes vives félicitations à toutes celles qui marquent votre nomination à ...

Lors de nos entretiens, j'ai pu admirer avec quel brio vous saviez résoudre le problème le plus important comme le plus petit détail. Cette décoration vient confirmer vos mérites et j'en suis heureux pour vous.

Je vous prie de croire, cher Monsieur, à l'expression de mes sentiments respectueux et amicaux.

▶ Voir p. 82 pour les cartes de visite.

Pour un exploit, la sortie d'un livre

Date ...

Cher Ami,

La télévision / le journal [etc.], a l'immense mérite de relater parfois des événements heureux et de célébrer la gloire de gens encore inconnus du grand public. Votre exploit est en tout point remarquable et j'imagine votre joie de voir couronner enfin les efforts journaliers qui vous ont tant coûté. Mais la récompense est là et j'espère qu'elle sera suivie de beaucoup d'autres.

Je suis heureux pour vous, cher Ami, et en vous renouvelant mes félicitations, je vous adresse mon très amical souvenir.

3. LES ÉVÉNEMENTS DE LA VIE

AVANT UNE ADOPTION
AVANT LA NAISSANCE

Lettre d'une belle-fille annonçant le désir du couple d'adopter un enfant

Date ...

Mes chers Parents,

Voilà sept ans que nous partageons chaque jour notre bonheur et que je trouve en Jacques le compagnon merveilleux et compréhensif dont j'avais rêvé jeune fille.

Ce bonheur n'est pas même altéré par nos déceptions successives en ce qui concerne une future naissance. Vous les avez partagées avec nous avec tant de gentillesse que je me dois de vous dire que, à moins d'un miracle, nous ne pourrons avoir d'enfant; les médecins, y compris le professeur X, ne nous laissent que très peu d'espoir.

Jacques et moi nous avons donc décidé d'adopter un petit garçon et déjà nous sommes pleins d'amour pour ce petit être qui viendra renforcer de sa présence notre foyer.

Nous nous étions renseignés après notre visite au professeur X et avions commencé les démarches, sachant celles-ci fort longues. Je pense que dans les mois qui viennent, nous serons informés de l'arrivée de notre enfant à notre foyer. Vous imaginez notre impatience et nous savons que vous approuvez cette décision et que vous aimerez ce petit-fils comme vous aimez ceux que vous avez déjà. C'est pourquoi nous vous faisons part de notre joie.

Nous vous embrassons, Jacques et moi, bien affectueusement.

RÉPONSE

Date ...

Ma chère Solange,

Votre lettre nous a beaucoup émus, et Papy a déjà téléphoné à Jacques pour lui dire combien nous vous comprenions.

Cet enfant est déjà notre petit-fils dans nos

pensées comme il le sera bientôt dans nos cœurs. Nous espérons seulement que votre attente ne sera pas trop longue. Ma chère Solange, je sais combien vous avez su comprendre Jacques, avec quel amour vous vous êtes pliée à sa personnalité. S'il vous a beaucoup donné comme vous le dites, vous lui avez tout apporté : votre bonheur est à ce point merveilleux qu'il contribue au nôtre.

D'autre part, votre décision est tellement le reflet de vos vœux à tous deux que nous nous y associons de tout notre cœur et nous vous embrassons très très affectueusement.

Faire-part pour une adoption

M. et Mme JEAN DUBOIS
ont la joie d'annoncer l'arrivée à leur foyer
d'Anne-Cécile
[Adresse mais pas de date.]

Si l'enfant n'est pas le premier :

Anne-Cécile
a la grande joie de vous annoncer
la venue de son petit frère
PATRICK.

Mêmes formules pour un « avis de presse ».

▶ Les formules de félicitations seront semblables à celles qui ont été données pour une naissance (p. 78).

L'annonce d'une naissance

D'une fille à ses parents pour annoncer une future naissance

Date ...

Bien chers Parents,

Il est des jours où je maudis la province, bien que nous y soyons fort bien et que nous nous plaisions chaque jour davantage ici. Jacques s'épanouit dans son travail et le mien est fort agréable. Chacun continue à être charmant pour nous et s'efforce de nous faire oublier Paris. Mais ce n'est pas Paris que je regrette, c'est vous, mes petits parents chéris, surtout quand j'ai à vous annoncer un grand secret... Ça y est, vous avez deviné. Eh bien, oui, Sophie (ou Matthieu) s'est annoncé à notre grande joie, joie que nous voulons vous faire partager sans attendre.

J'ai un mari adorable et plein de prévenances, qui me fait oublier mes maux de cœur.

Jacques se joint à moi pour vous embrasser.

Votre fille follement heureuse.

RÉPONSE

Date ...

Mes chers Enfants,

Rien ne pouvait nous faire plus de plaisir que l'annonce de vous voir passer de la catégorie des enfants à celle des parents.

La venue de Sophie (ou de Matthieu) nous a

rajeunis de trente ans. Mais je m'aperçois que je
parle de nous alors que c'est à vous que nous
consacrons toutes nos conversations et nos pensées. D'abord, embrasse Jacques pour nous; ensuite prends bien garde à ta santé et supprime
toutes les cigarettes pour préserver celle de notre
petit-fils (ou fille) : avant même de naître, ce
petit te crée de tendres obligations.

Dis à Jacques combien son beau-père est
heureux; pour moi je ressens toutes les joies que
tu m'as données dès avant ta naissance. Ton
père était aux petits soins et m'ennuyait fort de
ses conseils; à vrai dire, j'ai toujours pensé que
c'était plus pour toi que pour moi.

Partage avec Jacques nos baisers affectueux.

Pour toi, ma petite chérie, de très tendres
baisers de ta maman.

D'un petit-fils à ses grands-parents

Date ...

Cher Papy et chère Mammy,

Que croyez-vous que je vais vous annoncer?
Ce n'est pas Noël ni la fête de Mammy que je
n'oublie jamais. Je vais donc vous annoncer un
événement merveilleux : vous aurez la fierté d'être
les arrière-grands-parents les plus heureux du
monde, et ceci dans très peu de temps puisque
Solange attend notre enfant pour dans environ
sept mois. Nous nous sommes même disputés
(un peu), car elle voulait que j'attende encore

pour vous faire part de ces espérances. Mais elle s'est rendue à mes raisons et m'a même laissé le soin de vous écrire. J'avais tellement hâte de partager ma joie avec vous! Mammy va pouvoir entreprendre un tricot.

Solange se joint à moi pour vous embrasser bien affectueusement.

RÉPONSE

Date ...

Mon cher Jacques,
Ma chère Solange /
Mes bien chers Enfants,

La lettre de Jacques et son enthousiasme de futur père nous a comblés. Merci à Solange d'avoir bien voulu accepter de nous faire tout de suite partager votre joie. A notre âge, nous vivons plus pour l'avenir que dans le passé et nous sommes attentifs à toutes vos joies comme à tous vos soucis. Partager est pour nous partie intégrante de notre vie et aujourd'hui nous sommes comblés. Un petit-fils sera pour Papy le prince de la terre puisqu'il assurera la descendance des [...]; quant à moi, j'avoue que la venue d'une petite-fille réalisera un de mes plus chers désirs. Que vous aviez déjà rempli, ma chère Solange, en épousant Jacques. Nous espérons bien avoir la joie de vous soulager un peu, et que vous nous confierez de temps en temps cet amour d'enfant.

Dites-nous ce qui vous ferait plaisir : voiture,

lit, commode. Et quel modèle? Inscrivez-nous les premiers sur votre liste.

Nous espérons avoir très bientôt le plaisir de vous voir et si le voyage ne vous fatigue pas, nous serons heureux de vous accueillir quelques jours.

Nous vous embrassons bien tendrement, tout particulièrement vous, ma petite Solange. Prenez bien soin de vous afin de nous donner le plus beau des [...].

APRÈS LA NAISSANCE

Cartes de visite (voir p. 77).

Télégrammes

VINGT HEURES — 3 KILOS 100 — SOPHIE SPLENDIDE — MAMAN RADIEUSE.

MATTHIEU ET SA MAMAN VONT BIEN — ILS VOUS EMBRASSENT.

TON FILLEUL T'EMBRASSE — SA MAMAN HEUREUSE AUSSI.

Lettre à un oncle

Date ...

Cher oncle Pierre,

Sophie est née hier soir à vingt heures et a déjà donné beaucoup de peine à sa maman puisqu'elle s'est fait attendre durant six heures. Ma chère Solange a été bien courageuse et me souriait entre deux douleurs. Mais tout a été effacé lorsque le médecin lui a présenté notre petite Sophie : c'est une superbe fille de 3 kilos 100, aux cheveux abondants du plus beau brun.

Contrairement à certains nouveau-nés, elle est splendide; elle a de longs doigts aux ongles bien formés, des traits délicats qui nous laissent penser qu'elle sera aussi belle que sa maman — je n'ose écrire « encore » plus belle car je redoute la jalousie de Solange qui me dit que je suis déjà gâteux.

Nous vous préciserons la date du baptême, où nous comptons absolument sur votre présence. Nous pensons aux samedis 12 ou 19 du mois de mai, mais sans certitude.

Nous vous embrassons bien affectueusement.

Cartes de faire-part

On peut joindre une carte portant le nom du nouveau-né à une carte de visite (voir p. 77) ou faire imprimer une carte spéciale. De nombreux modèles sont offerts. Vous choisirez celui que vous aimez, en évitant de tomber dans le ridicule. La simplicité, là comme partout, est de règle.

Si c'est un premier enfant, la carte portera le prénom et la date de naissance. Sinon vous pouvez laisser à ses frère / s et sœur / s la joie d'annoncer la venue de leur petit frère ou de leur petite sœur. N'oubliez pas d'indiquer votre adresse.

M. et Mme JEAN DUBOIS
laissent à Cédric et à Matthieu la joie
de vous annoncer la naïssance de leur petite
sœur SOPHIE

[date]
[adresse]

Autre modèle qui se répand :

JEAN et JEANNINE DUBOIS
et
CÉDRIC
ont la joie de vous annoncer la naissance de
SOPHIE

[date]
[adresse]

Selon vos convictions, vous pourrez faire mention d'un enfant décédé.

JACQUES (au ciel) / †, CÉDRIC et MATTHIEU
ont la joie de vous annoncer la naissance de
leur petite sœur
SOPHIE

[date]
[adresse]

Avis de presse

L'annonce est généralement faite par les parents.

> M. et Mme Jean Dubois sont heureux d'an-
> noncer la naissance de Sophie, le 6 mars [adresse].

Le nom de jeune fille de la maman est parfois
mentionné :

> M. Jean de Kerhearec et madame, née So-
> lange de Grasse, ont la joie d'annoncer la nais-
> sance de Sophie, le 6 mars 19...

▶ Dans cet avis, il est souhaitable de mentionner le
mot « madame » au long.

On peut prendre le(s) prénom(s) des frère(s) et
sœur(s).

> M. et Mme Jean Dubois, Matthieu et Tho-
> mas ont la joie d'annoncer la naissance de Sophie,
> le 6 mars 19...

Les parents peuvent laisser aux grands-parents la
fierté d'annoncer la naissance de leurs petits-enfants,
principalement si plusieurs de leurs enfants ont eu
des enfants dans l'année.

> M. et Mme Yves Dubois sont heureux d'an-
> noncer la naissance de leurs 6ᵉ et 7ᵉ petits-enfants
> *Matthieu*, fils de Robert et Jacqueline *Durand*, le
> 5 février, et de *Sophie*, fille de Jacques et Solange
> *Lavallière*, le 6 mars.

RÉPONSES (cartes de visite, voir p. 78).

Par télégramme

FÉLICITATIONS SINCÈRES AUX HEUREUX PARENTS ET
VŒUX DE BIENVENUE À SOPHIE.

PARTICIPONS À VOTRE JOIE. PROMPT RÉTABLISSEMENT À
SOLANGE. BAISERS AFFECTUEUX.

Réponse d'un oncle

Date ...

Mes bien chers,

L'annonce de la venue de Sophie à votre
foyer m'a rempli de joie. C'est une joie que je
suis heureux de partager avec vous, car vous
savez combien mon affection est grande. Je ne
regrette qu'une chose, c'est que ma pauvre [...]
ne soit plus là pour s'y associer.

Merci à Jacques de m'avoir prévenu si rapidement, cela m'a beaucoup touché. J'espère que
Solange va se remettre bien vite pour faire
face à toutes ses tâches de mère, lesquelles sont
très absorbantes mais pleines d'amour.

J'ai déjà noté de me rendre libre les 12 et
19 mai car je serais navré de ne pas participer à
cette cérémonie. Mais surtout je me réjouis de
partager votre joie et votre fierté, ainsi que de
rencontrer toute la famille.

Croyez à mes affectueuses pensées et donnez
à Sophie de la part de son oncle une douce ca-
resse. N'oubliez pas de me dresser une liste de
cadeaux par ordre de préférence. Un vieil oncle

est compréhensif et ne voudrait pas offrir une troisième ou quatrième timbale ! Même si vous désirez un cadeau moins classique, n'hésitez pas à me le faire savoir.

J'embrasse votre trio.

D'un couple ami

Date ...

Bien chers vous deux,

Nous sommes heureux que Marc ait eu un petit frère; il échappe — provisoirement — à la tyrannie d'une sœur. Jean, retenu par ses obligations, ne pourra se rendre à la clinique, mais je serai heureuse d'aller admirer votre merveille et de vous embrasser, ma chère Suzanne.

Auriez-vous la gentillesse de me téléphoner le jour et l'heure qui vous conviendront et en même temps de m'indiquer ce qui ferait plaisir à ce petit homme : grenouillère, parure de drap, timbale, rond de serviette, chauffe-biberon, etc. Cette indication nous sera précieuse afin que ce cadeau ne fasse pas double emploi.

A très bientôt donc.

En attendant, Jean se joint à moi pour vous renouveler nos félicitations et nous adressons nos vœux de bienvenue dans ce monde à Thomas.

Croyez à toutes nos bonnes amitiés.

Naissance et décès d'un enfant

Date ...

Bien chers Parents,

C'est un fils bien triste qui vous écrit. Solange a été prise de douleurs hier soir à sept heures et je l'ai aussitôt conduite à la clinique. Christian, hélas! n'aura pas cette fois de petite sœur, car elle n'a vécu que quelques minutes. Nous sommes bien accablés mais notre amour nous permettra de surmonter cet affreux événement. Solange se montre fort courageuse et c'est elle qui me remonte le moral. Je me réjouissais tellement de cette naissance que je suis démoralisé. J'espère me reprendre très vite mais cela me fait du bien de vous parler à cœur ouvert.

Certes, je sais que notre petit ange nous y aidera et c'est une grande consolation, mais pour l'instant je suis encore sous le coup du sort et ne puis comprendre le sens de cette épreuve.

Solange, je vous l'ai dit, montre un courage admirable et je vais m'efforcer d'être à sa hauteur. Elle me charge de vous embrasser et de vous assurer de toute son affection.

Voulez-vous prévenir tous les nôtres à l'exception de grand-père et de grand-mère à qui j'écris. Les pauvres! Ils étaient si heureux à l'idée d'avoir à choyer une arrière-petite-fille...

Je vous embrasse.

RÉPONSE

Date ...

Bien chers Enfants,

Ta lettre, mon cher Jacques, nous a accablés et nous pensons constamment à vous. Vous vous réjouissiez tant de cette naissance que nous partagions votre bonheur. C'est votre peine, hélas! que nous partageons. Puisse-t-elle en être soulagée un peu. Nous imaginons votre douleur, mais nous voyons aussi votre couple dans les moments heureux. Votre force est dans cette union harmonieuse, mes chers enfants, que vous symbolisez si parfaitement. Vous avez été unis pour le meilleur et pour le pire et cette épreuve renforcera encore si possible votre amour.

C'est, je crois, une grande consolation.

Que ce petit ange veille sur son grand frère et que bien vite Solange retrouve des forces.

Nous vous embrassons avec tout notre amour.

Faire-part de naissance et annonce de décès

Si les faire-part de naissance ne sont pas envoyés et que le bébé vient à mourir, vous pouvez, en vous limitant à vos relations proches et votre famille, y ajouter quelques mots :

Philippe est monté au ciel le 5 février; une messe sera célébrée le 8 février en l'église Saint-Paul à 10 heures.

Ce faire-part n'étant envoyé qu'aux intimes, vous pouvez fort bien préciser la cause du décès, ce qui vous épargnera, en ces moments douloureux, d'avoir à écrire plus longuement. Vous ne signez pas ces quelques lignes.

> Philippe a été rappelé à Dieu le 5 février, jour de sa naissance. Une grave malformation accidentelle aurait rendu son existence précaire.
> Unissez-vous par la pensée et la peine le samedi 10 février à 10 heures où une messe sera célébrée en l'église Saint-Paul. Je vous embrasse.

BAPTÊME

N'attendez pas la naissance pour choisir le parrain et la marraine. Si possible, fixez votre choix avant le troisième mois de la grossesse — au plus tard le septième.

Pour demander un parrain, une marraine

A un ami

> Date ...

Mon cher Philippe,

Tu n'es pas sans savoir que Madeleine va me combler de joie en septembre prochain. Cette naissance future me remplit d'orgueil, bien sûr, mais pèse déjà lourd sur mon esprit. Que de responsabilités en perspective! Et comment assumer pleinement notre tâche pour établir des rapports confiants parents-enfant?

Pour nous y aider, nous avons cherché, avec Madeleine, quel serait l'être le plus doué pour nous y aider, et naturellement nous avons prononcé ton nom. Aussi serions-nous heureux si tu acceptais d'être le parrain de monsieur ou de mademoiselle X. Nul mieux que toi n'est qualifié pour ce rôle moral et je sais que tu sauras y faire face, si nécessaire, avec tout ton cœur.

Les traditions — vieilles comme de bien entendu — voulaient que le parrain soit âgé et choisi parmi les membres de la famille. Elles sont passées de mode et je me réjouis que notre fils (?) ait un parrain aussi jeune que toi. Ne t'embarrasse pas de faux prétextes pour refuser: dragées et cadeaux appartiennent à la panoplie des accessoires superflus; c'est seulement ton cœur de parrain qu'il nous faut.

Tout à toi.

RÉPONSE POSITIVE

Date ...

Mon cher Jacques,

Votre fils — pourquoi pas ma filleule? — est déjà cher à mon cœur. C'est une grande marque de confiance et d'amitié que vous me témoignez, à moi ton indigne compagnon d'enfance / d'études.

C'est donc avec le plus grand plaisir que

j'accepte d'être parrain. Vous serez bien certainement les parents les plus attentifs et les plus intelligents du monde et mon rôle ne sera que minime. Cependant si mon filleul a besoin de moi, soyez assurés que je serai toujours prêt à répondre à son attente.

Je tiens essentiellement à marquer ce jour par un souvenir durable. Que préférez-vous? gourmette, médaille, timbale, que sais-je encore... En temps utile, indiquez-moi aussi le nombre de boîtes de dragées nécessaires. Je tiens à conserver cette tradition.

Mon cher Jacques, dis à Madeleine combien je suis heureux de cette marque de confiance. Lorsque tu t'es marié, j'avais un peu peur de perdre un ami. Non seulement cela ne s'est pas produit, mais en plus j'ai gagné une amie et bientôt un tout petit copain. C'est merveilleux.

Embrassez-vous pour moi.

Avec ma vive amitié.

RÉPONSE NÉGATIVE

Date ...

Mes bien Chers,

A l'annonce de ta prochaine paternité, mon cher Jacques, et de votre future maternité, ma chère Madeleine, j'ai ressenti une grande joie pour vous. Ce petit être, qui va faire d'un couple d'amoureux, une famille, m'émerveille à l'avance et m'intimide grandement.

Quant à votre proposition d'être le parrain,

elle me va droit au cœur et je reconnais là votre gentillesse à mon égard et votre amitié à tous deux. J'y suis, croyez-le bien, fort sensible, et cet honneur me comble. Mais, mon cher Jacques, tu sais que mon esprit n'est pas aussi évolué que le tien et que je suis resté un tout jeune homme : la responsabilité que votre amitié m'offre m'effraie vraiment trop. C'est avec beaucoup de regrets que je la décline mais je ne me sens vraiment pas mûr et j'ai trop peur de vous décevoir, vous et surtout ce petit être qui va venir. Ne m'en veuillez pas trop et soyez assurés de ma fidèle amitié.

A un proche parent

Date ...

Chère Tante Jacqueline,

Jacques et moi-même sommes fous de joie, joie que nous voulons partager avec vous en vous annonçant une grande et merveilleuse nouvelle : j'attends pour fin septembre un enfant. C'est du moins la date que m'a indiquée mon gynécologue.

Vous connaissez la profonde affection que nous vous portons, et c'est tout naturellement que nous avons pensé à vous pour être la marraine de notre enfant. Nul mieux que vous ne saura le guider sur les chemins de la vie.

Votre acceptation nous comblerait de bonheur, aussi répondez-nous vite, ma chère tante Jacqueline.

Jacques vous envoie son affectueux souvenir et moi mes plus tendres baisers.

RÉPONSE POSITIVE

Date ...

Ma chère Madeleine,

Vous êtes décidément mon couple préféré et vous comblez de joies votre vieille tante. Rien ne pouvait me faire plus de plaisir que l'annonce de la venue prochaine d'un bébé à votre foyer : et voilà qu'en plus vous me demandez d'être la marraine. Sachez que mon cœur déborde déjà d'amour pour ce petit être. Peut-être auriez-vous mieux fait de choisir une marraine plus jeune. Mais puisque vous en avez décidé ainsi, je tâcherai de rester jeune très longtemps.

Les sourires de mon / ma filleul(e) réchaufferont mon enthousiasme.

Ma chère Madeleine, indiquez-moi bien vite la couleur que vous avez choisie pour les vêtements. Je me ferai un plaisir d'en tricoter quelques-uns.

Je vous embrasse de tout mon cœur, plus particulièrement toi, ma petite Madeleine, qui portes toutes les espérances.

RÉPONSE NÉGATIVE

Date ...

Ma chère Madeleine,
Mon cher Jacques,

L'annonce que vous me faites me remplit de joie, joie d'autant plus grande que vous me demandez d'être la marraine de votre enfant. Cette intention me touche au plus profond de moi-même et j'y reconnais toute votre affection. Je suis sûre que vous avez pensé d'abord à moi, ensuite à vous et enfin à ce M. X ou à cette demoiselle Y. Et c'est justement ce « monsieur », cette « demoiselle » qui m'empêche d'accepter, car vous n'avez pas dû vous rendre compte que je suis devenue une tante bien âgée. Or pour moi, être marraine signifie beaucoup de responsabilités — et il viendra un jour où je ne pourrai plus les assumer et que je regretterai amèrement d'avoir accepté votre si « filiale » attention. Je la décline avec beaucoup de regret, mais, ma chère Madeleine, je me proclame marraine d'honneur et bien vite indique-moi ce que tu souhaites pour ton bébé. En premier je m'inscris pour le landau ou toute autre pièce pouvant rendre service : table à langer, armoire de rangement, etc.

En attendant, ma petite Madeleine, je te joins un chèque pour que tu te gâtes un peu et t'offres le caprice (qui d'ailleurs n'existe pas, c'était bon de mon temps) de toute femme enceinte.

Ne m'en veuillez pas et croyez à ma bien vive affection.

PROFESSION DE FOI

Il est toujours d'usage d'envoyer un cadeau à l'enfant. Peut-être celui-ci recevra-t-il une montre de plongée ou un calculateur de poche avec plus de plaisir qu'un crucifix... il est cependant préférable, pour les parrain et marraine du moins, d'offrir soit un livre se rapportant à la religion soit un objet d'art religieux, en évitant le genre dit « Saint-Sulpice ». Ou encore une gravure, un tableau, etc.

Lettre d'un parrain

Date...

Mon cher Claude,

Voici [...] ans, je te tenais le doigt alors que tu étais dans les bras de ta marraine. Nous étions tous trois — toi surtout — le centre d'intérêt de ta famille réunie pour célébrer ton baptême.

Chacun était heureux et ta maman rayonnait, attendrie, espérant que tu ne crierais pas. Tu n'as pas crié. Aujourd'hui, tu t'apprêtes à renouveler les promesses que nous avons faites pour toi. Tu as pris conscience de l'importance de cette démarche. Certes, il n'est pas toujours facile de suivre les commandements qui nous ont été enseignés, mais je suis sûr qu'entouré comme tu l'es, par l'affection de toute ta famille, l'amitié de tes camarades et aussi la prière que tu peux faire, tu seras, mon cher filleul, un homme droit et honnête.

C'est le vœu que je forme à cette occasion, et pour que tu te souviennes de ce grand jour je t'envoie par le même courrier un objet qui, j'espère, te plaira.

Lettre d'une marraine

Date ...

Mon cher Claude,

Il est de coutume, à chaque grand événement de notre vie, de marquer ce jour par un présent. J'ai choisi pour toi une composition en pâte de verre stylisée; la courbe du motif n'est autre que la Vierge qui se penche sur son enfant qui représente la terre. En veillant sur lui, elle veille aussi sur nous.

Je t'embrasse affectueusement.

D'un petit-enfant pour inviter ses grands-parents

Date ...

Bien cher Grand-Père

Bien chère Grand-Mère,

C'est le [...] que je vais renouveler mes vœux au baptême. Comme, alors, j'étais trop petit, c'est aujourd'hui que je m'engagerai vraiment et je serai content de voir réunis tous ceux qui étaient présents autour de parrain Jacques et de marraine. Chacun m'entourera de ses prières et se recueillera avec moi. Et puis, j'aurai grand plaisir à vous revoir. J'espère que la santé de Grand-Mère est meilleure et qu'elle pourra faire ce voyage, sans trop de fatigues. Nous serons tous tellement heureux de vous avoir auprès de nous.

Je vous embrasse bien affectueusement.

FIANÇAILLES

Lettre d'un fils à ses parents

Date...

Bien chers Parents,

Vous avez dû remarquer au cours de mon dernier séjour que j'étais distant et rêveur, parfois même préoccupé.

Un petit sourire de maman en me remettant une enveloppe semblable à celle qu'elle m'avait remise la veille m'a fait hésiter à vous ouvrir mon cœur... et puis je suis parti avec mon secret. Merci à maman d'avoir été aussi discrète. Je ne sais pourquoi il m'est plus facile de vous parler de Catherine par lettre. Eh bien oui, elle s'appelle Catherine (Cathy pour moi).

Nous nous connaissons depuis cinq mois et la séparation que nous venons de vivre nous a montré combien notre amour était fort et nous avons décidé de nous fiancer dès que possible.

Nous nous sommes connus chez mon ami Jean et depuis nous avons recherché toutes les occasions de nous rencontrer. Ce qui n'est pas très facile, car Cathy est serveuse dans un drugstore et ses horaires ne sont pas réguliers.

D'un tempérament vif, enjoué et enthousiaste, ses qualités morales ne le cèdent en rien à son physique, je vous joins une photo.

J'espère que vous vous réjouirez avec moi et que maman se surpassera le week-end de la Pentecôte, car si cette date vous convient, j'ai l'intention de vous la présenter. Paul étant en voyage à cette époque, voudra-t-il lui prêter sa chambre? Merci.

J'ai hâte d'être près de vous avec Cathy. Je vous embrasse bien affectueusement.

RÉPONSE POSITIVE

Date...

Mon cher Jacques,

Jacques et Cathy, cela sonne déjà fort agréablement à nos oreilles et, avec ton papa, nous prononçons souvent vos deux noms afin d'y être parfaitement habitués à la Pentecôte.

Arrivez dès que vous le pourrez, en attendant nous vous embrassons tous deux bien affectueusement.

AUTRE RÉPONSE POSITIVE

Date...

Mon grand,

Ta lettre nous a apporté d'abord une grande surprise — quoi que tu en penses je ne m'étais aperçue de rien — et ensuite une immense joie.

Nous avons hâte de faire la connaissance de Catherine et nous pensons que dès qu'il vous sera possible de le faire, venez.

Pourquoi attendre la Pentecôte? Nous serons ravis de vous accueillir et de faire connaissance de notre future « belle-fille ».

Nous t'embrassons tout particulièrement et te chargeons déjà de notre toute nouvelle affection pour celle que tu as choisie.

RÉPONSE ÉVASIVE DES PARENTS

Date...

Mon cher Jacques,

Ta lettre nous a, tu t'en doutes, beaucoup surpris. Nous trouvions bien parfois que tu étais distrait et bizarre, mais nous avions attribué ton comportement au souci que tu te faisais à propos de ton travail.

J'avoue être étonné de ton silence au cours de ces dix jours passés ensemble.

Je ne doute pas que ton choix a été mûrement réfléchi. Tu sais que la vie à deux pose de graves problèmes. Les conditions de vie d'aujourd'hui ne sont plus les mêmes que jadis et les caractères ont souvent du mal à surmonter certaines épreuves, même légères. C'est donc tout ton avenir que tu engages là. J'avoue que je ne te voyais pas déjà marié. Comme tous les parents, nous avons comme seul souci votre bonheur. Es-tu sûr que ce soit le cas et n'y a-t-il pas un emballement prématuré de ta part?

Avant de rencontrer Catherine, j'aimerais te voir et parler plus longtemps avec toi.

Je t'embrasse.

Seconde lettre renouvelant les intentions

Date...

Mes chers Parents,

J'attendais une lettre de maman avec celle de papa, mais je suppose que maman se réserve pour mieux se réjouir avec moi. Et elle a bien raison. Si je n'étais pas enthousiaste, je ne serais pas amoureux et si je n'étais pas amoureux je ne serais pas fou. C'est ce qu'il fallait démontrer, n'est-ce pas, mon cher papa? Alors, rassure-toi, vous m'avez montré le droit chemin, et je suis sûr que Catherine m'y aidera. C'est une jeune fille équilibrée, un caractère affirmé, pleine de bon sens et de prévenances. D'elle-même, elle m'a proposé d'aller vous voir avant la Pentecôte.

Je me doutais que le métier qu'elle exerce ferait « tiquer » papa. Ce n'est que provisoire — mais elle l'exerce fort bien et avec beaucoup de courage — car c'est parfois très dur. Je suis certain que les préventions de papa vont tomber dès samedi prochain.

Je vous embrasse.

Votre fils bien affectionné.

Lettre des parents du jeune homme aux parents de la jeune fille

Date...

Cher Monsieur,
Chère Madame,

Vous avez eu la gentillesse d'accueillir Jacques bien souvent ces derniers temps, alors que nous ne connaissions pas encore Catherine, et pourtant elle est déjà tout près de notre cœur.

Jacques nous suggère de nous faire faire sa connaissance à la Pentecôte. Nous serons ravis de l'accueillir mais nous serions aussi très heureux si vous pouviez l'accompagner. Nous pourrons ainsi parler ensemble de leurs projets.

Nous espérons faire votre connaissance très bientôt.

Nous vous assurons, cher Monsieur, chère Madame, de nos sentiments les plus cordiaux.

RÉPONSE

Date...

Cher Monsieur,
Chère Madame,

Nous vous remercions infiniment de votre aimable lettre et de votre proposition qui correspond à nos vœux.

Nous avons examiné avec mon mari les possibilités de vous rencontrer.

Il ne nous est pas possible en ce moment

de nous absenter, aussi avons-nous pensé à un projet qui, s'il pouvait se réaliser, nous ferait grand plaisir. Pourquoi n'accompagneriez-vous pas Catherine et Jacques ce week-end de Pentecôte?

Notre campagne est agréable en cette saison et Catherine sera moins dépaysée.

En espérant que ce projet vous agréera, nous vous prions de croire, chère Madame, cher Monsieur, à nos pensées les meilleures.

L'ANNONCE DES FIANÇAILLES

Du fiancé / de la fiancée à des parents proches

Date...

Cher Oncle Jean

Il est toujours agréable d'annoncer des bonnes nouvelles — et celle que tu vas apprendre est certainement la plus merveilleuse qui soit : je me marie. Enfin nous allons nous fiancer Catherine et moi. Officiellement, cette journée sera marquée par la remise d'une bague suivie d'une réception chez les parents de Catherine, le dimanche [...] à partir de 16 heures.

Tu nous ferais le plus grand plaisir en honorant de ta présence cette journée mémorable. Je plaisante, bien sûr, mais vraiment te compter parmi nous compléterait mon bonheur.

Je t'embrasse en te disant à bientôt.

Des parents des fiancés à des oncles, tantes, etc.

Date...

Chers tous deux,

Voici déjà quelque temps que nous ne nous sommes pas écrit, aussi vais-je vous faire part d'une nouvelle qui demande une réponse.

Jacques a des projets qui sont doux à notre cœur, car la jeune fille qu'il nous a présentée est déjà notre fille, tant elle est agréable.

Ils se fianceront le [...] et j'espère bien que vous serez des nôtres.

Jacques est très occupé en ce moment par son travail et le peu de temps qui lui reste, il le consacre à Catherine, c'est pourquoi il m'a chargée de vous écrire.

Lorsqu'il nous a parlé de cette jeune fille, Paul — comme beaucoup de pères je suppose — a commencé par être bougon.

Peut-être aurait-il préféré un type de jeune fille plus classique qui lui aurait rappelé sa jeunesse. Mais une fois qu'il a vu Catherine, très vite il a su apprécier ses grandes qualités, son sens du réel et son dynamisme. Il a même été agréablement surpris de voir comment une femme pouvait s'épanouir en aimant son travail. Je sens que Catherine va le transformer!

Chacun me charge de vous adresser, qui ses baisers, qui son amitié.

Quant à moi, je ne puis que vous dire ma joie de voir Jacques se stabiliser et être heureux.

Bien affectueusement à vous.

Avis de presse

Si les familles le jugent utile, un avis peut être in-séré dans la presse. Ce sont les parents qui annoncent les fiançailles de leurs enfants; les parents de la jeune fille précèdent ceux du jeune homme. Si l'on indique les adresses, la première adresse sera donc celle des parents de la jeune fille.

Il est préférable d'indiquer « Madame » plutôt que « Mme ».

M. Édouard Dupont et Madame
Le colonel Paul Durand et Madame
sont heureux d'annoncer les fiançailles
de leurs enfants
Catherine et Jacques

Ou encore :

> Nous sommes heureux d'apprendre les fian-çailles de Mademoiselle Catherine Dupont avec Monsieur Jacques Durand - Évreux-Paris.

Rupture des fiançailles

Si la rupture des fiançailles intervient après qu'un avis de presse a été inséré ou à quelques jours du mariage, il convient de faire paraître un autre avis dans les mêmes journaux.

Dans la presse

Modèle 1

Le mariage de Mlle Catherine Dupont et de M. Jacques Durand qui devait être célébré le 25 juin n'aura pas lieu (convenances personnelles).

Modèle 2

Contrairement à ce qui avait été annoncé, le mariage de Mlle Catherine Dupont avec M. Jacques Durand, prévu pour le 25 juin, n'aura pas lieu.

Si les faire-part de mariage avaient déjà été envoyés, les deux familles feront imprimer une carte et l'enverront dans les meilleurs délais. Si le temps presse, elles se serviront de leur carte de visite.

M. et Mme Dupont
ont le regret de vous faire
savoir que les fiançailles de Catherine
avec M. Jacques Durand viennent d'être rompues
d'un commun accord.

A la famille

Aux proches, le père et la mère de la jeune fille se répartissent le soin d'annoncer la rupture.

Modèle 1

Date...

Chère tante Simone,

Tu vas être bien étonnée, mais la décision que viennent de prendre Catherine et Jacques de rompre leurs fiançailles est certainement raisonnable.

L'amour fou qui avait marqué leurs premières rencontres, le feu ardent qui semblait les animer les avaient, je crois, induits en erreur et leur avaient dissimulé leurs responsabilités. Ils se sont fiancés dans leur ardeur à vouloir unir leur vie un peu trop vite — nous leur avions pourtant conseillé d'attendre mais ... — Et voici qu'ils s'aperçoivent que leurs idées sont diamétralement opposées : Catherine ne veut pas d'enfant, Jacques rêve d'une famille nombreuse; Jacques sacrifie trop de valeurs essentielles aux yeux de Catherine pour sa carrière : ce n'est plus de l'ambition légitime, c'est de l'arrivisme forcené. Bref, d'un commun accord, ils nous ont fait part de leur décision de rompre leurs fiançailles. N'en ayons pas d'amertume.

Quant à nous, si cette décision nous a fait de la peine, nous nous consolons en pensant que Catherine sort mûrie de cette expérience.

Nous t'embrassons.

Modèle 2

Date...

Bien chers vous deux,

C'est avec regret mais avec soulagement que nous devons vous mettre au courant d'un événement qui a troublé fort toute la maisonnée : Catherine et Jacques nous ont annoncé avant-hier leur désir de rompre leurs fiançailles. Ils l'ont fait, je l'avoue, avec un grand courage, chacun prenant sur lui les fautes de l'autre. Dans cette circonstance pénible, ils ont été, comme l'on dit : « très dignes », et plus familièrement, « très bien ».

Nous prévenons toute la famille, aussi je vous quitte en vous embrassant bien affectueusement.

A un ami, pour lui demander d'être témoin

Date...

Mon cher Jean-Claude,

Une date fatidique approche et dans deux mois je ne serai plus libre de venir passer une fin de semaine chez toi sans en référer d'abord à Catherine.

En souvenir de tous les moments que nous avons passés ensemble, je serais heureux si tu acceptais d'être mon témoin. Ta présence à nos côtés marquera pour nous deux la continuation de notre amitié et pour moi l'assurance de la tienne.

Présente à tes parents mon souvenir amical et respectueux.

A très bientôt de tes nouvelles.

On trouvera aux chapitres « Clergé » et « Mairie », des modèles pour demander des renseignements.

MARIAGE

Les faire-part doivent être envoyés une vingtaine de jours à l'avance. Il est donc souhaitable que les deux familles se mettent d'accord sur un modèle, précisent le nombre d'exemplaires qu'elles souhaitent — chacune réglant sa part au prorata de la quantité qu'elle commande.

Il est raisonnable d'en prévoir au moins une dizaine en plus, car, le jour de l'expédition — et même si vous avez dressé une liste que vous croyez exhaustive — vous entendrez le classique : « Et Untel? — Il n'y en a plus. »

Certaines maisons spécialisées ont créé des modèles alliant le plus souvent la tradition et le non-conformisme. Le succès va toujours croissant de ces modèles plus personnalisés. Nous avons noté une immense feuille de papier, léger comme un voile de mariée;

au centre, une typographie classique donne toutes les indications habituelles. Des cartes colorées offrent poésie et humour[1].

Modèles de faire-part

Avec 2 feuillets

Un beau bristol, un caractère en italiques penchées (gravé de préférence), un feuillet double pour chaque famille : voilà un faire-part classique, toujours de bon goût.

Lors de l'expédition, chaque famille placera son faire-part au-dessus.

Mais l'usage d'un double feuillet pour chaque famille disparaît, de même que la gravure, leur coût étant important.

Avec 1 feuillet

Sur l'un des côtés, la famille du fiancé annonce le mariage; de l'autre côté, c'est la famille de la fiancée qui le fait *en employant la même formule.*

Un simple jeu de pliage permet de faire apparaître en premier recto le nom de la famille dont émane le faire-part.

---

1. A Paris, notons : Armorial, place Beauvau et Jean Munier, 87, avenue Niel.

La rédaction

En premier viennent le / les grands-parents puis les parents. Comme pour les cartes de visite, la mention veuve ne figure jamais. S'il y a lieu, les titres et décorations sont indiqués après chaque nom, soit par un signe caractéristique, soit, le plus souvent, écrits au long. La profession des parents peut être également mentionnée. Il en est de même pour les mariés.

Modèle 1

Madame Louis Brun
Monsieur Édouard Dupont, Officier de la Légion d'honneur
et Madame Édouard Dupont
ont le plaisir de vous faire part du mariage de
leur petit-fils et fils Jacques Dupont,
avec Mademoiselle Catherine Durand

[Adresse de la grand-mère]
[Adresse des parents]

Si un des fiancés n'a ni grands-parents ni parents vivants, l'annonce sera faite par un frère / une sœur aînée, son parrain / sa marraine / un proche parent.

Un veuf / une veuve font part eux-mêmes de leur remariage.

Modèle 2

Madame Louis Brun,
Monsieur Dupont, officier de la Légion d'honneur,
et Madame Dupont ont l'honneur de vous faire part
du mariage de Monsieur Jacques Dupont, interne
des hôpitaux de Paris, leur petit-fils et fils,
avec Mademoiselle Catherine Durand.
[Adresse de la grand-mère]
[Adresse des parents]

Formules diverses communes aux deux couples

Modèle 1

Et vous prient d'assister ou de vous unir d'intention
à la bénédiction nuptiale qui leur sera donnée
par Monsieur le Chanoine Dubois, professeur
au Grand Séminaire, le [...]
à [...], en l'église [...]

Modèle 2

Les époux (ou plus familier : Catherine et Jacques)
échangeront leur consentement au cours de la messe
de communion qui aura lieu le [...]
en l'église [...]

Modèle 3

La bénédiction nuptiale leur sera donnée le [...]
en la chapelle de [...]
par le Pasteur [...] et le Père [...]

Cette dernière formulation indique qu'il s'agit d'un
mariage protestant-catholique. Un entretien avec le

pasteur et le prêtre est préférable à un échange de correspondance pour mettre au point le déroulement de la cérémonie.

S'il n'y a pas de cérémonie religieuse, précisez l'heure et l'adresse de la mairie où sera célébré le mariage.

Envoi après la cérémonie

La bénédiction nuptiale leur a été donnée
dans l'intimité en la chapelle de [...]
le [...]

Mariage dans la plus stricte intimité

Un faire-part sera envoyé quelques jours après la cérémonie. Si cette intimité provient d'un désaccord entre familles ou parents, les jeunes mariés peuvent fort bien envoyer un faire-part à leur nom :

Jean et Colette
sont heureux de vous faire part
de leur mariage qui a été célébré
le 12 juin 1976 dans la plus stricte intimité
[Adresse]

Remariage (carte)

Modèle 1

Monsieur Paul Dupont et Madame Paul Dupont, née Elisabeth Dubois, ont l'honneur de vous faire part de leur mariage qui a été célébré dans l'intimité le [...]

Modèle 2

Mademoiselle Corinne Dubois, Monsieur Paul Dupont ont l'honneur de vous faire part de leur mariage qui sera célébré le [...] en l'église [...]

Dans ce dernier cas, si une réception est prévue, ajouter à la main les précisions nécessaires.

Les cartons d'invitation

L'invitation à un lunch ou à une réception sera jointe aux faire-part. Elle est au nom des mères des mariés; la mère de la jeune fille figure en premier.

Si une grand-mère reçoit également, son nom sera placé en premier.

Madame Louis Brun
Madame André Durand
Madame Édouard Dupont
Recevront après la cérémonie
Hôtel [...], place de [...]

Si nécessaire on ajoutera : « De 17 à 20 heures », « On dansera », « Réponse souhaitée avant [...] » ou « R. S. V. P. ».

Les réponses aux invitations

Si vous devez assister à la seule cérémonie religieuse, il n'est pas nécessaire de répondre, bien qu'un petit mot de félicitations soit vite écrit.

En revanche, si vous ne pouvez y assister, vous devez féliciter les parents et complimenter les mariés.

S'il n'y a pas de cérémonie religieuse, donnez le plus tôt possible votre réponse à une invitation à un lunch ou à un repas et précisez, si le carton le portait, votre venue à la mairie.

Des amis des parents

Date...

Bien chers Amis,

L'annonce du mariage de votre petite Catherine nous a remplis de joie. Nous vous félicitons bien sincèrement et vous chargeons de formuler nos vœux de bonheur aux futurs mariés, car, hélas ! nous ne pourrons assister à la cérémonie, Daniel étant retenu ce jour-là par ses occupations et mes pauvres jambes ne me permettent pas d'y aller seule.

Je ne doute pas, ma chère Amie, que tout se passera bien, connaissant votre dynamisme. Quant

au choix de Catherine, il est sûrement parfait :
c'est une jeune fille si réfléchie et si raisonnable
qu'elle n'a pu que trouver « l'oiseau rare ».

Embrassez-la pour moi.

Pour vous, chers Amis, toutes nos bonnes
amitiés.

D'une amie

Date...

Ma chère Catherine,

Ma surprise a été aussi grande que ma joie
quand ce matin j'ai reçu ton faire-part.

Voilà bien longtemps que nous ne nous sommes
écrit et je croyais que tu m'avais oubliée. Souvent, je me demandais ce que tu devenais. Me
voilà rassurée puisque ton silence était dû à ton
fiancé. C'est avec plaisir que je serai avec vous
ce jour-là.

J'ai le plaisir de t'annoncer mes prochaines fiançailles et j'espère que nos futurs maris
s'entendront. Mais où est notre belle jeunesse,
ma petite Cathy?

Au [...] donc.

Je t'embrasse.

D'une relation

Date...

Cher Monsieur,

Chère Madame,

C'est avec le plus grand plaisir que nous
assisterons à la messe de mariage de Jacques.

Nous vous remercions de votre aimable invitation à laquelle nous nous rendrons avec le plus grand plaisir, heureux de complimenter ce jeune couple.

Avec toutes nos félicitations, nous vous prions de croire, cher Monsieur, chère Madame, à notre souvenir le meilleur.

▶ A la place de ce mot, vous pouvez aussi utiliser votre carte de visite.

Pour refuser l'invitation ou s'excuser de ne pas assister à la cérémonie

Une relation se servira de sa carte de visite (voir p. 79).

D'un ami

Date...

Mon cher Jacques,

La date de votre mariage m'a plongé ce matin dans l'ennui, car ce jour-là je dois assister en province à une fête familiale prévue depuis longtemps. Mes grands-parents réunissent une fois l'an leurs enfants et petits-enfants et il n'est vraiment pas possible de rompre la tradition. Ils sont âgés et nous devons les entourer de toute notre affection. Grand-Père vieillit vite...

Malgré mon absence je serai près de vous et m'associerai en pensée à votre bonheur. Vous seriez aimable de m'indiquer où vous avez déposé votre liste de mariage.

Présentez à Catherine mon souvenir amical.

Pour vous deux, je forme des vœux de bonheur et d'épanouissement total.

Croyez, mon cher Jacques, à toute mon amitié.

D'un supérieur

Date...

C'est avec plaisir que je me serais rendu à votre aimable invitation, heureux de partager avec vous ce jour de bonheur. Malheureusement des obligations professionnelles / familiales, m'empêcheront d'assister à votre mariage.

Je vous adresse, ainsi qu'à Mademoiselle Dupont, mes meilleurs vœux de bonheur.

A votre retour, nous serons heureux si votre femme pouvait assister à un petit cocktail que vos collègues et moi-même avons prévu.

Croyez, cher Monsieur, à mon amical souvenir.

Télégrammes le jour du mariage

TOUS NOS VŒUX DE BONHEUR. NOUS PARTAGEONS DE TOUT CŒUR VOTRE JOIE. VOUS EMBRASSONS TOUS.

PRIERONS AVEC VOUS POUR VOTRE BONHEUR. EMBRASSE CATHY POUR NOUS. POUR VOUS TOUS JOYEUSE JOURNÉE. POUR TOI ET CATHY DES VŒUX MULTIPLES.

LA MALADIE (grave)

Lettre à une amie

Date...

Ma chère Agnès

Vous connaissez déjà mon inquiétude mais voici que l'état de mon cher Georges s'est aggravé. Cependant, je veux garder l'espoir. Peut-être n'avons-nous pas fini d'être heureux. Je voudrais que vous partagiez mon espérance quand bien même celle-ci devrait être placée dans les mêmes mystères insondables de la vie. [Donner ici les détails sur l'évolution de la maladie.]

Les médecins ne peuvent se prononcer.

Il m'est doux de venir bavarder avec vous. Nous avons tellement partagé de joies qu'il me semble que mon chagrin, d'être ainsi confié, est non pas allégé mais atténué. Et je vous le dois, chère, chère amie. Espérons que nous pourrons de nouveau vivre de bons moments tous ensemble. Georges était si heureux lorsque je lui annonçais que nous passions avec vous une fin de semaine. Je ne puis imaginer que nous ne le puissions plus.

Je vous tiendrai, bien sûr, au courant.

Partagez avec Jacques toutes nos fidèles amitiés.

RÉPONSE

Date...

Ma chère amie / Odette,

Votre lettre nous a plongés Jacques et moi dans le plus profond désarroi mais, comme vous, nous nous attachons à ce fil d'espoir que vous nous laissez entrevoir. Notre pensée va constamment vers vous et nous espérons que Georges arrivera à surmonter cette crise. Il est admirablement soigné et sa constitution est forte.

Du courage, et n'hésitez pas à avoir recours à nous si nous pouvons vous être d'un quelconque secours.

Jacques se joint à moi pour vous embrasser.

LE DEUIL

Les condoléances à présenter varient évidemment avec le degré de sympathie, d'amitié ou d'amour que l'on partageait avec le défunt et que l'on partage avec celui / celle qui reste.

Pour des personnes très chères, laissez parler votre cœur en toute simplicité, celui qui recevra votre message sentira que vous partagez sa peine, même si vos pensées sont décousues. Parfois un simple mot, une évocation heureuse seront les messages de votre cœur; d'autres fois ce sera une longue lettre...

Un télégramme alarmiste peut parfois précéder l'annonce d'un décès, notamment s'il est adressé à des personnes âgées.

JULIEN ÉTAT SUBITEMENT AGGRAVÉ - AFFECTIONS

MÈRE ÉTAT TRÈS GRAVE - PRÉVOYEZ RETOUR D'URGENCE - BAISERS

JULIEN N'A PAS REPRIS CONNAISSANCE - DÉCÉDÉ SANS DOULEURS HIER 18 HEURES - LETTRE SUIT

MÈRE S'EST ÉTEINTE HIER SOIR - VOUS AVONS TOUS PRÉVENUS - VOUS ATTENDONS - BAISERS AFFLIGÉS

JACQUES VICTIME GRAVE ACCIDENT VOITURE - PEU D'ESPOIR.

La concision d'un télégramme n'est pas signe d'indifférence; il ne sera envoyé que dans le cas où on ne pourra toucher famille ou amis par téléphone. Envers les personnes âgées, il est préférable d'user de précautions et, si les circonstances le permettent, de les aviser par lettre d'un décès prochain. Si elles ne doivent pas se déplacer, mieux vaut annoncer la nouvelle par une lettre - même brève.

D'une fille à ses parents

Date...

Ma chère Mamy,
Mon cher Papy,

C'est une fille désespérée qui vous écrit. Les médecins tout à l'heure m'ont laissé bien peu d'espoir. Je sais que vous partagez ma douleur: Surtout, ne vous faites pas d'inquiétudes à mon sujet : je suis très entourée. Chacun me donne toute son affection et je sens la vôtre dans mon cœur. Elle le réchauffe et le réconforte. Ne changez rien à vos habitudes et préservez votre santé : j'aurai tant besoin de vous bientôt.

Jacques ne souffre pas et offre un visage paisible, je ne pense pas qu'il se rende compte que son état s'est aggravé : il me parle de nos prochaines vacances... C'est un état de grâce et il faut le lui laisser.

Je vous embrasse avec toute mon affection.

Télégrammes

Si des liens d'amitié vous lient à la famille de la personne décédée, et même si vous devez assister aux obsèques, un télégramme sera une marque d'affection supplémentaire. Si vous ne pouvez assister aux obsèques, vous écrirez après l'envoi du télégramme.

A VOUS ET VOTRE FAMILLE DISONS NOTRE SYMPATHIE. SOMMES EN UNION DE PENSÉES.

DE TOUT CŒUR AVEC VOUS. AMITIÉS.

Des personnes ayant des relations amicales peuvent, par télégramme, présenter leurs condoléances et s'excuser de ne pouvoir assister aux obsèques.

N'AYANT PU REMETTRE UN RENDEZ-VOUS EN PROVINCE, NE POURRAI ÊTRE PARMI VOUS LUNDI. VOUS ADRESSE MES SINCÈRES CONDOLÉANCES ET L'EXPRESSION DE MA FIDÈLE AMITIÉ.

D'un ami, d'un camarade d'enfance

Date...

Ma chère Jacqueline,

Toujours nous penserons à Jean, à son sourire émerveillé, à l'extrême simplicité de son cœur, à son accueil toujours si cordial. Ayant dit cela, je ne puis aujourd'hui vous parler d'autre chose.

Je vous embrasse.

A des neveux pour la mort d'un grand-parent

Si les neveux sont mariés, il est plus délicat d'adresser la lettre au couple. Dans le corps de la lettre, une mention spéciale est faite à celui (celle) qui a perdu un de ses grands-parents.

Date...

Ma chère Christiane,
Mon cher Pierre,

Nous avons beaucoup pensé à vous, Christiane (Pierre), lorsque nous avons appris la triste nouvelle du décès de votre grand-mère.

Nous connaissions vos inquiétudes à son sujet mais surtout nous savions la grande affection que vous aviez pour elle. C'est donc bien tristement que nous vous assurons de notre vive sympathie et de notre affection.

La disparition d'une personne âgée a beau être une issue logique, les liens affectifs qu'elle avait noués tout au long de sa vie sont difficiles à rompre. Mais vous êtes, ma chère Christiane, entourée de tous vos enfants — et c'est eux que je charge de vous embrasser pour nous.

A des petits-enfants au sujet de la mort d'un de leurs grands-parents

Date...

Ma chère Suzanne,
Mon cher Paul,

Nous venons d'apprendre le décès de votre bonne grand-mère et nous venons vous dire combien notre pensée vous a accompagnés — et vous accompagnera aujourd'hui tout particulièrement.

Nous savons comme vous lui étiez attachés, et combien vous devez avoir de peine. Cette peine, elle vous est toute personnelle, mais sachez que nous la partageons, car nous gardons en mémoire son bon sourire heureux lorsqu'elle vous regardait. Permettez-moi — à mon âge je crois que je le peux — de vous dire aussi qu'arriver au terme de la vie, c'est un bien de ne pas trop s'attarder ici-bas, où de trop grandes souffrances physiques risquent d'altérer le souvenir de ceux qui vous aiment.

Courage, ma chère Suzanne, courage pour surmonter cette épreuve de votre vie. Je sais que vous trouverez en Paul le solide appui qu'il vous a toujours prodigué.

Nous vous embrassons tous deux bien affectueusement, tout particulièrement vous, ma petite Suzanne.

Votre tante / votre oncle.

A un couple ami

Date...

Chers Amis,

Nous sommes encore tout atterrés par l'atroce nouvelle qu'un coup de téléphone de [...] nous a apportée. Nous ne pouvons y croire. Les mots sont dérisoires, pourtant c'est toute notre bonne amitié que nous vous offrons. Usez-en, abusez-en : si vous voulez nous voir, vite un coup de téléphone et nous accourrons près de vous.

En attendant, nous vous embrassons bien tristement.

D'une relation amicale

Modèle 1

Date...

Mon cher Ami / Mon cher Claude,

Je viens d'apprendre la nouvelle affreuse et je devine votre état d'esprit. Croyez à ma pensée fidèle. Je suis triste pour vous, mon pauvre ami et vous embrasse.

Modèle 2

Date...

Cher Ami,

Que tous les bons souvenirs laissés par votre maman vous soient une consolation, mon cher Ami. C'est une dure épreuve qui vous est infligée et je pense doublement à vous, venant de vivre ces jours de peine.

Transmettez à votre père mes condoléances et croyez à toute mon amitié.

Pour s'excuser de ne pouvoir assister aux obsèques

Date...

Cher Ami,

En cette douloureuse circonstance, je vous assure ainsi que votre famille de ma sympathie attristée et vous présente mes plus sincères condoléances.

Je regrette vivement de ne pouvoir être présent au service funèbre de votre grand-mère, car je dois assister absolument à une réunion professionnelle...

J'aurai une pensée particulière ce jour-là pour vous.

Croyez, cher Ami, à ma profonde amitié.

D'un ami à une veuve

Date...

Chère Suzanne

Votre télégramme nous a bouleversés. Nous voudrions vous exprimer tous les sentiments qui montent de notre cœur, vous dire avec des mots très simples notre peine. Mais c'est à vous que nous pensons, vous la compagne de toute une vie, vous la gardienne fidèle du bonheur quotidien, vous qui avez su toujours soutenir Jean dans ses difficultés et partager ses joies.

Rien n'est plus de ce qui a été — et rien ne sera plus comme avant mais, ma chère Suzanne, vous serez entourée par vos enfants, liens de sang et de chair qui sont pour vous aujourd'hui le reflet de Jean.

Trouvez pour eux le courage que notre ami aurait souhaité vous voir. Vous savez que notre foyer vous est ouvert; que notre affection vous soit douce dans votre épreuve.

Je vous embrasse.

D'un ami à un enfant

Date...

Mon cher André,

Nous voudrions, Suzanne et moi, te dire combien nous comprenons ton chagrin et nous imaginons ton désarroi.

Je dis nous comprenons et non, nous partageons, car ta peine t'est toute personnelle. Mais tu sais l'affection et l'admiration que nous avions pour ton père. Depuis trente ans, nous avons partagé toutes ses joies et tous ses soucis.

Nous t'embrassons.

A des grands-parents pour la perte d'un de leurs petits-enfants en bas âge

Date...

Chère Simone,
Mon cher Pierre,

Nous avons été bouleversés en apprenant la grande épreuve qui marque Cécile et son mari, et vous-mêmes, chers tous deux.

Alors qu'une naissance ne doit laisser éclater que tendresse et joie, il est affreux de voir un berceau se couvrir d'un voile de deuil.

Nous pensons à vous tous si unis. Pourtant, il faut se résigner et rester joyeux pour les autres. C'est très important, je crois, surtout pour [noms des frères / sœurs].

Vous savez la place que vous tenez dans notre cœur, aussi ressentons-nous comme nôtres toutes vos peines et toutes vos joies.

Nous vous embrassons de tout notre cœur, très, très affectueusement.

Pour les réponses voir la rubrique « Remerciements », p. 324.

Rédaction des faire-part

Écrivez très lisiblement les noms propres sur la « copie » que vous remettrez soit aux Pompes funèbres, soit à un imprimeur. Plusieurs modèles (papier, caractères) vous seront proposés. Choisissez celui qui vous convient — à moins que le défunt ait fait part d'une préférence : en ce cas, respectez son souhait.

Les alinéas (Exemple pour un couple âgé).

1. Nom du / de la **conjoint / e.**

2. Noms des **enfants du défunt** (la famille du défunt vient *avant* sa belle-famille), en commençant par le plus âgé des enfants mariés.

▶ On peut faire figurer, après le nom des couples, le / les prénoms /s des petits-enfants.

▶ En fin d'alinéa, ajouter en ce cas :

      ses enfants et petits-enfants

▶ En principe, les enfants mariés sont nommés avant les célibataires; les frères avant les sœurs; un / une religieux / ieuse avant les célibataires.

3. Les **petits-enfants,** en commençant par les premiers petits-enfants mariés, à défaut par les aînés célibataires.

4. Regroupez, par ordre d'âge décroissant, les prénoms des **arrière-petits-enfants.** (Si la famille est très nombreuse, on peut indiquer les noms propres.)

5. Les **oncles, tantes, cousins, cousines.**

6. Un oubli étant toujours possible, mentionnez : *et toute la famille.*

7. Nom du **défunt.**

Note. Pour une femme, en caractères plus petits, ajoutez : *née* [nom de jeune fille] ... Pour une femme veuve remariée, ajoutez en dessous : *veuve en premières noces de ...*

Exemple :

ont la douleur de vous faire part du décès de

Madame Jean Durand

née Berthe Joly

veuve en premières noces de Raoul Dupré

Mentions particulières

▶ Après le nom du / de la défunt / e, indiquez ses titres puis ses décorations.

▶ Contrairement aux faire-part de mariage, aucun titre ni décoration ne sera indiqué après les noms des personnes annonçant le décès.

▶ Sur les modèles qui vous seront présentés, choisissez les formules qui vous conviennent ou précisez votre désir, par exemple : « On se réunira au cimetière », « Les obsèques ont eu lieu dans l'intimité », « Ni fleurs ni couronnes », « Il n'y aura pas de défilé ».

En règle générale, les catholiques ajoutent : « Priez pour lui! » ou « De Profundis »; les protestants choisissent un verset de la Bible, par exemple : « J'attends le Seigneur / Ma vie espère en lui / Psaume 230-5.

▶ En bas, à gauche, indiquez les adresses : 1. du / de la conjoint / e; 2. des enfants.

4. LETTRES DIVERSES

A la suite d'une fugue

Date...

Voilà dix jours que tu nous laisses sans nouvelles. Tu dois savoir que ton absence nous fait souffrir ta maman et moi et que ton retour est ardemment souhaité. Nous avons pu avoir une attitude et des comportements qui ne correspondaient pas à tes pensées. Mais pourquoi en être arrivé là sans explications?

Ce que tu as à nous reprocher, nous aurions pu le comprendre si tu t'en étais ouvert. A ton âge, je conçois fort bien que tu aies des attitudes tranchées. Ta maman, quand elle dort, se réveille brusquement et reste des heures à imaginer ce que tu deviens. Je t'en supplie, pour elle, pour moi aussi, car cette crise m'a fait comprendre combien je t'aimais, reviens vite. Rien ne sera comme avant mais tout sera construit pour que règne entre nous une harmonie que nous avons inconsciemment détruite.

Nous te pardonnons de tout cœur et sans arrière-pensée et t'embrassons.

A un parent pour solliciter un prêt d'argent

Date...

Mon cher Oncle,

Nous avons été heureux d'avoir de vos nouvelles et la lettre de tante Jeanne nous a fait grand plaisir. Bien sûr, je vous écris à tous les deux pour vous donner des nouvelles de notre petite famille qui va bien mais, cher oncle Jean, c'est à toi que je m'adresse plus particulièrement aujourd'hui, car j'ai un service à te demander. Cela me gêne un peu et en voici la raison [exposé aussi précis et véridique que possible, par exemple : suppression des heures supplémentaires, achats trop lourds à rembourser]. Je pensais avec Jacqueline faire face plus facilement à cette dépense mais tel n'est pas le cas. Crois que nous le regrettons vivement.

Bien entendu, si tu es le moins du monde gêné en ce moment, ne pense pas à ce problème, nous ne t'en voudrons certes pas. Fais-nous connaître ta réponse sans trop tarder. Je pense pouvoir te rembourser ces 2 000 F (car c'est de cette somme qu'il s'agit) moitié dans trois mois, moitié à Noël où je touche mon mois double.

Merci, cher Oncle Jean, nous t'embrassons ainsi que Tante Jacqueline avec toute notre affection.

A un ami

Date...

Mon cher Claude,

C'est un grand service que j'ai à te demander. J'ai pensé te téléphoner mais finalement je préfère t'écrire.

Je traverse en ce moment une passe assez difficile et peut-être pourrais-tu venir à mon aide. D'ici à la fin du mois j'aurais besoin de [... F] que je me propose de te rembourser en [...]

Vois en toute simplicité si tu peux le faire; dans le cas contraire, il est je pense inutile de te dire que je ne t'en voudrai nullement.

Bien amicalement.

RÉPONSE (refus partiel)

Date ...

Mon cher Jacques,

C'est avec la même simplicité que je réponds à ta lettre reçue hier afin que tu puisses entreprendre immédiatement les démarches nécessaires pour obtenir un prêt. En effet, je suis moi-même assez gêné en ce moment et la somme que tu désires creuserait un « trou » dans mon budget.

Ce ne sont que 500 F que je pourrai te prêter et ceci, tu peux t'en douter, avec le plus grand plaisir. Téléphone-moi afin que nous déjeunions ensemble ou venez dîner samedi prochain avec Madeleine.

J'espère que tu trouveras rapidement une solution à ce problème.

Si je puis te donner un conseil quelconque, n'hésite pas à m'appeler.

Ton ami.

Formules pour un prêt d'argent

Entre particuliers, ce peut être un simple engagement, écrit sur papier libre, de la main de celui qui emprunte.

Je reconnais devoir à M. Dubois la somme de vingt mille francs (20 000 F) pour le prêt d'un montant égal fait le ... Ce prêt est remboursable le ... et portera un intérêt de dix pour cent (10 %).

Paris, le ...

[signature]

Les deux parties peuvent bien entendu inclure certaines clauses d'un commun accord.

M. Jean X, domicilié 53, rue Pierre Leroux, Paris, reconnaît devoir à

M. Paul X, domicilié 36, rue de la Paroisse, Paris, la somme de 30 000 F (trente mille francs) pour prêt d'un égal montant reçu ce jour (chèque Crédit Lyonnais n° [...]).

Ce prêt, d'une durée de trois ans, portera un intérêt de 10 % (dix pour cent) l'an.

A dater de ce jour [...] les versements d'intérêts et le remboursement s'effectueront au domicile de M. Paul X tous les ans par fractions de 10 000 F. M. Jean X pourra se libérer par anticipation, en totalité ou par fractions d'au moins 10 000 F, en prévenant M. Paul X au moins un mois à l'avance.

Paris, le ...

[signature]

5. LES CARTES POSTALES, DE VŒUX

Nous avons énuméré, page 58, les conseils utiles concernant ce mode de correspondance. Nous ajoutons ici quelques modèles.

Cartes postales

1. Après un voyage fort éprouvant / fort agréable, nous trouvons ici un repos idéal. Tout est enchanteur : paysages, excursions, hôtel et table. Nous espérons y venir un jour avec vous. Chacun se joint à moi pour vous adresser nos meilleures amitiés.

2. Nous ne pensions pas en venant ici découvrir autant de merveilles : [énumération]. A bientôt le plaisir de vous les montrer en photos [en films]. Bien cordialement.

3. Ici, tout est calme et repos, et les soucis de la ville sont lointains. Les enfants prennent des bains fantastiques. Pour nous, c'est un délassement et un prélassement de rêve. Amitiés.

4. Pour les bagnards restés au bureau, un souvenir amical de ... La renommée de cette station n'est pas surfaite : on y trouve la joie de vivre et le plaisir de déguster mille bonnes choses. A très bientôt.

5. Nous vous souhaitons d'oublier bientôt tous les soucis du bureau / de l'atelier... comme nous le faisons pendant ces vacances qui se révèlent encore plus agréables que prévu : visites des musées de [...] et de [...] enchanteurs, et nombreuses excursions à l'intérieur du pays.

Croyez à notre bon souvenir.

Cartes de vœux

Jacques LEGRAND
prie M. Lebaud d'agréer l'expression
de ses sentiments déférents et lui adresse
ses vœux les meilleurs pour la nouvelle année.

1. Voici l'époque la plus agréable de l'année, puisqu'elle est celle qui nous permet de vous souhaiter mille et un bonheurs à vous et à tous ceux qui vous sont chers. Pour tous, une excellente santé; pour chacun, beaucoup de joies; pour toi, la réalisation de tes désirs les plus chers; pour les enfants, des succès continuels. Crois à notre fidèle amitié.

2. Après cette année qui a été si douloureuse pour vous, permettez-moi, avec mon amitié, de vous souhaiter une année tranquille et paisible. Chacun se joint à moi pour vous embrasser affectueusement.

3. Merci de vos bons vœux. Nous y avons été très sensibles et, à notre tour, nous formulons pour vous mille bonnes choses. Nous espérons avoir la joie de vous voir prochainement.

6. LETTRES AUX AUTORITÉS
AUX MEMBRES
DES PROFESSIONS LIBÉRALES

1. L'ÉCOLE, LE CORPS ENSEIGNANT

Demande de bourse provisoire

Si votre situation financière le justifie — notamment si vos ressources ont diminué par suite de chômage par exemple —, vous pouvez faire une demande de bourse provisoire. Votre dossier est à adresser à l'inspection d'Académie par l'intermédiaire du chef de l'établissement que fréquente votre enfant, mais, avant de la solliciter, demander à l'inspection d'académie de votre domicile une feuille de renseignements qui vous permettra de savoir si vous avez droit à une bourse pour votre / vos enfants. Une bourse est attribuée selon les ressources et vous devrez fournir un extrait des rôles de vos contributions — extrait établi par votre percepteur.

Demande de renseignements

Date ...

Monsieur l'Inspecteur Général,

Auriez-vous l'amabilité de me faire parvenir une feuille de renseignements afin que nous puissions, si nous y avons droit, solliciter une bourse pour notre / nos enfants.

Je vous en remercie et vous prie d'agréer, Monsieur l'Inspecteur Général, l'assurance de ma considération distinguée.

Demande d'une bourse

Date ...

Monsieur l'Inspecteur Général,

Notre situation financière s'étant dégradée depuis quelques mois à la suite du licenciement collectif auquel a procédé la société qui m'employait, j'ai l'honneur de solliciter une bourse provisoire pour mon fils Jacques, élève de la classe de 3e au lycée [...].

Je vous joins la photocopie de ma carte de contrôle de demandeur d'emploi, ainsi que les talons de paiement de mes allocations chômage.

Nous espérons que cette période difficile ne durera pas, mais en attendant vous comprendrez certainement que le montant de cette bourse nous sera d'un grand secours.

Je vous en remercie par avance.

Veuillez croire, Monsieur l'Inspecteur Général, à mes sentiments respectueux.

Pour solliciter des leçons particulières

Chère Madame / Madame,

Nous constatons, mon mari et moi-même, une nette baisse dans l'intérêt que Jean-Marc avait porté jusque-là à cette matière si essentielle que sont les mathématiques / l'anglais, [etc.].

Nous pensons qu'il faut dès maintenant

remédier à cet état de choses, et nous vous serions très reconnaissants si vous pouviez l'y aider en lui consacrant quelques heures de leçons particulières. Nous savons que votre temps est précieux aussi je serais très désireuse de vous rencontrer afin que nous puissions envisager ensemble un horaire qui vous conviendrait.

En vous remerciant pour tout le mal que vous vous donnez pour assurer l'éducation de nos enfants, je vous prie de croire, Madame, à l'expression de ma considération la meilleure.

Pour annoncer une maladie

L'Académie « comme le gouvernement » viennent de rappeler que seules les maladies à caractère *contagieux* exigent un certificat médical.

Date...

Monsieur,

Jean-Marc est rentré hier avec de la fièvre et le médecin a diagnostiqué une forte grippe qui l'obligera à garder la chambre une dizaine de jours.

Afin qu'il ne perde pied, auriez-vous l'amabilité de me faire communiquer par son petit camarade Jacques Dupont, notre voisin, les devoirs et leçons de cette semaine. Dès que la fièvre sera tombée je veillerai à le faire travailler sans trop le fatiguer.

Je vous en remercie vivement et je profite de l'occasion qui m'est donnée de vous écrire pour vous dire combien nous apprécions votre dévouement envers Jean-Marc.

Croyez, Monsieur, à l'expression de nos sentiments les meilleurs.

D'un élève à un professeur pour lui annoncer sa réussite à un examen[1]

Date...

Cher Monsieur,

J'abandonne, si vous le permettez, le solennel « Monsieur le Professeur » tellement je suis heureux. C'est pourtant à vous « Monsieur le Professeur » que je dois ma réussite. Vous avez su, par votre enseignement, non seulement m'apprendre beaucoup de choses, mais vous m'avez permis aussi de comprendre les problèmes et les résoudre.

Cette mise en confiance m'a été, je vous l'assure, salutaire, car dans l'énoncé / dans la rédaction qui nous a été soumis / e il y avait des pièges diaboliques.

Je vous souhaite, Monsieur, des vacances reposantes, et vous prie d'accepter les cris de joie que j'ai poussés en votre honneur en apprenant le succès que je vous dois.

[Ou plus respectueux :]

Je vous prie d'agréer, Monsieur et cher Professeur, l'expression de mes bien respectueux sentiments.

1. Voir aussi p. 320 « Les Remerciements ».

Des parents à un professeur

Date...

Cher Monsieur,

Nous avons eu la joie ce matin de recevoir la lettre nous annonçant le succès de Pierre à son examen. Je vous écris aussitôt pour vous en faire part, sachant combien vous vous êtes donné de peine pour lui permettre de rattraper le retard qu'il avait accumulé ces derniers mois.

Vos conseils, votre enseignement lui ont permis de surmonter bien des obstacles. La confiance que vous avez su lui inspirer lui a donné le goût des études — goût sans lequel aucun succès n'est possible.

Croyez, cher Monsieur, à toute notre reconnaissance; votre influence a été grande et bénéfique.

Pierre m'a chargé de vous dire sa joie; il vous rendra visite à la rentrée et vous dira lui-même ce qu'il vous doit.

Mon mari se joint à moi pour vous renouveler nos remerciements.

Je vous prie de croire, cher Monsieur, à l'expression de mon souvenir le meilleur.

Pour excuser un enfant

Date...

Madame,

Je vous prie de bien vouloir excuser Jean-Marc qui, souffrant hier soir, n'a pu terminer son devoir / apprendre sa leçon. Je veillerai, bien entendu, à ce qu'il répare cette omission.

Je vous prie de croire, Madame, à mes sentiments les meilleurs.

A un proviseur pour solliciter un rendez-vous

Date...

Monsieur le Proviseur,

Les indications portées sur le bulletin de Jean-Marc, par différents professeurs, ne m'ont qu'à moitié surpris mais sont pour ma femme et moi la cause d'une grande préoccupation. Tout particulièrement votre conclusion.

Jean-Marc nous donne, depuis quelque temps, beaucoup de soucis. Son indiscipline au lycée correspond à son attitude contestataire à la maison et nous nous demandons quelles influences il a pu subir.

J'aimerais examiner ce problème avec vous et serais désireux de vous rencontrer afin que nous puissions envisager les meilleures solutions pour aider Jean-Marc à traverser cette difficile période.

Peut-être, pourriez-vous avec ses différents professeurs, découvrir ce qui perturbe gravement notre fils.

Je vous prie de croire, Monsieur le Proviseur, à l'expression de mes sentiments respectueux.

2. PRÉFECTURE, SOUS-PRÉFECTURE

N'écrivez pas aux préfets ou aux sous-préfets pour un litige d'ordre privé, par exemple si vous êtes en conflit avec un de vos voisins. Le préfet ou le sous-préfet ne pourra rien pour vous. Il en est de même si vous êtes en procès devant les tribunaux, de quelque ordre qu'il soit, et ceci en vertu de la séparation des pouvoirs.

En revanche, si vous êtes en litige avec l'administration ou une collectivité locale, avant d'entamer une procédure juridique, tentez une démarche auprès des autorités préfectorales; souvent, elles trouvent une solution, qui peut vous épargner une procédure longue et coûteuse. C'est le cas par exemple pour une autorisation qui a été accordée puis retirée par un maire. Chaque cas étant strictement individuel, nous ne donnons pas de modèle, mais n'oubliez pas de bien composer votre lettre en vous reportant aux « Conseils », p. 7.

Demande de détention d'arme

Date...

Monsieur le Préfet,

Vous n'êtes pas sans savoir que plusieurs agressions et cambriolages ont été perpétrés ces derniers temps sur le territoire de ... ou dans les environs immédiats.

Nous habitons à ... et notre propriété se trouve à 300 mètres de la plus proche maison.

J'ai l'honneur de solliciter un port d'arme : 7,65 mm [ou toute autre arme, mais vous devez spécifier la catégorie]. J'ai déjà exposé ce problème à monsieur le maire et il m'a assuré de son accord.

Je m'engage, bien entendu, à respecter les prescriptions légales concernant l'utilisation d'une telle arme.

Veuillez agréer, Monsieur le Préfet, l'expression de mes sentiments respectueux.

Demande d'un permis d'exhumer / de transfert d'un corps

En ville, cette demande est à faire au commissariat de police.)

Date ...

Monsieur le Préfet,

Mon père, M. Jean Dupont, décédé le 8 février 19.., a été inhumé au cimetière de ... le 12 février de ladite année.

Je viens d'acquérir une concession de La Trinité et je désirerais que le transfert de ses restes ait lieu de mon vivant.

Je vous prie de bien vouloir, Monsieur le Préfet, m'accorder cette autorisation de transfert et vous en remercie d'avance.

Réclamations contre un commerçant

Date ...

Monsieur le Préfet,

Notre séjour à ... a été malheureusement gâché par plusieurs faits fort désagréables dont un est suffisamment scandaleux pour que je prenne la liberté de vous l'exposer.

Je vous joins toutes les pièces en ma possession, en particulier le dépliant de publicité qui m'a incité à venir passer mes vacances dans ce club.

Vous pouvez lire : « Toutes les chambres ou bungalows donnent directement sur la mer. »

Nous avons été logés dans une sorte de cabane construite derrière un immeuble. La vue de la mer est donc inexistante.

« Grand confort, salle d'eau individuelle. »

« Grand confort », je ne sais si ces deux mots ont un sens juridique mais je puis vous assurer qu'il n'y avait aucun confort : l'isolation des bungalows était faite de canisses et non de laine de verre. Quant à la salle d'eau individuelle, il fallait aller avec un broc chercher l'eau à un poste commun !

Cela est proprement scandaleux. En fait, faisant suite à mes réclamations, le « responsable » de ce camp m'a expliqué que de nouveaux bungalows avaient été édifiés cette année et que leur finition n'était pas terminée...

Je vous laisse le soin, Monsieur le Préfet, de juger vous-même cette situation et j'espère que ma lettre sera utile pour d'autres que moi.

Demande de secours exceptionnels

Cette demande ne peut être faite aux préfets ou aux sous-préfets qu'après refus de la mairie du domicile du demandeur. Elle peut concerner divers cas parmi lesquels : économiquement faible ayant à faire face à une dépense urgente, chômeur dont les indemnités tardent à être réglées, femmes abandonnées avec des enfants, maladies entraînant l'aide sociale...

Date ...

Monsieur le Préfet,

Voilà trois mois que mon mari a quitté le domicile conjugal en emportant toutes les petites économies du ménage. Il me laisse seule pour élever mes trois enfants âgés de 8, 6 et 4 ans.

Monsieur le Maire a eu la bonté, avec l'aide de l'assistance sociale, de venir à notre secours mais il m'a informé tout récemment que cette aide ne serait pas renouvelée le mois prochain. Or, voilà vingt jours que je suis malade ainsi qu'en fait foi le bulletin médical que je joins. Je me lève cependant pour m'occuper de mes enfants mais je ne peux pas reprendre le travail avant un mois.

Pourriez-vous, Monsieur le Préfet, m'apporter un secours provisoire pour cette période ?

Je vous en serais profondément reconnaissante.

Demande de décoration

Date ...

Monsieur le Préfet,

J'ai l'honneur d'attirer votre attention sur un des membres de notre association « Culture et Paysannerie ». Vous le connaissez bien puisque vous avez accompagné monsieur le Ministre de la Culture lors de l'assemblée générale qui s'était tenue l'année dernière.

Il s'agit de :

Monsieur Antoine Dupont âge de 66 ans, demeurant [...].

Depuis la création de « Culture et Paysannerie » voilà dix ans, il se dévoue sans compter pour organiser des conférences, préparer le bulletin trimestriel et donner à notre association le plus de renom possible. Il y est parvenu puisque notre association compte aujourd'hui 500 membres actifs.

Je pense que l'attribution des Palmes académiques serait la juste récompense de ses mérites. M. A. Dupont est un ancien instituteur, et il serait extrêmement sensible à cette distinction qui le récompenserait d'une vie de dévouement et de service efficace. Je n'ose parler de l'ordre du Mérite...

En espérant que vous pourrez accéder à cette demande et plaider ce dossier comme vous avez su si bien intervenir en faveur de notre ami Dubois pour que lui soit attribuée la Légion d'honneur, je vous prie d'agréer, Monsieur le Préfet, l'assurance de ma considération distinguée.

Signature

Président de l'Association
Culture et Paysannerie

3. MAIRIE

Pour solliciter une autorisation de camper

Date...

Monsieur le Maire,

Nous sommes passés l'année dernière dans votre beau pays et nous avons décidé d'y séjourner cette année du 3 au 30 juillet.

Auriez-vous, monsieur le Maire, l'amabilité de nous indiquer un endroit agréable où camper sur le territoire de votre commune, si possible dans un site privé. Il est bien entendu que nous respecterons à la lettre les recommandations que vous avez édictées.

Nous dresserons une tente spacieuse puisque nous avons trois enfants. A notre voiture est adjointe une petite remorque.

Nous vous serions reconnaissants si vous pouviez nous donner une réponse rapide, afin que nous puissions arrêter définitivement notre lieu de séjour.

Avec nos remerciements, veuillez agréer, monsieur le Maire, l'assurance de mes sentiments respectueux.

Joindre une enveloppe timbrée à votre nom.

Au maire d'une ville de plus de 2 000 habitants pour obtenir un permis de construire

Date...

Monsieur le Maire,

J'ai acquis, comme vous le savez peut-être, un terrain situé sur le territoire de votre ville / commune de [...] Les références cadastrales en sont : [...]

Je sollicite de votre part un permis de construire une maison du type [...]

Occupant actuellement un logement dont le loyer est fort élevé, notre budget s'en trouve lourdement grevé. De plus, nous attendons également un quatrième enfant. C'est dire que nous vous serions fort reconnaissants si vous pouviez nous donner votre réponse dans les meilleurs délais.

Si vos occupations vous le permettent, nous serions fort désireux de vous rencontrer en tant que futurs administrés.

J'ai confié à M. X / à la société Y le soin de réaliser cette maison. M. X se tient à votre disposition pour tout renseignement complémentaire si vous estimez que le plan de construction joint n'est pas suffisant.

Si vous faites construire dans une commune de moins de 2 000 habitants, vous devez demander non plus un permis de construire mais une déclaration préalable (art. 84 du code de l'urbanisme et de l'habitation).

Pour faire prévaloir un avis sur un projet de route, de chemin...

Date...

Monsieur le Maire,

J'ai l'honneur de porter à votre connaissance les observations suivantes concernant le projet de la route dite « du Moulin » :

Après avoir examiné aux services techniques le plan d'implantation de cette route, je constate que son débouché se situe entre « La Pinède » et « La Sapinière ». Ces propriétés situées dans une zone particulièrement silencieuse et calme vont donc perdre beaucoup de leur agrément. De nombreux enfants y séjournent; actuellement, ils se trouvent au nombre de onze. Créer un embranchement exactement dans l'axe de ces propriétés serait un danger permanent, danger qui peut être évité, sans préjudice pour les propriétaires des terrains touchés par cette implantation.

J'ai constaté avec M. [...], des services techniques de la mairie, que si l'on déplaçait de 115 mètres le débouché de la route dite « du Moulin », on le ferait correspondre au débouché des chemins du Château. La bosse existant à cet endroit serait supprimée, un seul carrefour serait créé, une signalisation unique serait à implanter et la zone de silence ne serait pas perturbée.

Je sais combien vous attachez d'importance aux conditions dont découle la qualité de la vie; aussi est-ce avec espoir que j'attends de votre haute bienveillance le résultat de l'examen de ma demande.

Veuillez agréer, Monsieur le Maire, l'expression de ma considération respectueuse.

Pour une demande de renseignements au sujet d'un administré

Date...

Monsieur le Maire,

M. Léon [...], né le [...], sollicite un emploi dans mon entreprise. Il n'a pu me fournir le certificat de son dernier employeur, celui-ci ayant cessé son activité.

Avant d'engager M. Léon [...], j'aimerais avoir quelques renseignements le concernant. Il m'a dit que vous connaissiez bien ses parents et c'est pourquoi je prends la liberté de vous écrire.

Il est bien entendu que votre lettre restera strictement confidentielle et sera détruite après lecture.

Vous pouvez, si vous le préférez, me la faire parvenir à mon adresse personnelle [adresse].

Votre opinion, quelle qu'elle soit, sera déterminante dans mon choix.

En vous remerciant à l'avance et en m'excusant du dérangement que je vous occasionne, je vous prie d'agréer, monsieur le Maire, l'expression de mes sentiments distingués.

Pour obtenir un témoignage de moralité

Date...

Monsieur le Maire,

Voilà déjà six mois que je suis parti de [...] et que je travaille au Mans.

Je désire, pour des raisons purement professionnelles, quitter la société qui m'emploie et solliciter un poste convenant mieux à mes aspirations à la société X.

Je sais qu'une attestation de votre part, monsieur le Maire, étofferait mon dossier de candidature; aussi ai-je l'honneur de solliciter de votre bienveillance cette marque de confiance.

Ma gratitude en sera grande et je vous en remercie à l'avance. Si j'ose vous demander ce service, c'est que je sais que je ne trahirai pas votre confiance.

Je vous prie d'agréer, monsieur le Maire, l'assurance de mes sentiments les meilleurs.

Demande de participation pour des frais de colonie de vacances

Date...

Monsieur le Maire,

Vos lourdes charges vous ont sans doute empêché de connaître les difficultés de tous ordres qui se sont abattues sur moi depuis le décès de mon mari, M. Joseph Durand, décès survenu le [...].

L'aînée de mes enfants a 12 ans, la dernière en a 5. Les autres ont respectivement 7, 9 et 10 ans.

Si l'assurance-vie attachée à l'achat de notre maison m'a permis de ne pas connaître le pire, en revanche, le fait que je sois propriétaire de ladite maison me fait rencontrer une incompréhension totale auprès des services sociaux. Pourtant, j'ai bien expliqué que pour mener notre petite exploitation, nous avions dû consentir de lourds sacrifices et nous endetter fortement pour acquérir le matériel nécessaire à la ferme. Le Crédit Agricole a bien voulu accepter que les versements que je devais faire soient différés. Mais, monsieur le Maire, pour envoyer mes cinq enfants en colonie de vacances, il me faudrait débourser 800 F × 5 soit 4 000 F, sans compter le trousseau que l'on exige. Et l'assistante sociale me dit que je touche suffisamment d'argent avec les Allocations familiales pour faire face à ces dépenses...

Je sollicite de votre haute bienveillance, un secours exceptionnel et vous prie de croire, monsieur le Maire, à ma considération la plus distinguée.

4. CONTRIBUTIONS

Chaque cas étant particulier, il vous faut énoncer le vôtre avec clarté et joindre à votre lettre toutes pièces justificatives.

Voici un exemple concernant une demande de réduction de forfait. Votre réponse est à faire à l'emplacement prévu à cet effet sur votre feuille de proposition de forfait. Vous pouvez toutefois attirer l'attention de votre contrôleur en y joignant une lettre.

Au contrôleur, pour solliciter la réduction d'un forfait

A Monsieur l'Inspecteur des Impôts de [...]

Date ...

Monsieur,

Vous trouverez ci-joint la feuille n° [   ] où j'ai fait figurer tous les éléments qui m'amènent à vous demander de réduire cette année le forfait que vous m'avez fixé.

Je me permets d'attirer tout particulièrement votre attention sur le / les point(s) suivants [décrire très précisément ceux qui vous paraissent les plus importants et que vous n'avez fait que résumer dans la feuille de proposition. Par exemple pour un agriculteur, la sécheresse qui l'a obligé à se dessaisir de vaches laitières, d'où un manque à gagner. Pour un travailleur à domicile, les frais divers qui ne font pas l'objet d'une facture mais qui sont cependant nécessaires à l'exercice de la profession, etc.].

J'attire votre attention, Monsieur l'Inspecteur, sur le fait que c'est la première fois que je sollicite de vos services une telle réduction / que depuis [...] années je n'ai pas contesté le forfait que vous m'avez fixé.

Je vous prie d'agréer, Monsieur l'Inspecteur, avec mes remerciements anticipés pour votre compréhension, mes sincères salutations.

Déclaration d'impôts

Si, avant de rédiger votre déclaration d'impôts, vous avez un doute important concernant par exemple le droit de déduire telle somme de votre déclaration et si vous n'avez pu trouver le renseignement dans votre journal ou toute autre publication spécialisée, ni en téléphonant au service de renseignements fiscaux, écrivez à votre contrôleur pour lui soumettre votre problème.

Date ...

Monsieur le Contrôleur,

Veuillez, je vous prie, m'excuser de vous importuner mais je n'ai pu trouver nulle part le renseignement qui m'amène à vous écrire.

J'ai effectué [énumérer lesquels] des travaux d'isolation dans mon pavillon, pour un montant de [...]. D'autre part, je verse à ma tante, économiquement faible, une somme mensuelle de [...]. Je suis son seul parent.

Quelle somme puis-je déduire, pour ces deux cas, de ma déclaration?

Je vous remercie, Monsieur le Contrôleur, de bien vouloir me renseigner et vous prie de croire à mes sentiments distingués.

Au trésorier principal (percepteur), pour solliciter un délai de paiement

De nombreux cas peuvent se présenter où il vous serait agréable — et parfois nécessaire — de retarder le versement de vos impôts. A vous de solliciter de la compréhension de votre receveur percepteur cet échelonnement. Si c'est la première fois que vous le demandez et si votre raison est valable, il vous sera — nous l'espérons tout au moins — donné satisfaction. Voici un exemple.

A Monsieur le Receveur de ...

Date ...

Monsieur,

L'avertissement que vous m'avez envoyé le [...] et que j'ai reçu le 15 octobre concernant le solde de mes impôts de l'année 197[...], à régler avant le 15 décembre sous peine de majoration, me crée de lourds soucis.

La somme indiquée est bien celle à laquelle je m'attendais et j'avais essayé mais en vain ces derniers mois d'économiser afin d'y faire face [exposé des motifs : chômage / frais imprévus : réparations de toiture, frais d'isolation plus importants que prévus / voiture accidentée, etc.].

Je sollicite de votre compréhension, Monsieur le Percepteur, l'autorisation de m'accorder un délai de quelques mois pour une partie de la somme que je dois vous verser.

Avant le 15 décembre, je vous propose de

verser un acompte de [...] représentant 25 pour 100 du total.

Je vous remercie à l'avance, Monsieur le Percepteur, de ce que vous ferez en ma faveur et vous prie de croire à mes sentiments distingués.

5. LE CLERGÉ

Pour célébrer un baptême

Date ...

Mon Père,

Voilà déjà [...] que vous avez quitté notre communauté paroissiale. Vous savez combien vous y étiez aimé et apprécié et combien votre influence a marqué ma vie.

Il y a longtemps que je souhaite vous faire connaître mon mari et nous avons pensé que, si vous pouviez nous faire l'immense plaisir de venir baptiser notre petit Cédric, ce serait une double joie.

J'en ai parlé à Monsieur le curé qui est tout à fait d'accord.

Nous espérons que le dimanche 6 avril vous conviendra? Sinon, dites-nous vite la date où vous pourrez être libre, afin que nous en fassions part à tous nos parents et amis.

Nous espérons que vous pourrez rester parmi nous toute la journée.

Croyez, mon Père, à ma fidèle et respectueuse amitié.

Un mariage

Date ...

Mon Père,

Plusieurs fois, mon fiancé et moi, nous avons assisté à la messe dans votre chapelle. Dire que nous en sommes tombés amoureux serait peut-être exagéré, mais elle est devenue pour nous un lieu prédestiné de prières et de réflexion. Nous y avons trouvé paix et sérénité, et c'est pourquoi nous serions très désireux, si vous l'acceptiez, d'y célébrer notre mariage.

Nous en avons parlé au père curé de Saint-Pierre qui n'y voit pas d'objections, bien au contraire. Il serait même heureux de concélébrer la messe avec vous si vous le souhaitiez.

Puis-je espérer, mon Père, une prompte réponse afin que nous fixions au plus tôt la date de notre mariage? Nous vous proposons de préférence le samedi 8 avril, vers onze heures trente.

Croyez, mon Père, à nos sentiments respectueux et amicaux.

Un mariage mixte

Date ...

Mon Père,

C'est à votre grande sollicitude et à votre bonté d'âme que je m'adresse aujourd'hui.

Pour des raisons que nous ne comprenons pas très bien, Jacques et moi, mais pour des idées que nous respectons, les parents de Jacques seraient fort désireux que la cérémonie religieuse d'union de notre mariage soit célébrée en même temps par vous et par le pasteur [...], leur ami.

Jacques m'assure que pour ses parents, fervents protestants, cette journée ne serait pas tout à fait la même si vous n'acceptiez de venir joindre vos prières aux nôtres.

Nous serions très heureux si vous pouviez venir dîner mercredi prochain avec Jacques à notre petit restaurant [nom, adresse] à vingt heures. Nous pourrons parler de ce problème à cœur ouvert.

Mon Père, je vous prie de croire à mes pensées bien fidèles.

6. AUX AUTORITÉS MILITAIRES

Lettres à adresser au commandant du corps.

D'une mère pour obtenir des nouvelles d'un soldat

Date ...

Général / Colonel,

Voilà un mois que nous n'avons pas reçu de nouvelles de notre fils :

Soldat Durand Paul.

Il n'a pas l'habitude de nous laisser ainsi si longtemps sans donner signe de vie. Aussi est-ce avec inquiétude que je me permets de vous écrire, espérant que rien de grave ne lui est arrivé. Est-il malade, a-t-il été blessé ? Nous nous perdons en conjectures.

Auriez-vous la grande amabilité de nous faire savoir ce qu'il en est ? Nous vous en remercions bien vivement à l'avance.

Veuillez recevoir, [...], mes respectueuses salutations.

Pour annoncer une maladie

Date ...

Général / Colonel,

Mon fils, le soldat Durand Paul, est arrivé samedi matin 8 juillet pour une permission de 36 heures. Il a été pris par une forte fièvre [donner le nom de la maladie].

Le médecin, appelé d'urgence, lui a délivré

un certificat de maladie pour une durée de 10 jours. Je vous prie de le trouver ci-joint.

Veuillez agréer, [...], l'assurance de mes sentiments déférents.

7. NOTAIRES, MÉDECINS, AVOCATS

NOTAIRES

Pour l'achat d'un terrain / d'une maison

Le notaire, particulièrement dans les petites villes, est chargé par ses clients de la vente de biens immobiliers. Il peut vous trouver « l'occasion » de vos rêves. Si vous ne le connaissez pas, employez « Maître »; une fois de bons rapports établis, usez du « Mon cher Maître ».

Date ...

Maître,

La chambre interdépartementale des notaires[1] m'a indiqué votre étude, car je désire acquérir dans votre région un terrain en vue de construire une maison à usage d'habitation.

L'idéal serait, dans un rayon de 3 à 5 km de votre ville, un terrain de 1 000 à 1 500 m². Si vous

1. 12, avenue Victoria, 75001 Paris. Tél. : 231.88.02.

avez une offre à me faire, auriez-vous l'amabilité de me la communiquer rapidement, afin que nous puissions prendre rendez-vous ? Vous seriez aimable de m'en indiquer le prix approximatif. Bien entendu, si vous avez une autre offre à me faire, je l'examinerai avec attention, notamment si, parmi votre nombreuse clientèle, il se trouvait un vendeur pour une maison.

Avec mes remerciements, veuillez agréer, Maître, l'expression de ma considération distinguée.

Pour rédiger un testament, réaliser une donation entre vifs, entre époux

La *donation entre vifs,* « acte par lequel le donateur se dépouille actuellement et irrévocablement de la chose donnée en faveur du donataire qui l'accepte » (Code civil), comme la *donation entre époux* appelée encore « au dernier vivant », sont des actes où l'intervention du notaire est obligatoire.

Date ...

Mon cher Maître,

Auriez-vous l'amabilité de m'indiquer si je pourrai passer à votre étude le samedi 26 janvier et me fixer l'heure qui vous conviendrait ce jour-là ?

A défaut du samedi 26, pourriez-vous m'indiquer une date dans la semaine, mais dans ce cas après 19 heures ? Je vous en remercie.

Nous aimerions procéder, avec ma femme, à une donation entre vifs, de nos biens immobiliers en faveur de nos enfants.

J'ai préparé le livret de famille, actes de propriété, feuilles d'impôts locaux. Peut-être faut-il d'autres papiers? Vous seriez très aimable de me le préciser.

Je vous prie de croire, mon cher Maître, à mon souvenir le plus déférent et amical.

La rédaction d'un testament, même olographe, est chose délicate. C'est la raison pour laquelle nous vous conseillons, après l'avoir rédigé, de le soumettre à votre notaire. Il vous indiquera si la forme et le fond correspondent à vos souhaits et, surtout, s'il ne risque pas d'être attaqué pour vice de forme.

Pour activer une succession

Date ...

Mon cher Maître,

Lors de notre dernier entretien, le ..., vous nous avez indiqué que le partage des titres provenant de la succession de Mme [...], notre tante, pouvait se faire dans les trois mois environ.

Ce délai étant largement dépassé, je vous serais reconnaissant de bien vouloir veiller à ce dossier afin que le règlement se fasse très rapidement.

J'espère que vous pourrez m'indiquer dès

maintenant la date à laquelle je pourrai prendre possession de ces titres.

Je vous en remercie et vous prie de croire, mon cher Maître, à mes sentiments distingués.

MÉDECINS

L'en-tête variera suivant les relations que vous avez établies avec votre médecin. Du neutre « Monsieur le Docteur » au « Cher Docteur et Ami », vous pouvez employer : « Cher Docteur », « Monsieur et cher Docteur ». Pour une femme médecin, voir p. 49. Joindre une enveloppe timbrée à votre nom afin de ne pas faire perdre de temps à un médecin à qui vous réclamez un papier administratif.

Pour demander un certificat

Date ...

Monsieur et cher Docteur,

Lors de ma dernière visite, le ..., j'ai omis de vous demander de m'établir un certificat [préciser lequel].

Auriez-vous l'amabilité de me le faire parvenir, mon employeur ainsi que la Sécurité Sociale, me le réclamant pour faire valoir mes droits.

Je vous prie de croire, cher Docteur, à mes sentiments distingués.

Pour renouveler une ordonnance

Date ...

Cher Docteur,

Vous m'avez ordonné, le ... dernier, un traitement à renouveler tous les trois mois. Je dois vous dire que je m'en trouve fort bien.

Si vous pensez que je dois le continuer encore trois mois, auriez-vous l'amabilité de me faire parvenir une nouvelle ordonnance en attendant que je prenne rendez-vous avec vous.

Je vous en remercie bien vivement et vous prie de croire, cher Docteur, à mes sentiments reconnaissants et amicaux.

Pour remercier de soins dévoués

Date ...

Cher Docteur,

Vos soins dévoués, la sollicitude que vous avez montrée lors de la maladie de ma mère m'ont beaucoup touché.

Vous avez su non seulement lui prodiguer des soins excellents mais vous lui avez très souvent remonté le moral et permis d'envisager cette issue fatale inéluctable sous une apparence sereine. Soyez-en vivement remercié. Grâce à vous, notre pauvre maman n'a pas connu de trop grandes souffrances; elle vous souriait chaque fois que vous passiez la voir, de son pauvre sourire résigné, mais elle était si contente de constater que vous ne l'abandonniez point.

Cette grande humanité que vous lui avez témoignée nous a profondément touchés et je suis l'interprète de tous les miens pour vous dire notre gratitude et notre admiration.

Nous vous prions de croire, cher Docteur, à notre souvenir reconnaissant auquel je joins mes amitiés.

AVOCATS

Pour confier vos intérêts

Modèle 1

Date ...

Maître,

Un de mes collègues, Monsieur Martin, à qui j'ai fait part des graves ennuis que nous avons en ce moment, m'a conseillé de vous écrire afin de prendre rendez-vous avec vous. Auparavant, permettez-moi de vous exposer brièvement les faits [par exemple délit d'un enfant].

Vous comprenez notre angoisse et les nuits blanches que nous passons en ce moment. Monsieur Martin m'a dit que nous pouvons compter non seulement sur votre talent mais aussi sur votre compréhension et votre grande connaissance des jeunes. J'ai parlé de vous à mon fils, et déjà il vous voit comme son sauveur.

Auriez-vous l'extrême amabilité de me fixer un rendez-vous au jour et à l'heure qui vous conviennent.

Je vous prie de bien vouloir agréer, Maître, l'expression de ma considération distinguée.

Modèle 2

Date ...

Maître,

Mon notaire, maître Dubois, à qui je faisais part de mes inquiétudes concernant un différend qui m'oppose à un de mes associés, m'a prié de m'adresser à vous pour défendre mes intérêts.

Au départ, l'affaire paraissait claire [exposé aussi complet que possible].

Bien entendu, je me tiens à votre disposition pour vous fournir toutes pièces ou toutes autres précisions.

Auriez-vous l'amabilité, si vous pouvez m'apporter votre concours, de m'indiquer le montant de la provision à porter à votre compte.

Seriez-vous assez aimable de me téléphoner afin que nous prenions rendez-vous.

Je vous prie de bien vouloir agréer, Maître, l'expression de ma considération distinguée.

Pour remercier

Date ...

Modèle 1

Mon cher Maître,

Votre éloquence, votre talent, mon cher Maître, ont une nouvelle fois emporté la décision. Vous avez su faire comprendre avec une grande simplicité l'enchaînement des circonstances qui avaient fait de notre fils un coupable. Coupable bien innocent, mais coupable tout de même. C'est grâce à vous que notre foyer a retrouvé sa tranquillité morale et, nous le pensons fermement, notre fils son équilibre. Il nous parle de vous comme de son Dieu sauveur. Que serait-il devenu s'il ne vous avait pas rencontré?... Merci du fond du cœur.

Voudriez-vous prier votre secrétariat de me faire parvenir le montant des honoraires que je vous dois encore.

Veuillez agréer, mon cher Maître, l'expression de nos sentiments les meilleurs.

Modèle 2

Date ...

Cher Maître,

Vous avez mené notre affaire à la perfection et le jugement qui vient d'être rendu nous donne toute satisfaction. Soyez-en vivement remercié.

Le zèle que vous avez apporté à résoudre ce problème m'a rempli d'admiration.

Veuillez agréer, cher Maître, l'expression de mes sentiments les meilleurs.

8. AU PRÉSIDENT DE LA RÉPUBLIQUE

En France, tout citoyen peut s'adresser directement au président de la République, c'est là un des privilèges de notre démocratie. La légalisation de la signature est inutile. Comme en toutes choses, il ne faut pas abuser de ce secours.

Évidemment, une requête ou une demande d'audience adressée au président de la République exige beaucoup de soin.

On utilisera une feuille blanche double, format 33×22 dit « papier ministre ». La marge sera grande, (voir p. 88). L'emploi de la machine à écrire est souhaitable si l'exposé est long. Pour une lettre, employez de l'encre noire et soignez tout particulièrement votre écriture.

La rédaction

Exposez brièvement votre requête; rédigez-la à la troisième personne. Contrairement aux autres lettres, les mentions de lieu, de date et d'adresse seront placées au bas de la lettre, après la signature.

Pour solliciter la remise d'une amende

Monsieur le Président de la République,

Le soussigné a l'honneur de porter à la connaissance du Président de la République les faits suivants :

Circulant le ... sur la route nationale ... la gendarmerie de ... a constaté l'infraction suivante :
[exposé]

Le soussigné reconnaît les faits.

Il a été condamné à ... F d'amende; or, ce sont, monsieur le Président de la République, les cinq enfants dont nous avons la charge qui en subissent par contrecoup les conséquences. Pour payer cette amende, leurs parents se privent de tout. Les enfants, si vous n'intervenez pas, ne pourront partir en colonie de vacances.

Le soussigné ne gagne que ... F par mois.

C'est la remise de cette amende que le soussigné ose solliciter de votre grande bonté.

Il vous prie, en vous exprimant à l'avance sa très vive gratitude, de vouloir bien agréer l'hommage de son profond respect.

Jean Dupont

Lieu ...
Date ...
Jean Dupont
[adresse complète]

Demande d'aide

Voir lettre au maire, au préfet. Si ces lettres ont obtenu une réponse négative, vous pouvez exposer votre cas au Président de la République.

Monsieur le Président de la République,

C'est en désespoir de cause, monsieur le Président, que la soussignée vous écrit, faisant appel à la fois à votre cœur et à votre sens inné de la justice.

Trop de malheurs se sont abattus sur nous après la mort de mon mari.

La soussignée a cinq enfants de 13, 8, 6, 4 et 2 ans. Elle possédait [énumérer ressources si vous êtes salarié] 20 vaches; elle n'en a plus que 10. L'exploitation est trop dure pour elle. Les dettes sont lourdes à supporter.

L'envoi des quatre aînés en colonie de vacances a grevé lourdement son budget.

L'examen des pièces jointes permettra peut-être à Monsieur le Président de la République de mieux comprendre la situation et d'accorder à la soussignée le secours qu'elle sollicite très respectueusement.

Elle vous prie d'agréer, monsieur le Président de la République, l'hommage de son plus profond respect.

Lieu ...
Date ...
Mme Joseph Durand
[Adresse complète]

9. LE MÉDIATEUR

Le gouvernement a estimé que le monde d'aujourd'hui se transforme vite et que cette transformation est génératrice de problèmes humains aigus. Des individus sont parfois broyés par des situations brutales.

De plus, l'administration envahit chaque jour davantage notre vie quotidienne; aussi consciencieuse qu'elle soit, cette institution a parfois des lenteurs exaspérantes ou un langage incompréhensible. A force de vouloir créer la justice, il peut arriver que de cette excellente intention naisse l'injustice. C'est pour ces raisons qu'a été nommé en France un « médiateur ». Celui-ci déclare dans une interview :

« Le médiateur reçoit les doléances des administrés par la voie parlementaire, c'est-à-dire par l'intermédiaire des députés et des sénateurs. Je précise qu'il n'est pas obligatoire de s'adresser au parlementaire de la circonscription dont on dépend.

« Une personne peut donc me faire transmettre sa réclamation par le député ou le sénateur de son choix[1]. »

Vous ne pouvez vous adresser au médiateur dans le cas d'un litige privé. Le médiateur n'interviendra pas si une action en justice est engagée. Il ne le fera qu'avant. De même, les personnes morales (c'est-à-dire les associations à but non lucratif et les syndicats) ne peuvent s'adresser à lui.

Qui peut recourir au médiateur? Toute personne agissant à titre individuel.

---

1. Aimé Paquet in *Notre Temps*, décembre 1975.

Dans quels cas avoir recours au médiateur?
Dès qu'un individu estime qu'une administration, un établissement public ou tout autre organisme français investi d'une mission de service public n'a pas fonctionné conformément à cette mission on aura recours au médiateur uniquement lorsqu'il y aura *litige*.

Comment transmettre votre réclamation? Obligatoirement par l'intermédiaire d'un *député* ou d'un *sénateur*.

Comment la rédiger? Dans votre missive vous devez obligatoirement mentionner votre désir d'avoir recours au médiateur. Elle doit être signée par son auteur.

3

Les remerciements

Pour un service rendu

Même si le remerciement a déjà été fait de vive voix, il est des occasions où un petit mot est utile[1].

Date...

Mon cher Jacques,

Je tiens encore à te remercier pour l'aide si efficace que tu m'as apportée. Sans toi, il m'aurait été difficile de mener à bien mes travaux. Non seulement j'ai profité pleinement de ton accueil, mais aussi de tes conseils éclairés.

Croie à toutes mes bonnes amitiés.

---

1. Voir p. 308, les remerciements adressés à un avocat.

Autre modèle, pour une relation amicale

Date...

Cher Ami,

C'est avec une profonde gratitude que je vous écris pour vous remercier de votre intervention. Grâce à vous et à votre influence, j'ai pu résoudre dans des délais très brefs l'épineux problème que je vous avais exposé. Vous avez en M. X un excellent ami; il a été pour moi un interlocuteur très efficace et j'ai pu mesurer combien le proverbe « les amis de mes amis sont mes amis » était vrai.

Je le remercie par le même courrier mais lorsque vous le verrez, dites-lui bien ma reconnaissance.

Partagez, je vous prie, avec Jeanne, ma sincère amitié.

Après une intervention

Date...

Monsieur,

Notre ami M. X en m'adressant à vous m'avait dit que vous pourriez m'aider à surmonter les obstacles qui se dressaient devant moi dans l'affaire [...]. Non seulement vous m'avez aidé à les surmonter mais vous les avez complètement aplanis.

Je ne sais comment vous exprimer ma

gratitude / ma reconnaissance. Je ne peux que souhaiter un jour pouvoir vous rendre service. Surtout, n'hésitez pas à me solliciter.

Je vous prie d'agréer, Monsieur, l'expression de mes sentiments respectueux.

Pour accompagner un cadeau (remerciements pour un service rendu par une relation)

Date...

Madame,

En vous remerciant encore pour le service si important que vous avez eu la bonté de me rendre, je vous prie d'accepter ce livre, témoignage de ma reconnaissance. Il est bien modeste par rapport à votre intervention mais marquera combien je suis, Madame, votre obligé.

Je vous prie d'agréer, Madame, mes respectueux hommages.

Pour un cadeau accompagnant des vœux de fin d'année

Date...

Cher Monsieur,
Chère Madame,

Nous vous remercions bien vivement pour la magnifique écharpe qui accompagnait vos vœux de fin d'année. Votre gentillesse est vraiment trop grande et les remerciements pour les petits services rendus sont de trop. Nous nous faisons plaisir lorsque nous pouvons aider un peu.

A notre tour, nous vous présentons nos bons vœux. Puisse cette année nouvelle vous apporter joies et bonheurs.

Toute la famille se joint à moi pour vous présenter notre fidèle et amical souvenir.

Pour un prêt ou un don d'argent

Le ton de ce genre de lettres variera suivant le « donateur » ou le « prêteur ».

A un parent

Date...

Mon cher Parrain,

En m'adressant à toi, je savais trouver à la fois affection et compréhension.

Ta générosité me comble. Elle m'aidera à passer ces quelques semaines/jours difficiles. Ainsi que je te l'avais dit, je te ferai parvenir dès que possible un premier remboursement des 5 000 francs que tu m'as avancés — alors que je n'avais compté que sur 4 000 francs.

Ta délicatesse m'a beaucoup touché.

Encore merci et crois-moi toujours

Ton filleul bien affectueux.

Bien entendu, on donnera dans cette lettre quelques nouvelles personnelles.

A une relation amicale

Date ...

Cher Monsieur,

Le mandat que vous m'avez annoncé vient de me parvenir et je vous remercie du fond du cœur pour ces 2 000 F.

Cette somme m'était nécessaire pour m'aider à traverser une période difficile de ma vie. Vous l'avez compris avec une simplicité qui nous a, ma femme et moi, beaucoup touchés.

Soyez assuré de notre reconnaissance.

Veuillez croire, cher Monsieur, à mon souvenir le plus cordial.

A des grands-parents

qui ont envoyé une certaine somme d'argent pour aider leurs petits-enfants, nouvellement mariés, à s'installer.

Date...

Mon cher Grand-Père,
Ma petite Mamy,

Nous avons été heureux de recevoir votre bonne lettre qui nous a rassurés sur la santé de Mamy.

François et moi-même nageons en plein bonheur et nous sommes pleins d'ardeur pour préparer notre futur logement. Inutile de vous dire combien votre don généreux nous aide et simplifie de nombreux problèmes. C'est ainsi que

nous avons pu, grâce à vous, faire refaire entièrement l'installation électrique. Ce problème nous
préoccupait beaucoup et le voilà résolu d'un coup
de baguette magique. Vous êtes nos bonnes fées.

Nous avons maintenant hâte de tout terminer afin de pouvoir vous recevoir « chez nous ».
Nous sommes parfaitement heureux, d'ailleurs
n'avons-nous pas votre exemple sous les yeux?

Françoise et moi nous vous embrassons avec
toute notre affection.

Des parents à un professeur[1]

Date...

Monsieur,

Lorsque nous désespérions de voir Jean-
Marc arriver à un résultat, vous avez bien voulu
accepter de lui donner quelques leçons. Cela lui
a permis non seulement de rattraper le retard
qu'il avait accumulé mais aussi de reprendre
confiance en lui. Vous avez été le bon pédagogue
et l'ami qu'il recherchait inconsciemment. Il vous
dira lui-même sa joie, mais nous tenons, mon
mari et moi-même à vous remercier bien sincèrement de toute la peine que vous vous êtes
donnée.

Je vous prie de croire, Monsieur, à mon
souvenir le plus déférent.

1. Voir autre modèle, p. 281.

Remerciements, d'un supérieur à des vœux

Mieux qu'une carte de visite, on peut préférer une carte illustrée « classique et de bon goût ».

> Merci pour vos bons vœux, cher Monsieur; recevez, je vous prie, tous les miens pour une très heureuse année 19...

Après un dîner

Si vous connaissez votre hôtesse, un coup de téléphone lui fera plaisir; à une personne âgée, un petit mot sera agréable.

> Date...
>
> Chère Madame,
>
> Mon mari et moi nous avons passé des moments délicieux hier soir et nous tenons à vous renouveler nos remerciements. Tout était parfait comme d'habitude, et nous garderons un agréable souvenir de cette soirée qui, nous l'espérons, ne vous aura pas trop fatiguée.

MARIAGE

Remerciements pour un cadeau

Avant le mariage, chaque fiancé remerciera immédiatement le donateur en associant son / sa fiancé / e à chaque cadeau reçu. Il est préférable de rédiger une courte lettre plutôt que d'envoyer une carte de visite.

A des parents éloignés

Date...

Chers Cousins,

J'ai été émerveillé par la finesse du service en cristal que vous m'avez offert. Vous avez flatté mon goût des belles choses — goût que je partage dorénavant avec Christine. Tous deux nous vous en remercions vivement en attendant de le faire de vive voix, car nous espérons bien que vous viendrez déguster une vieille fine dans ce beau service.

Je vous embrasse sur les deux joues et Christine se joint à moi pour vous assurer de nos pensées très affectueuses.

A son directeur

Date...

Monsieur / Cher Monsieur,

Votre cadeau va orner de tout son éclat / décorera agréablement notre intérieur. Ma fiancée et moi-même vous en remercions sincèrement, en attendant que je le fasse de vive voix au retour de notre voyage de noces.

Je vous prie de croire, Monsieur / Cher Monsieur, à mes sentiments respectueux et dévoués.

A des amis des parents

Date...

Cher Monsieur / Chère Madame,

Un magnifique cadeau nous est parvenu ce matin et lorsque j'ai découvert votre carte, j'ai été touché par les vœux si délicatement exprimés qui l'accompagnaient. Vous nous avez comblés / gâtés et en regardant cette table / ce tableau, nous songions à la bonne amitié qui vous lie à mes parents. Mais vraiment je suis confus de ce si beau témoignage qui nous a ravis Christine et moi, vous vous en doutez bien.

Nous vous en remercions bien vivement et nous vous prions d'accepter nos respectueux sentiments.

D'un parent des mariés pour remercier d'un cadeau arrivé après la cérémonie

Date...

Cher Monsieur,

Alors que nos jeunes mariés sont en Grèce, il leur est arrivé ce matin votre cadeau magnifique. Je ne voudrais pas attendre leur retour pour vous dire combien vous les avez gâtés et vous remercier en leur nom.

APRÈS UN DÉCÈS

Il existe trois moyens pour exprimer vos remerciements :

— Carte imprimée

— Note insérée dans les journaux
— Réponses individuelles

Le faire-part étant une lettre d'annonce, il n'est pas d'usage de répondre aux lettres de condoléances reçues, sinon par une carte imprimée. Seuls figurent sur le carton les membres les plus proches du défunt (mère / père et enfants).

Carte individuelle

Mme Jean DUPONT
Pierre, Paul et Suzanne
vous remercient de la part que vous
avez prise au deuil cruel qui vient
de les frapper.

Si le deuil a donné lieu à des obsèques importantes, outre cette carte, la famille fera insérer dans la presse un remerciement.

La presse

Mme Jean DUPONT, Pierre, Paul et Suzanne, M. et Mme Robert DUPONT, dans l'impossibilité de répondre individuellement à tous les témoignages de sympathie reçus lors du décès de

M. Jean DUPONT

leur cher mari, père et fils

remercient très sincèrement leurs amis qui, dans ces jours de douloureuse épreuve, leur ont apporté un grand réconfort.

Grenoble, 6 avril 19..

Si l'événement a eu lieu dans un autre lieu que celui où sont domiciliés les parents du défunt, on peut indiquer qu'une messe sera dite à son intention.

> Une messe de communion sera célébrée le samedi... à 9 h 30 à Saint-Pierre.

Réponses individuelles

Une carte de visite peut, certes, être envoyée à des collègues ou à des relations d'affaires mais si le nombre de témoignages est très important, il est préférable d'avoir recours à une carte imprimée.

Nous pensons que quelques lignes sur une carte-lettre ou un court billet restent le moyen privilégié de correspondance dans ce genre d'occasion.

A un collègue

Date...

> Cher Monsieur / Chère Madame,

C'est avec reconnaissance et émotion que j'ai appris que vous avez partagé ma peine et contribué à l'envoi de cette si belle couronne.

Merci de ce témoignage d'amitié si consolant dans ces heures douloureuses.

A des parents âgés

Date...

Mon cher Cousin,

Vous avez partagé avec [...] tant de joies et aussi quelques peines que je n'ai pas été étonnée de vous voir prendre part à notre douleur.

Être venu de si loin nous a tous beaucoup touchés et nous espérons que le voyage ne vous a pas trop fatigué. Il vous faut songer à vous et préserver votre santé : elle est trop chère à tous ceux qui vous aiment pour que vous fassiez des imprudences.

Maman me charge de vous redire sa reconnaissance et le bien que votre présence lui a fait. Elle vous écrira plus tard.

Nous vous adressons tous notre affectueux souvenir.

Certains témoignages appellent une réponse individuelle. Citons les lettres d'anciens camarades ou d'amis éloignés, de personnes âgées qui se sont rendus à la cérémonie.

A une personne âgée

Date...

Mon cher Ami,

Votre présence au milieu de nous m'a été, vous le pensez bien, d'un grand réconfort. Vous étiez l'ami de notre cher Georges depuis si longtemps que je me doute combien sa disparition a dû vous émouvoir. Sachez que de vous voir, au cours de cette ultime cérémonie, m'est allé droit au cœur. Toutes les marques de sympathie et d'amitié qui l'ont marquée nous aident à supporter notre douleur. Georges avait su rester jusqu'au dernier moment l'être merveilleux que vous avez connu. Que sa mémoire nous aide à rester fidèle à toutes ses qualités parmi lesquelles l'amitié avait la plus grande place.

Croyez, mon cher Ami, à notre bien vive sympathie et notre bonne affection.

A un ami du défunt

Cet ami était très lié avec le défunt et a écrit une lettre émouvante. Celui des membres de la famille qui le connaît le mieux se doit d'y répondre, en donnant évidemment quelques détails.

Date...

Cher Monsieur et Ami,

Votre lettre nous a profondément touchés et je voudrais vous dire simplement combien votre réconfort a atteint son but : savoir Georges aussi apprécié et aimé est doux à notre cœur.

Ses derniers moments ont été paisibles [relation brève]. La semaine précédente, nous étions tous allés nous promener et il présentait les apparences d'une parfaite santé.

Maman vous écrira sûrement d'ici à quelque temps, mais, pour l'instant, elle est encore trop touchée et désorientée. Elle a montré un grand courage et s'occupe aujourd'hui de chacun comme elle l'a toujours fait : de tout son cœur.

Nous la laissons faire, car cela est partie intégrante de sa vie. Elle me prie de vous remercier bien vivement et vous assure de sa vive sympathie.

Recevez, cher Monsieur et Ami, avec nos amitiés, nos remerciements émus.

Dictionnaire des 1001 tournures

Le lecteur trouvera dans les pages qui suivent un véritable « dictionnaire des idées ». Celui-ci organise, dans un répertoire alphabétique, à la suite de mots clefs, les associations les plus fréquentes intervenant dans la correspondance d'affaires ou privée.

Il récapitule, dans une forme facile à consulter, une matière rédactionnelle utile, il ordonne, selon les corrélations d'idées ou de syntaxe, les tournures fréquentes, il présente un éventaire des termes et des expressions.

Ce dictionnaire permettra de suppléer à des hésitations quant aux usages, il fonctionne donc comme un véritable auxiliaire de la pensée.

Le procédé de classement à partir des mots qui expriment les temps forts de l'idée facilite la recherche; l'organisation, en un système dérivé, à l'intérieur de chaque unité lexicale, des développements qui intègrent le mot d'entrée permet des choix précis.

Les mots ont été choisis en fonction de leur degré d'apparition dans le domaine de la correspondance. Ils permettent d'éviter une répétition, de préciser une pensée, enfin ils contribuent à une allure plus vivante de la phrase. Ils sont, en plus, susceptibles de concordances et de transposition.

- **aborder** Aborder un point / problème / sujet / une question. Ex. : *Aborder un point particulier. — Aborder sereinement un problème.*
- **accéder à (acquiescer à, agréer, satisfaire à)** Accéder à une demande / aux désirs / prières / vœux de qqn.
- **accord** Conclure / négocier / rompre / signer un accord. — Arriver à un accord. — Donner son accord. — Rencontrer l'accord de qqn. — Accord provisoire / qui intervient. — Les conditions d'un accord. Ex. : *On débat les conditions d'un accord. — Un accord se négocie avant de se conclure. — Un accord est intervenu. — Ils sont enfin arrivés à un accord.*
- **acompte** ou **à compte (arrhes)** Donner / verser un acompte. — A titre d'acompte. — Donner un montant / une somme à compte. Ex. : *Demander de verser un acompte de tant. — Verser un acompte sur une somme.*
- **acquitter** Acquitter (solder) une dette / facture / note / traite / ses impôts. — Acquitter avant l'échéance.

— S'acquitter envers qqn / en x versements. — S'acquitter d'une dette.

● **acte**   Attaquer / dresser / falsifier / formuler / libeller / ratifier / sceller un acte. — Authenticité / validité d'un acte. — Apposer une clause à un acte. — Exciper d'un acte.

● **adresser**   Adresser une demande / plainte / requête. — Adresser des objections / suggestions.

● **affecter à**   Affecter un crédit / une somme à une dépense. // Affecter (nommer) qqn à un poste / service / une fonction.

● **agréer (accéder à)**   Agréer une demande / proposition.

● **agrément**   Avoir / recueillir / solliciter l'agrément de qqn. — Agrément d'une demande / proposition. — Soumettre qqch. à l'agrément du ministre. Ex. : *Sa proposition n'a pas recueilli l'agrément de N.*

● **allouer**   Allouer une indemnité / somme d'argent.

● **amende**   Condamner à / infliger / payer une amende. — Mettre à l'amende.

● **amiable**   Arrangement / partage / règlement à l'amiable. — S'arranger / régler à l'amiable.

● **annonce**   Faire paraître / insérer une annonce. — Les petites annonces. — Annonces par affiches / prospectus / publicitaires.

● **annulation**   Annulation d'une commande / d'un engagement / marché / rendez-vous / voyage. — Annulation (révocation) d'une disposition / d'un jugement. — Annulation d'une dette.

● **annuler (contremander, décommander)**   Annuler

une commande / un engagement / marché / rendez-vous. — Annuler un jugement / ordre / une disposition. — Annuler une dette. Ex. : *Devoir annuler ses engagements.*

● **apaisement** Donner des / tous apaisements. Ex. : *Donner tous apaisements au client.*

● **appointements (salaire)** Donner / recevoir / toucher / verser des appointements. Ex. : *Toucher des appointements convenables.*

● **approbation (agrément, appréciation, décision)** Nous soumettons la question à votre **approbation.** — J'ai l'honneur de soumettre cette mesure / ce projet à votre **approbation.** — Nous aimerions soumettre ce cas / litige / problème à votre **appréciation.** — J'aimerais présenter / soumettre la chose à l'**agrément** du ministre. — J'aime à croire que vous soumettrez ce projet à l'**approbation** de vos supérieurs. — Vous voudrez bien soumettre cette délicate question à la **décision** du directeur. — Les propositions / suggestions que vous soumettrez à notre **agrément** feront l'objet de...

● **arrangement** Conclure / proposer un arrangement. — Prendre des arrangements. — Arrangement à l'amiable. Ex. : *Il a pris des arrangements avec ses créanciers.*

● **arranger** Arranger une entrevue / rencontre entre deux personnes. — Arranger une affaire / un différend. — Arranger un voyage / ses affaires. — Arranger (concilier) les parties.

● **arrêter** Arrêter un compte. — Arrêter le jour / lieu d'un rendez-vous. — Arrêter son attention / choix / esprit /

parti / sa décision / pensée sur. — Arrêter une action / disposition / un marché / projet. — Arrêter les bases de.

● **arrhes (acompte)** Donner / verser des arrhes. — A titre d'arrhes. — Perdre des arrhes.

● **assemblée (réunion)** Convoquer / dissoudre / prendre part à / présider / tenir une assemblée. — Assemblée annuelle / extraordinaire / générale / ordinaire / plénière / secrète. — Assemblée qui se réunit / tient séance. — Décisions / délibérations / démission d'une assemblée. Ex. : *L'assemblée commence à se réunir. — Démission collective d'une assemblée.*

● **association** Adhérer / se joindre à / former une association.

● **attention** Je me permets d'**appeler** votre **attention** sur l'urgence de... — Nous devons **attirer** votre bienveillante **attention** sur les difficultés que... — (Par lettre du...) vous avez **appelé** / **attiré** mon **attention** sur l'argument... — Vous avez **attiré** mon **attention** sur le cas de... — En terminant, j'**attire** votre **attention** sur le bien-fondé / besoin / l'urgence / la nécessité de... — Nous **attirons** encore une fois votre **attention** sur les conditions / prix / termes...

● **attributions (compétence)** Définir / délimiter / déterminer / entrer, entrer dans les attributions de qqn. — Les attributions d'un employé / envoyé / fonctionnaire / service. Ex. : *Cela n'entre pas dans ses attributions. — Délimiter les attributions d'un fonctionnaire.*

● **avancement (promotion)** Avoir / faire obtenir / obtenir de l'avancement. — Tableau d'avancement. — Avancement à l'ancienneté / au choix / sur proposition.

● **avancer**   Avancer de l'argent / des fonds à qqn. — Avancer la date / l'échéance / heure de. // Avancer une proposition / thèse.

● **bénéfice (profit, recette)**   Au bénéfice (profit) de. — Bénéfice d'inventaire / net. — Impôt sur les bénéfices. — Avoir part / participer / être intéressé aux bénéfices. — Partager les bénéfices. — Faire / réaliser des bénéfices. — Escompter / résigner un bénéfice. — Nommer à un bénéfice. Ex. : *Donner une fête au bénéfice des malades / d'une œuvre. — J'escomptais un bénéfice favorable. — Il doit partager les bénéfices avec un associé. — Tous les associés participent aux bénéfices. — Se faire résigner un bénéfice.*

● **bilan**   Bilan positif. — Bilan d'une entreprise / de recherches. — Faire le bilan de. — Dépôt de / déposer son bilan. — Bilan en fin d'exercice. Ex. : *Le bilan est positif.*

● **budget**   Les articles / chapitres / postes / recettes et dépenses d'un budget. — Établissement / ventilation d'un / ventiler / grever un budget. — Discuter / dresser / exécuter / préparer / reconduire / refuser / voter le budget. — Imputer / inscrire des frais / une dépense au budget. — Budget en déficit / excédent. — Budget qui se solde par. — Boucler son budget. Ex. : *Budget qui se solde par un déficit.*

● **but**   Atteindre / arriver à / se donner, se proposer pour s'assigner / tendre, viser à un but. — Toucher au / le but.

● **cachet (salaire)**   Cachet d'un acteur / artiste / musicien / d'une vedette. — D'énormes cachets. Ex. : *Les cachets des vedettes de cinéma.*

●**cadre** Les cadres d'une entreprise. — Caisse / régime des cadres. — Cadre moyen / supérieur. — Passer cadre. — Révoquer un cadre.

●**calendrier** Établir / se fixer / respecter un calendrier. — Calendrier de travail / voyage. Ex. : *Ne pas pouvoir respecter le calendrier qu'on s'est fixé.*

●**candidat** Candidat à un concours / emploi / poste / une fonction. — Candidats sur les rangs. — Convoquer des candidats. — Préparer / proposer / donner sa voix à / soutenir un candidat. Ex. : *Les candidats ont été convoqués à l'examen.* — *Proposer un candidat pour un emploi.*

●**candidature** Candidature à un concours / emploi / poste / une fonction. — Poser / présenter sa candidature à. — Appuyer / patronner une candidature.

●**carrière** Choisir / embrasser / suivre une carrière. — Faire carrière. — Compromettre sa carrière. — De carrière. — Carrière qui s'ouvre pour qqn. Ex. : *La carrière du barreau.*

●**casser** Casser (révoquer) un fonctionnaire / officier. — Casser une condamnation.

●**caution** Verser une caution. — Certifier une caution. — Se porter caution pour qqn. — Sujet(te) à caution. — Sous caution. Ex. : *En liberté sous caution.* — *La nouvelle reste sujette à caution.*

●**certifier** Certifier une caution / signature. — Chèque certifié. — Copie certifiée conforme.

●**charge (poste)** Appeler qqn à / établir qqn dans / occuper / tenir / viser à / abandonner / résigner une charge.

— Charge d'avocat / avoué. — Assumer les devoirs / obligations d'une charge. — Honneur / rang attaché à une charge. — Accaparer les charges. Ex. : *Il a résigné sa charge. — Viser à une haute charge.*

● **chèque** Émettre / encaisser / endosser / faire / libeller / toucher un chèque. — Payer / régler par chèque. — Chèque bancaire / barré / certifié / sans provision / visé / antidaté / postdaté. Ex. : *Chèque libellé à l'ordre de... — Faire un règlement par chèque.*

● **ci-joint (ci-inclus)** **Ci-joint** copie de la lettre que vous m'avez demandée / les pièces demandées. — **Ci-inclus** les brochures / la liste / le dépliant / mon curriculum vitae. — Nous vous remettons / adressons **ci-joint / ci-inclus / sous ce pli / sous pli séparé / sous pli recommandé** un chèque de... — Vous trouverez / Veuillez trouver **ci-joint / ci-annexé / joint à ce pli / annexé à ce pli**... — Je vous transmets **sous ce pli** une lettre... — Recevez **ci-joint / ci-inclus**... — Veuillez remplir la formule, carte **ci-jointe** (et nous la retourner). — Prière de nous retourner les pièces **jointes.** — Nous vous envoyons... dont **ci-joint** facture. — Vous voudrez bien vous conformer aux instructions **ci-jointes** / prendre connaissance du dossier **joint à ce pli**. — Je **joins** à ma lettre la facture / note...

● **clientèle** Avoir / se créer une clientèle. — Obtenir / s'aliéner la clientèle de. Ex. : *Avoir une grosse clientèle / la clientèle d'une famille riche. — Ne pas risquer de s'aliéner une partie de sa clientèle.*

● **clore** Clore un compte / emprunt / exercice / inventaire. — Clore un marché / une négociation. — Clore un débat / une discussion / séance / session. — La discussion / séance / session est close. — Le débat / l'incident est clos.

● **clôture**   Clôture d'un compte / exercice / inventaire. — Clôture d'un débat / d'une séance / session. — Discours / séance de clôture.

● **comité (commission)**   Désigner / élire / nommer un comité. — Comité consultatif / exécutif / de bienfaisance, conciliation, parrainage, patronage / d'étude. — Comité d'entreprise / de gestion. — En comité / en petit comité. Ex. : *Ils ont examiné l'affaire en comité. — Réception en petit comité.*

● **commande**   Annuler / exécuter / faire exécuter / faire droit à / livrer / passer / faire passer / recevoir une commande. — Payable à la commande. Ex. : *Passer une commande à un commerçant. — Faire exécuter sa commande chez N. — Nous n'avons pas reçu votre commande.*

● **commettre (nommer)**   Commettre qqn à un emploi. — Commettre un avocat / expert / huissier / rapporteur. — Commettre qqn d'office. Ex. : *Être commis d'office.*

● **commission (comité)**   Ériger / former une commission. — Commission d'étude / élue / nommée. — Membre d'une commission. — Commission et sous-commission.

● **communication**   Demander / prendre communication d'une copie / pièce / d'un document / dossier. // Communication télégraphique / téléphonique. — Avoir / prendre / recevoir une communication (téléphonique).

● **communiquer**   Communiquer un document / dossier / renseignement / une copie / lettre / nouvelle / pièce. —

Communiquer ses intentions / projets / réflexions.
- **compétence (attributions)** Avoir de la / manquer de compétence. — Relever de / ressortir à la compétence de. — Entrer dans les compétences de qqn. — Dépasser la compétence de. — En appeler à la compétence de. — Déléguer sa compétence. — Outrepasser les limites de sa compétence. — Être une compétence en. // Consulter / utiliser les compétences. Ex. : *Cela n'entre pas dans ses compétences.*
- **comptant** Paiement / payer / régler comptant. — Acheter / vendre / payable (au) comptant. — Argent / deniers comptant(s). Ex. : *Payer comptant sous déduction de 3 % d'escompte.*
- **compte** Affirmation d' / approuver / apurer / arrêter / clore / créditer / débiter / établir / fermer / liquider / régler / vérifier un compte. — Solder son compte. — Compte qui se solde par... Ex. : *Créditer un compte de x. — Son compte se solde par...*
- **concilier** Concilier (arranger) des choses contraires / gens / intérêts / parties / points de vue / témoignages. // Se concilier l'amitié / la bienveillance / les bonnes grâces de qqn. Ex. : *Concilier des intérêts opposés, tous les intérêts en présence.*
- **conclure** Conclure une affaire / alliance / un accord / arrangement / marché / pacte / traité.
- **condition** Conditions avantageuses / intéressantes / exigées / requises. — Condition explicite / expresse / restrictive / tacite. — Les conditions d'un accord / contrat / pacte / traité. — Énoncer / remplir une condition. — Satisfaire aux conditions. — Débattre / définir /

fixer les conditions de. — Dicter / imposer / poser ses conditions. Ex. : *Obtenir des conditions avantageuses.* — *Fixer les conditions d'un accord.*

- **confirmer** Nous **confirmons** notre communication de ce matin et vous demandons de... — A la suite de notre conversation de..., je suis heureux de vous **confirmer...** — Je **confirme** notre entretien de... et suis heureux de... — Par ces lignes, nous vous **confirmons** les termes / conditions... — Veuillez **confirmer** votre commande. — Je **confirme** mon offre / ma commande du... — Je vous **confirme** mes instructions. — Nous nous référons à votre communication de... et vous **confirmons...** — Nous vous avons envoyé une lettre / un télégramme que nous **confirmons** (par la présente). — **Confirmant** notre entretien téléphonique / entrevue de ce jour, nous avons le plaisir de...

- **conjecture** Conjecture confirmée / hasardeuse / sur l'avenir. — En être réduit aux / se perdre en conjectures. Ex. : *Ses conjectures sont confirmées.*

- **conjoncture** Conjoncture difficile / favorable / présente. — Conjoncture économique / politique. — Profiter de la conjoncture. Ex. : *Dans la conjoncture présente.*

- **conseil (réunion)** Les membres / le président d'un conseil. — Conseil d'administration. — Assembler / présider / réunir un conseil. — Saisir le conseil de. — Tenir conseil. — Le conseil délibère / siège. Ex. : *Le conseil a été saisi de cette affaire.*

- **consentir** Consentir une avance / un crédit / escompte / prêt / rabais. — Consentir un délai / une permission. — Consentir à.

- **constituer** Constituer (établir) un dossier. — Constituer (créer) une dot / pension / rente. — Constituer (organiser) un gouvernement / ministère / une société.
- **contact** Entrer / se mettre / se tenir en contact avec qqn. — Prendre contact avec qqn. Ex. : *Prenez contact avec le client.*
- **contracter** Contracter des engagements / obligations. — Contracter une alliance — Contracter une dette / un emprunt.
- **contrat** Contrat en bonne forme / forfaitaire / qui expire le... / stipule que / résoluble. — Les articles / clauses / conditions / termes / vices / la validité / l'étude d'un contrat. — Approuver / dénoncer / dresser / exécuter / libeller / passer / reconduire / rédiger / résilier / révoquer / signer / valider un contrat. — Réaliser / remplir son contrat. — Stipuler par contrat. — Expiration d'un contrat. Ex. : *Contrat reconduit pour une durée de...* — *Dresser un contrat en bonne et due forme.* — *Condition expresse d'un contrat.*
- **contravention** Dresser contravention. — Donner / infliger une contravention. — Procès-verbal d'une contravention.
- **contremander (annuler)** Contremander qqn / une revue / un spectacle.
- **contrevenir (enfreindre)** Contrevenir à la loi / règle / au règlement.
- **convoquer** Convoquer qqn / des candidats / les parties. — Convoquer une assemblée. — Convoquer par lettre / téléphone.
- **créancier** Créancier à terme / privilégié. — Payer /

satisfaire un créancier. — S'acquitter envers un créancier. — Être poursuivi par ses créanciers. — Classement / collocation / ordre des créanciers. Ex. : *S'acquitter envers ses créanciers.*

● **crédit** Accorder / consentir un crédit. — Affecter / attribuer un crédit à. — Engager / voter des crédits. — Ouverture de crédits. — Crédit différé. — Crédits supplémentaires.

● **créer** Créer (constituer) des emplois / pensions. — Créer (nommer) un juge. — Créer un organisme / service / une entreprise / institution. — Créer un impôt.

● **cumuler** Cumuler des droits. — Cumuler des fonctions / places / traitements.

● **décision** Décision arbitraire / énergique / irrévocable / théorique / en réaction contre / qui appartient à. — Arracher / discuter / forcer / motiver / notifier / prendre / reculer une décision. — Arrêter sa décision sur. — Emporter la décision. — S'en remettre / se soumettre à la décision de qqn. — Avoir un rôle dans une décision. — Exécution d'une décision. — Avec décision. Ex. : *Nous soumettons cette délicate question à votre décision. — Cette décision appartient à l'arbitre. — Prendre une décision après mûre réflexion. — Nous prendrons une décision à bref délai.*

● **décliner** Décliner un honneur / une invitation / mutation / offre. — Décliner toute responsabilité. — Décliner (récuser) la compétence de.

● **décommander (annuler)** Décommander qqn / des invités / un repas. — Se décommander.

●**déficit** Déficit budgétaire / de... — Être en déficit. —
Se solder par un déficit. — Combler un déficit. Ex. :
Le budget se solde par un déficit de...

●**délai** Délai approximatif de / qui échoit / échu / expiré / fixé / réglementaire / supplémentaire. — Par. expiration de / à l'expiration du délai. — Délai de livraison / paiement. — Dans les délais. — Abréger / accorder /
consentir / demander / se donner / se fixer / impartir /
proroger / reconduire / suspendre un délai. — Sans délai / dans un délai de / dans le(s) plus bref(s) délai(s) /
à bref délai / sans autre délai. Ex. : *Accorder un nouveau délai, un délai supplémentaire. — Dans le délai fixé,
dans les délais impartis. — A payer dans un délai de 30
jours. — Nul par expiration de délai. — Délai approximatif
de livraison. — Procéder à l'enquête dans le plus bref délai.*

●**déléguer** Déléguer sa compétence / son autorité /
pouvoir à qqn.

●**délivrer** Délivrer une ampliation / un brevet / certificat / reçu.

●**demande** Adresser / déposer / former / formuler /
introduire / justifier / libeller / présenter / rédiger / réitérer / saisir d'une demande. — Accéder, acquiescer à /
accueillir favorablement / agréer / appuyer / faire droit
à / prendre en considération / répondre, satisfaire à
une demande. — Opposer une fin de non-recevoir, un
refus à / rejeter / repousser une demande. — Demande
irrecevable. — Demandes croissantes / pressantes. —
Demande d'augmentation / d'emploi. — Fonder une
demande sur.

●**demander (solliciter)** Demander une audience /

interview / un entretien. — Demander un emploi / poste. — Demander un délai / une augmentation / faveur / de l'aide / l'appui, assentiment, assistance, intervention de qqn. — Demander conseil / des directives. — Demander communication d'une copie / pièce / d'un document / dossier.

- **démarche** Démarche prématurée. — Démarches malhonnêtes. — Différer / faire / justifier / motiver / tenter une démarche. Ex. : *Tenter une démarche auprès de qqn.*
- **démettre (démissionner, relever, résigner)** Démettre qqn de son emploi / ses fonctions. — Se démettre de ses fonctions.
- **démission** Donner / envoyer / motiver / remettre sa démission. — Accepter / recevoir la démission de qqn / d'une assemblée.
- **démissionner (démettre)** Démissionner. — Démissionner qqn. Ex. : *Démissionner d'un emploi.*
- **dépense** Dépenses folles / immodérées / imprévues / inutiles / supplémentaires / utiles / voluptuaires. — Entraîner des dépenses. — Fournir à la dépense. — Rentrer dans / restreindre ses dépenses. — Engager / faire / ordonnancer / ouvrir / supputer une dépense. — Comprimer / ventiler les dépenses. — Affecter une somme à une dépense. — Attribuer un crédit à une dépense. — Imputer / inscrire une dépense à. — Recettes et dépenses d'un budget. — Contrôle / état / prévision des dépenses. — Excédent des dépenses sur les recettes. — Dépenses et revenus. — Dépenses publiques. Ex. : *Équilibrer dépenses et revenus. — Comprimer les dépenses publiques.*

● **désigner** Désigner un bénéficiaire / délégué / rapporteur / successeur. — Désigner d'office / par vote. — Désigner un comité. Ex. : *La commission a désigné un rapporteur.*

● **dessaisir** Dessaisir qqn / une autorité / un tribunal de. — Dessaisir d'une affaire / question. — Se dessaisir d'un document / dossier / gage / titre / d'une lettre / pièce. Ex. : *Il ne peut s'en dessaisir.*

● **dette** Échéance d'une dette. — Dette à court, long terme / consolidée / flottante / perpétuelle / remboursable / viagère. — Contracter / faire des dettes. — Acquitter / nier / payer / rembourser / s'acquitter d'une dette. — Annuler / éteindre / extinction d'une dette. Ex. : *Versement qui annule une dette. — Être criblé, perdu de dettes. — Acquitter une dette avant l'échéance.*

● **différend** Avoir un / être en différend avec qqn. — Arbitrer / arranger / régler / vider un différend. Ex. : *Régler un différend à l'amiable.*

● **différer** Différer une affaire / démarche / résolution / la mise en application de. — Différer une échéance / un paiement. — Crédit différé. Ex. : *Ne pas différer une bonne résolution.*

● **difficulté (obstacle)** Rencontrer une difficulté. — Aplanir / attaquer / avoir raison de / lever / pallier / prévenir / résoudre / surmonter / trancher / vaincre une difficulté. — Éluder / tourner la difficulté. — Encourir des difficultés. — Statuer sur une difficulté. — La solution d'une difficulté. — Difficulté d'une entreprise / d'un cas / problème.

● **document** Communiquer / demander, prendre communication d' / se dessaisir d'un document. — Centraliser / réunir des documents. — Annexer un document à un dossier. — Falsifier / viser un document. — Authenticité d'un document. — Document qui émane de. — Original / copie d'un document. — Les documents d'un dossier.

● **dossier** Communiquer / demander, prendre communication d' / étudier / examiner / se dessaisir'd' / transmettre un dossier. — Constituer / établir un dossier. — Annexer / joindre / verser à un dossier. — Documents / pièces d'un dossier. — Dossier Un Tel / d'un fonctionnaire. Ex. : *Transmettre un dossier pour étude.*

● **dresser** Dresser un budget / inventaire. — Dresser un acte / contrat / procès-verbal / une liste / procuration. — Dresser une facture. — Dresser un projet de. Ex. : *Charger un expert de dresser un projet des aménagements.*

● **échéance (expiration)** Échéance d'un acte / billet / loyer / d'une traite. — A x mois / semaines d'échéance. — A / avant l' / à brève, longue échéance. — Arriver / venir à échéance (échoir). — Préparer son échéance. — Faire face à une échéance. — Avancer / différer / proroger / reculer une échéance. — Lourde échéance. Ex. : *Acquitter une dette avant l'échéance. — Pour faute de paiement à l'échéance.*

● **échoir (expirer, venir à échéance)** Facture / intérêt / montant / traite à échoir / qui échoit / échu(e). — Délai / terme échu / qui échoit. — Payable / payer à terme échu. Ex. : *Votre terme échoit le 30.*

● **écrire** Je vous **écris** au sujet de... / à la hâte / à titre personnel. — Je vous ai **écrit** le... / récemment / peu de temps avant mon départ. — Je vous ai déjà

● **écrit** à ce sujet. — Je vous remercie de m'avoir **écrit** / Merci d'avoir **écrit**. — Je suis impardonnable de ne pas vous avoir **écrit** avant. — Vous m'**écrivez** que... — Je suis très surpris de ce que vous m'**écrivez** sur vos intentions / projets. — Nous nous **écrirons** plus longuement à ce sujet. — Lorsque vous nous **écrirez,** veuillez préciser... — **Écrivez**-moi / Veuillez m'**écrire** (dorénavant) à l'adresse ci-dessous / suivante.

● **émoluments (salaire)** Fixer des émoluments (d'un officier ministériel). — De modestes émoluments.

● **emploi (poste)** Annoncer, poser, présenter sa candidature à / assumer / chercher / demander / entrer dans / postuler / prendre / solliciter / tenir un emploi. — Présenter qqn pour un emploi. — Assigner / procurer un emploi à qqn. — Commettre / nommer qqn à un emploi. — Résigner son emploi. — Emploi vacant. — Demande / offre d'emploi. — Candidat / postulant à un emploi. — Créer des emplois. — Emploi, plein-emploi et sous-emploi. — Le volume de l'emploi. Ex. : *Être sans emploi. — Il a pris un emploi.*

● **emprunt** Contracter / faire / rembourser un emprunt. — Clore / émettre / lancer / ouvrir / souscrire à un emprunt. Ex. : *L'État émet des emprunts.*

● **enfreindre (contrevenir, transgresser, violer)** Enfreindre une loi / prescription / un ordre / règlement. — Enfreindre un engagement / des vœux.

● **engager** Engager la discussion / un entretien. —

Engager des négociations. — Engager des capitaux /
crédits / dépenses. — Engager sa responsabilité. Ex. :
*Engager sa responsabilité dans une affaire. — Il faut
engager les dépenses nécessaires.*

● **enquête** Conduire / diriger / faire / mener / ordonner /
ouvrir / procéder à une enquête. — Enquête qui abou-
tit / suit son cours. Ex. : *Faire sa petite enquête. — J'exige
que l'on procède sur-le-champ à une enquête.*

● **entente** Entente illégale / muette / secrète / tacite /
dirigée contre qqn. — Offres / politique / terrain d'entente. — Chercher / trouver un terrain d'entente. —
Arriver / parvenir à une entente. Ex. : *Multiplier les
offres d'entente.*

● **entretien** **(entrevue)** Entretiens confidentiels /
privés. — Avoir un entretien avec qqn. — Demander /
solliciter un entretien. — Accorder un entretien. —
Indiquer l'endroit / l'heure / le moment d'un entretien. — Engager / interrompre / prolonger / reprendre
un entretien. — Ce qui perce d'un entretien. Ex. :
Avoir un entretien tête à tête avec qqn.

● **entrevue (entretien, rencontre, rendez-vous, tête-
à-tête)** Arranger / fixer / ménager une entrevue. —
Avoir une entrevue avec qqn. Ex. : *Ménager une entrevue entre deux personnes.*

● **envoyer (adresser, expédier, faire parvenir)**
Nous vous **adressons** sous ce pli un chèque de... —
Nous accusons réception de la lettre / du chèque / règle-
ment que vous nous avez **adressé(e)**. — Veuillez / Je
vous prie d'**adresser** / **Adressez** mon courrier chez
N, votre correspondance aux bons soins de N. — Je

vous **envoie**, pour la suite à donner, la demande /
plainte / réclamation. — (En paiement de...) je vous
envoie (par lettre recommandée) la somme de... —
Je vous **envoie** ces quelques lignes au sujet de... —
Je vous prie de / Je vous serais reconnaissant de bien
vouloir m'**envoyer** la liste de prix. — Nous vous
envoyons... dont ci-joint facture. — (Suite à votre
demande) nous vous **faisons parvenir** (aujourd'hui)...
— Veuillez **expédier** / **Expédiez** par colis postal. —
Nous vous **expédions** (ce jour) / Nous vous avons
expédié la marchandise par train.

- **ériger (former, instituer)** Ériger une commission /
société / un tribunal. Ex. : *On a érigé une commission.*
- **escompte (rabais)** Accorder / consentir / faire un
escompte. — Présenter un effet de commerce / une
traite à l'escompte. — Bénéficier d'un escompte. Ex. :
*Acquitter une dette avant l'échéance pour bénéficier d'un
escompte.*
- **escompter** Escompter / faire escompter un billet à
ordre / une lettre de change / traite / des effets de
commerce. — Escompter un héritage / son avenir. —
Escompter un bénéfice / mécontentement / une réponse / le succès de / la fortune / réussite. Ex. : *Une
fortune trop escomptée.*
- **établir** Établir une disposition. — Établir un calendrier de travail / voyage. — Établir (constituer) un dossier. — Établir un impôt. — Établir (nommer) qqn
dans une charge.
- **éteindre** Éteindre un droit / une obligation. —
Éteindre une dette / hypothèque.

● **étude** Étude d'un contrat / devis / projet (de loi) / d'une question. — Étude approfondie / pertinente / rétrospective / sérieuse. — Mettre à l'étude. — A l' / en cours d'étude. — Procéder à une étude. — Mener une étude à bonne fin. — Transmettre pour étude. — Bureau / comité / commission d'étude. Ex. : *Faire l'objet d'une étude approfondie*.

● **événement** Événement / diplomatique / historique / politique / gros de conséquences / heureux / imprévu / malheureux / qui a lieu, fait date, se passe, se produit / inéluctable / inévitable / logique. — Triste événement. — Authenticité / éventualité / version d'un événement. — Date / scène / théâtre d'un événement. — Importance des événements. — Tournure prise par les événements. — Chaîne / fil / suite des événements. — La pression des événements. — Rapport / rapprochement entre des événements. — Conséquences / souvenir d'un événement. — Être dépassé par les événements. — Nier un événement. Ex. : *Confirmer une version des événements*.

● **exercice** Exercice d'un droit / du pouvoir. — Exercice d'un métier / d'une profession. — Entrer en exercice (en fonction). — Dans l'exercice de ses fonctions. // Exercice budgétaire. — L'exercice 19. — Clôture d'un / fin d'exercice. Ex. : *Outrage à la magistrature dans l'exercice de ses fonctions. — Exercice budgétaire et année budgétaire ne coïncident pas*.

● **expiration (échéance)** Expiration d'un bail / contrat / mandat. — Expiration d'un délai / d'une trêve. — A l'expiration de. — Date d'expiration. — Par expiration de. — Venir à expiration. Ex. : *Nul par expiration de délai.*

- **expirer (échoir, venir à échéance)**   Bail / contrat / mandat / passeport qui expire le tant. — Délai expiré (échu). Ex. : *Le bail expire à la fin du mois.*
- **exprès**   Colis / lettre exprès. — EXPRÈS—Envoyer un exprès. Ex. : *Je lui envoie cet exprès pour l'en avertir.*
- **exprès, esse**   Approbation / condition / convention / défense / interdiction / reconduction expresse. — Ordre exprès.

- **facture**   Dresser / envoyer / établir / faire / présenter une facture. — Acquitter / payer / régler / solder une facture. — Facture qui échoit / échue / à échoir. — Prix de facture. Ex. : *Vendre au prix de facture.*
- **filière**   Filière administrative. — Passer par / suivre la filière. Ex. : *Faut-il suivre toute la filière ?*
- **fin de non-recevoir (refus)**   Opposer une fin de non-recevoir. Ex. : *Être en butte à trop de difficultés et de fins de non-recevoir.*
- **fonction (poste)**   Fonction en remplacement, titre / par intérim. — Fonctions perpétuelles / temporaires. — Attributs, insignes d' / honneur / rang attaché à une fonction. — Chargé d'une fonction. — Dans l'exercice de ses fonctions. — Poser / présenter sa candidature à une fonction. — Entrer en fonction (en exercice). — Assumer / exercer / occuper / remplir une fonction. — Cumuler des fonctions. — Être / rester en fonction. — S'acquitter de ses fonctions. — Résigner / se démettre de / reprendre ses fonctions. — Affecter / appeler à

une fonction. — Démettre / relever qqn de ses fonctions. Ex. : *Cumuler deux fonctions.*

● **fonctionnaire** Fonctionnaire civil / public / des contributions. — Haut fonctionnaire. — Attributions d'un fonctionnaire. — Permutation de deux fonctionnaires. — Corruption de fonctionnaire. — Dossier / notes d'un fonctionnaire. — Casser / déplacer / mettre à la retraite, en disponibilité / muter / nommer / révoquer un fonctionnaire. Ex. : *Deux fonctionnaires qui permutent. — Fonctionnaire qui perçoit les impôts.*

● **fonds** Avancer / chercher / recueillir / trouver des fonds. — Rentrer dans ses fonds. — Être en fonds. — Appel / détournement / mise de fonds. — Fonds de roulement. — Fonds considérables. — Dépôts de fonds. — Manier des fonds.

● **former** Former (ériger, instituer) un gouvernement / une société. — Former (formuler) l'idée de / une résolution / des vœux. Ex. : *Former des vœux secrets.*

● **gérer** Gérer une affaire / son avoir / un commerce / domaine / une tutelle / les biens de qqn. Ex. : *Gérer les biens d'un incapable.*

● **grever** Grever un budget / une économie / succession. — Grever qqn. — Grever d'impôts.

grief Griefs justifiés. — Avoir des griefs contre qqn. — Exposer / formuler ses griefs. — Faire grief de qqch. à qqn.

● **homologuer** Homologuer une norme / un règlement. — Homologuer un concordat / partage / tarif. — Homologuer une performance / un record.

● **honneur (plaisir, regret)** Nous avons le grand **honneur** de vous inviter à... — La direction a le très grand **honneur** de vous communiquer... — J'ai l'**honneur** de soumettre à votre approbation / solliciter de votre haute bienveillance... — J'ai le **plaisir** de vous annoncer / informer... — Le jury a le **plaisir** de vous faire part de... — C'est avec **plaisir** que nous vous communiquons... — C'est avec grand **plaisir** que j'ai appris que... / pris connaissance de... — C'est avec un vif **plaisir** que j'ai reçu votre lettre m'annonçant... — Nous avons le **regret** de vous informer que / vous faire part de... / de ne pouvoir... — C'est avec (un vif) **regret** que nous devons vous communiquer... — Je suis au **regret** de vous annoncer...

● **honoraires (salaires)** Les honoraires d'un avocat / médecin / notaire. Ex. : *J'attends la note de vos honoraires.*

● **impartir** Impartir un délai. — Dans les délais impartis.

● **impôt** Impôt dégressif / forfaitaire / régressif. — De lourds impôts. — Assiette / base / montant / perception / recouvrement de l'impôt. — Déclaration / feuille d'impôt. — Acquitter / payer ses impôts. — Aménager / créer / établir / lever / percevoir / recouvrer / voter un impôt. — Charger / grever d'impôts. — Alléger / réduire / relever les impôts. — Dégrèvement/ exemption / exonération d'impôt. — Dispenser qqn d'impôts.

● **inconvénient** Avantages et inconvénients de qqch. — Inconvénients graves. — Avoir / comporter / entraîner / offrir / présenter des inconvénients. — Montrer / subir les inconvénients de qqch. — Voir un inconvénient à. — Faire face / parer à / pallier un inconvénient. Ex. : *Les inconvénients que comporte cette solution.*

- **information (renseignement)** Information neutre / objective / officielle / officieuse / prodigieuse / sensationnelle / utile. — Agence / voyage d'information. — Communiquer / donner / ouvrir / transmettre une information.

- **informer (dire)** Par cette lettre, j'aimerais / A la suite de... je crois devoir vous **informer** que... — (En réponse à votre lettre du...) nous avons l'honneur, le plaisir, le regret de vous **informer** que... — Nous vous **informons** (par la présente) qu'à partir de... — La présente a pour objet de vous **informer** que... — Vous nous avez **informés**, le... / Vous nous **informez**, par votre lettre du..., que... — S'il vous agrée de..., veuillez nous en **informer**. — Veuillez nous **informer** de la suite qui sera donnée à cette affaire. — Je vous remercie de votre charmante lettre et vous **informe** que... — (Je vous signale que) j'ai été (tenu) **informé** des modifications / de l'affaire. — Dans votre dernière lettre, vous **disiez** que...

- **instituer** Instituer un contrôle / une procédure. — Instituer (ériger, former) une confrérie / un ordre / la force publique. — Instituer une fête / des jeux. — Instituer héritier.

- **instructions** Instructions limitées / précises / secrètes. — Donner des instructions. — Se conformer aux / outrepasser les instructions. — Conformément / contrairement aux instructions. Ex. : *Veuillez vous conformer aux instructions ci-jointes.*

- **intérêt (importance, prix)** J'attache une très grande **importance à**... — J'**attacherais** un **intérêt** tout particulier **à** voir cette question... — J'**attacherais** beaucoup d'**importance à** être informé... — Il n'est pas besoin / nécessaire de souligner l'**intérêt** que j'**attache à**... — Vous avez bien voulu me signaler l'**intérêt** qu'**attache** votre ministère **à**... — Je ne vous dissimulerai pas que nous **y attachons** la plus grande **importance.**

- **introduire** Introduire une demande / instance / procédure / un recours en justice. — Introduire une réforme.

- **inventaire** Inventaire de fin d'année. — Clore / clôture d' / dresser un inventaire. — Procéder à l'inventaire de. — Sous bénéfice d'inventaire.

- **lettre (lignes, mot)** Cette **lettre** a pour objet / but de porter à votre connaissance / vous communiquer / fait suite à... — Je vous envoie ces quelques **lignes** pour / au sujet de... — Quelques **lignes** (seulement) pour vous entretenir de... — Par ces **lignes**, nous vous confirmons les termes / conditions... — Un **mot** (seulement) pour vous inviter / faire part de... / rappeler que... — Par votre **lettre** du..., vous nous demandez / informez / apprenez que... — D'après / Aux termes de votre **lettre**, il apparaît que... — Dans votre dernière **lettre**, vous disiez que... — Je vous ai dit dans ma **lettre** que... — En réponse à votre **lettre** par laquelle / relative à / tendant à / nous demandant, informant, confirmant / portant sur / ayant pour objet, but de / où... — C'est avec un (vif) plaisir que j'ai reçu / Je vous remercie de votre **lettre**. — Bonne note a été prise de votre **lettre**.

● **lever**   Lever l'audience / la séance. — Lever la saisie de / une interdiction / l'interdit. — Lever des impôts / une contribution.

● **libeller**   Libeller un acte / contrat / une demande / réclamation. — Libeller un chèque / mandat / télégramme. — Libeller correctement / en termes incorrects, violents. Ex. : *Chèque libellé à l'ordre de.*

● **liberté (permettre)**   Nous avons **pris la liberté de** vous adresser cette demande... — A la suite des informations..., j'ai **pris la liberté de** vous signaler, rappeler que... — **Qu'il nous soit permis de** porter à votre connaissance que... / solliciter une entrevue. — Avant tout, **permettez-moi** de vous remercier de votre lettre, téléphone... — **Permettez-moi** (à cette occasion, enfin) d'attirer votre attention sur... / de vous signaler que... / de vous inviter à faire retour de... — **Je me permettrai** de vous faire remarquer que... — **Nous nous permettons** d'attirer votre (bienveillante) attention sur... — **Je me permets,** à titre exceptionnel, de vous rappeler que... — Si **nous nous permettons** de... — Pour faire suite à / A la suggestion de N..., **je me permets** de vous soumettre...

● **litige**   Arbitrer / examiner / régler / soumettre / trancher un litige. — Cas / objet / point / question en litige. Ex. : *Régler un litige par voie de négociation.*

- **marché**   Annuler / arrêter / clore / conclure / faire / passer / résilier / rompre un marché.
- **mensualités**   Toucher ses mensualités (salaire). // Payable / payer par mensualités (versements).
- **mutation**   Mutation d'office / pour raison de service / sur demande. — Décliner une / demander sa mutation. Ex. : *Mutation d'un fonctionnaire.*

- **négociation**   Négociations secrètes. — Par voie de négociation. — Échec / ouverture / poursuite / progrès / succès des négociations. — Avoir / clore / engager / entamer des négociations. // Négociation d'un billet / effet de commerce / d'une lettre de change / traite / de valeurs mobilières. Ex. : *Résoudre un conflit par des négociations.*
- **négocier**   Négocier un accord / traité / une affaire / convention. // Négocier un billet / effet de commerce / une lettre de change / traite / des valeurs (mobilières). — Négocier à terme.
- **nier**   Nier un dépôt / une dette. — Nier sa signature. — Nier l'authenticité de. — Nier que. Ex. : *Il nie qu'il est venu* (et pourtant il est venu). — *Il nie qu'il soit venu* (on ne le sait pas). — *Je ne nie pas que ce soit...* (je pense que...).
- **niveau de vie**   Haut niveau de vie. — Indices du niveau de vie. — Niveau· de vie qui baisse / monte / record. — Relever le niveau de vie.
- **nomination**   Nomination à un grade / poste supérieur. — Obtenir / rapporter / signer une nomination. — Nomination d'un juge / ministre. Ex. : *Obtenir sa nomination.*

● **nommer (affecter à, commettre)** Nommer un directeur / des fonctionnaires / magistrats. — Être nommé à un emploi / poste. — Nommer qqn d'office. — Nommer un comité.

● **non-rétroactivité (rétroactivité)**
Non-rétroactivité d'une disposition / loi / mesure.

● **note (noter, prendre acte)** Veuillez / Je vous invite à **prendre bonne note de**... — Nous vous saurions gré **d'en prendre bonne note** et de... — J'ai **pris bonne note de** cette modification / objection / vos observations / remarques. — **Bonne note a été prise de** votre communication / lettre. — Nous **prenons note du** fait que... — Veuillez / Nous vous prions de **noter** qu'à partir de... — **Notez** bien que même si... — **Notons** d'ailleurs qu'il n'a pas été nécessaire de... — Je **note** avec bonheur / déplaisir / joie / plaisir / satisfaction que... — J'**en prends acte.**

● **notifier (signifier)** Notifier une décision / un renvoi. — Notifier un rendez-vous.

● **obstacle (difficulté)** Rencontrer un obstacle. — Sans rencontrer d'obstacle. — Obstacles insurmontables / irréductibles. — Aplanir / franchir / lever / vaincre un obstacle. — Faire obstacle à. — Tourner l'obstacle. Ex. : *Les obstacles sont aplanis*.

● **office** Office d'agent de change / avoué / de notaire / ministériel / public. — Remplir son office. — Résigner un office. // D'office. — Commettre / désigner / mettre à la retraite / muter / nommer d'office. Ex. : *Nommer un avocat d'office.*

- **offre** Offres acceptables / avantageuses. — Offre d'emploi / de service. — Offres d'entente. — Accepter / décliner / recevoir / refuser / rejeter / repousser une offre. — Appel d'offres. — Faire / répondre à un appel d'offres. Ex. : *Multiplier les offres d'entente*.

- **ordonnancer** Ordonnancer des dépenses / travaux. Ex. : *Ordonnancer et payer certains travaux et dépenses*.

- **organiser** Organiser (arranger) une rencontre (entre deux personnes). — Organiser un meeting / une réunion. — Organiser une fête / manifestation / un voyage. — Organiser (constituer) un service / le travail.

- **ouverture** Ouverture d'une discussion / enquête / séance / d'un débat / de l'instruction d'une cause / de la session. — Ouverture des négociations. — Faire des ouvertures de négociation. // Ouverture de crédit.

- **paiement (règlement)** Paiement par chèque. — Attester / effectuer / faire / recevoir un paiement. — Délai de / différer / suspendre un paiement. — Facilités / modalités de paiement. — Paiement d'une amende / d'un impôt.

- **pallier** Pallier une difficulté / un inconvénient. — Pallier le manque / la pénurie de / une défaillance / insuffisance. Ex. : *Apporter tous ses soins à pallier...*

- **paraître (apparaître)** Il est / paraît absolument indispensable de... — Au reste, est-il indispensable d'en saisir... — D'un autre côté, il paraît nécessaire de rappeler... — Ne serait-il pas préférable de... — En conséquence, j'estime qu'il serait préférable de... — D'autre part, je crois qu'il serait opportun

d'apporter une suite favorable à... — **Il paraît inop-
portun,** dans les circonstances, **de**... — A la lecture
de..., **il est manifeste que**... — **Il apparaît,** en lisant /
examinant / à la lecture de..., **qu'il serait préférable
de**...

● **paraphe (signature)** Apposer son paraphe. Ex. :
*Paraphe apposé aux ratures / renvois / au bas des pages
d'un acte.*

● **parrainage (patronage)** Parrainage d'une œuvre. —
Accepter le parrainage de. — Comité de parrainage.

● **parrainer (patronner)** Parrainer une entreprise /
œuvre. — Parrainer qqn.

● **patronage (parrainage)** Demander / placer sous le
patronage de qqn. — Sous le patronage de. — Comité
de patronage. Ex. : *Fête placée sous le patronage de N.*

● **patronner (parrainer)** Patronner une entreprise. —
Patronner qqn / une candidature.

● **payable** Payable à échéance / x jours / vue / au comptant / d'avance / en argent / nature / par annuités / mensualités. Ex. : *Lettre de change payable à vue.*

● **pension** Bénéficiaire d'une pension. — Constituer /
créer des pensions. — Toucher une pension.

● **percevoir** Percevoir (lever) des impôts / intérêts /
droits de douane / une contribution / un loyer.

● **place (poste)** Une bonne place. — Une place vacante.
— Une place d'employé de bureau / de secrétaire. —
Chercher / offrir / procurer une place. — Perdre sa
place. — Occuper / tenir une place. — Cumuler des
places.

● **plainte** Adresser / déposer / formuler une plainte. —

Porter plainte. — Sujet de plainte. — Plainte juste.

- **plan** Concerter/élaborer/étudier/exécuter/faire/réaliser un plan. — Laisser / rester en plan. — Plan d'action.

- **point** Point litigieux, en litige / de loi / désaccord / particulier. — Aborder / attirer l'attention sur / considérer / discuter / relever / traiter un point. — Entrer en opposition avec qqn sur un point particulier. — Aborder un point particulier. — Discussion sur un point. — Avoir raison sur un point. — Concéder un point. — De point en point.

- **point de vue** Points de vue différents / opposés. — Concilier / départager des points de vue. — Rallier tous les points de vue. — Envisager / examiner un certain point de vue. — Défendre / maintenir son point de vue. — Adopter / choisir / justifier / partager / se rallier à un point de vue. Ex. : *Avoir des points de vue diamétralement opposés.*

- **politique** Politique de l'autruche / du moindre effort / revancharde. — Une bonne / mauvaise politique. — Irréalisme d'une politique. — Attaquer, s'attaquer à / donner son aval à / faire, mettre opposition à / promouvoir une politique.

- **poste (charge, emploi, fonction, place, profession, situation)** Poste important, vacant. — Honneur / rang attaché à un poste. — Demander / être candidat à / poser, présenter sa candidature à un poste. — Quitter son poste. — Affecter, appeler qqn à / confier / nommer qqn à / offrir un poste.

- **postuler** Postuler un emploi. — Postuler. Ex. : *Il postule à l'Université.*

- **pourparlers** Entrer / être en pourparlers. — Entamer des pourparlers / de longs pourparlers.
- **préavis** Préavis de congé / licenciement. — Donner un préavis. — Avec un préavis de x jours. — Délai de préavis (ou délai-congé). Ex. : *Congédier un employé sans lui donner de préavis.*
- **préjudice** Causer / subir un préjudice. — Préjudice grave. — Porter préjudice. — Au préjudice de. — Sans préjudice de. Ex. : *Cette injustice est à son profit et à mon préjudice.*
- **préjuger** Préjuger une affaire. — Préjuger une décision / question / suite. Ex. : *On ne doit rien préjuger. — A ce qu'on peut préjuger.*
- **présider** Présider une assemblée / séance / un débat. — Présider un conseil (d'administration) / tribunal. — Présider un dîner. — Présider à qqch.
- **présumer** Être présumé... — Présumer de qqn / qqch. — Présumer que. — Présumer qqch. Ex. : *Être présumé innocent. — Vous présumez trop de lui. — Il a trop présumé de son talent. Je présume qu'il est capable de remplir sa charge. — Présumer une issue.*
- **prêt** Consentir un prêt. — Prêt à court, long terme / intérêt / la construction / sur gage, garantie / franc / usuraire.
- **prétention** Prétentions basées sur / excessives / légitimes / ridicules. — Démordre de / être modéré dans / rabattre de / renoncer à ses prétentions. — Fonder des prétentions sur. — Justifier une prétention.
- **prétexte** Chercher / prendre / saisir / trouver un prétexte. — Donner / fournir des prétextes. — Donner pour

/ opposer un prétexte. — Mauvais prétexte. — Prétexte plausible. — Servir de prétexte. Ex. : *Trouver quelque prétexte.*

● **preuve** Preuve formelle / irrécusable / irréfragable / irréfutable / irrésistible / matérielle / qui convainc / tangible. — Apporter / avoir / fournir / réunir des preuves. — Baser / fonder sur des preuves. — Infirmer une preuve.

● **prévision** Théorie des prévisions : prospective. — Prévision à court, long, moyen terme. — Prévision des dépenses / recettes. — Se tromper dans ses prévisions. — Confirmer des prévisions.

● **prix** Prix abordable / avantageux / d'ami / dérisoire / défiant toute concurrence / élevé / excessif / exorbitant / imbattable / modéré / modique / normal / raisonnable. — Prix courant / coûtant / de détail, fabrique, gros, revient / en vigueur / fixe / forfaitaire / marqué / net / qui atteint un maximum, baisse. — A moitié prix / à prix d'or / à tout prix. — A bas, vil prix. — Augmentation / baisse / hausse de prix. — Coûter un prix fou. — Baisser de / convenir d' / débattre / rabattre d' / s'entendre sur un prix.

● **problème** Aspects (particuliers) / éléments / fond / gravité / solution d'un problème. — Problème complexe / compliqué / délicat / d'une complexité... / inquiétant / insoluble / irrésolu / qui domine une affaire / résoluble / vital. — Aborder / attaquer, s'attaquer à / élucider / évoquer / reconsidérer / résoudre / se pencher sur / soulever / traiter un problème. — Déplacer le problème. Ex. : *Aborder sereinement un problème.*

● **procédé** Procédés abusifs / blessants / corrects / indélicats / malhonnêtes. — Procédé immanquable / révolutionnaire. — Un bon procédé. — Chercher / recourir à un procédé. — Malhonnêteté d'un procédé.

- **procéder à** Procéder à une enquête / étude. — Procéder à un inventaire. — Faire procéder à.

- **procès-verbal** Approuver / clore / dresser / lire / rédiger un procès-verbal. — Annexer un procès-verbal à un dossier. — Procès-verbal d'une contravention.

- **produire** Produire un certificat / une pièce d'identité. — Produire un témoignage / des témoins.

- **profession (poste)** Embrasser / entrer dans / exercer / pratiquer / prendre une profession. — Exercice / pratique d'une profession.

- **profit (bénéfice)** Profits d'une entreprise / société / individuels / illicites / licites / usuraires. — Petits profits. — Profit inattendu / inespéré. — Profit brut / d'exploitation / net. — Profits et pertes. — Source de profit. — Faire du / beaucoup de profit. — Mettre à / tourner tout à / tirer profit de. — Supputer un profit. — Au profit de.

- **projet** Projet chimérique / complexe / irréalisable / manqué / qui éprouve des contretemps, reste en plan, transpire / secret. — Sérieux d'un projet. — Attaquer, s'attaquer à / entraver / faire, mettre opposition à / réprouver un projet. — Accueillir / donner son adhésion, consentement à / être acquis à un projet. — Communiquer / découvrir / dévoiler / soumettre ses projets. — Arrêter / caresser / concerter / dresser / ébaucher / élaborer / étudier / exécuter / faire / former / mûrir / nourrir / réaliser un projet. — Entrer dans les projets de qqn de.

— Avec le projet formel de. — Projet de loi / texte.

- **projet de loi** Accepter / adopter / amender / discuter / mettre à l'étude / modifier / rejeter / voter un projet de loi. — Adoption / amendement / discussion / étude / mise au point / remaniement / vote d'un projet de loi.

- **promesse** De belles / perfides promesses. — Promesse en l'air / sincère / solennelle. — Être fidèle à / exécuter / manquer à / remplir / renier / réitérer / tenir / violer sa promesse. — Avoir / compter sur la promesse de qqn. — Arracher une promesse. — Dégager / délier / relever qqn de sa promesse.

- **promotion (avancement)** Promotion ouvrière. — Promotion à l'ancienneté / au choix / sur proposition.

- **promouvoir** Promouvoir une politique / réforme. — Promouvoir qqn. Ex. : *Promouvoir qqn à une responsabilité. — Être promu grand officier.*

- **propos** Propos badins / blessants / cyniques / déplacés / frivoles / grossiers / injurieux / irréfléchis / irrespectueux / irrévérencieux / irritants / malséants / perfides / sans suite / vifs. — Sérieux d'un propos. — Rapporter / recueillir un propos. — Prêter des propos à qqn.

- **proroger** Proroger un décret / une loi. — Proroger un délai / une échéance. — Proroger une assemblée / un parlement. — Proroger la validité de.

- **protestation** Protestation écrite / verbale. — Protestation bruyante / indignée / véhémente / violente. — Geste de protestation. — Rédiger / signer une protestation. — Soulever une tempête de protestations.

- **question** Question à l'étude / complexe / délicate / de fait et non de principe / d'intérêt / en litige / épineuse / fondamentale / grave / importante / oiseuse / préalable / qui reste entière, indécise, pendante, pertinente, résoluble / vitale. — La gravité / solution / le caractère / fond / règlement / l'état / étude / examen / exposé / les aspects / divers points de la, d'une question. — La question se pose de savoir si. — Agiter / débattre / être en débat sur / préjuger / statuer sur une question. — Entretenir d' / être saisi, saisir d' / insister sur une question. — Dessaisir d'une question. — Inscrire une question à l'ordre du jour. — Aborder / approfondir / discuter / effleurer / envisager / étudier / évoquer / examiner / faire un rapport sur / formuler / poser / reconsidérer / régler / résoudre / se pencher sur / soulever / traiter / trancher une question. — Déplacer la question. Ex. : *Saisir une autorité / un service / la direction d'une question.*

● **quorum** Avoir quorum. — Atteindre le quorum.

● **rabais (escompte)** Travail au rabais. — Vente au rabais. — Accorder / consentir un rabais.
● **rapport** Rapport confidentiel / écrit / oral / secret. — Des rapports d'experts. — Entériner / faire un rapport sur. — Considérer / étudier sous tel rapport. — Établir un rapport entre. // Entrer en rapport avec qqn.
● **réaliser** Réaliser des bénéfices / économies. — Réaliser un achat / contrat / une vente.
● **recette (bénéfice)** Excédent / montant / prévision des recettes. — Recettes et dépenses d'un budget. — Recette nette.

● **recevoir (parvenir)** Je **reçois** à l'instant / aujourd'hui votre lettre, télégramme. C'est seulement aujourd'hui que je **reçois** / Je n'ai **reçu** que ce matin votre aimable invitation, commande. — J'ai **reçu** votre lettre, mot ayant pour objet / portant sur... — Nous venons de **recevoir** votre chèque / lettre. — Nous avons **reçu** votre commande / lettre, et vous en remercions. — Nous n'avons pas encore **reçu** votre lettre / les marchandises. — J'espère que vous avez **reçu** / Avez-vous **reçu** mon mot / mes lettres précédentes. — C'est avec un vif plaisir que j'ai **reçu** votre lettre m'annonçant... — Votre commande / ordre / dossier nous **parvient** à l'instant / vient de nous **parvenir** ce matin. — ... vous **parviendra** aujourd'hui même / ce jour.

● **réclamation** Déposer / faire / formuler / instruire / libeller une réclamation. — Réclamation immotivée. — Discuter / établir / examiner le bien-fondé d'une réclamation.

● **reconduction** Reconduction expresse / tacite. — Reconduction du budget / d'un contrat / délai. — Reconduction d'une disposition / mesure / politique.

● **récuser** Récuser (décliner) la compétence / l'autorité de qqn. — Récuser un arbitre / expert / juge / témoin / témoignage.

● **refus (fin de non-recevoir)** Refus irrévocable / motivé / poli. — Marquer son / opposer un refus. — Essuyer / se heurter à un refus.

● **règlement** Règlement en vigueur / qui entre en vigueur / dispose, prescrit, prévoit que. — Entorse / infraction au règlement. — Observation (stricte) du règlement. — Contrevenir aux / enfreindre / tourner les règlements. — Être strict sur le règlement. — Abroger le règlement. // Règlement d'une affaire / querelle / question / d'un conflit / différend / litige. — Règlement à l'amiable. // Règlement (paiement) d'une facture / note / par chèque. — Faire un règlement (par chèque). Ex. : *S'attacher à obtenir une stricte observation du règlement.*

● **relever qqn de (démettre)**   Relever qqn de ses fonctions.

● **remercier (merci, remerciements)**   Avant tout, permettez-moi de / Je voudrais tout d'abord vous **remercier** de votre (aimable) lettre du... / d'avoir répondu (aussi promptement) à ma demande / lettre. — Nous accusons réception de votre lettre et nous vous en **remercions** / dont nous vous **remercions.** — Nous vous **remercions** (vivement) des renseignements / détails que vous nous avez envoyés / de nous avoir fait parvenir la documentation. — Nous vous **remercions** de votre commande / demande / offre de service / lettre et sommes heureux de vous informer que... / et regrettons d'apprendre que... — **Merci** d'avoir écrit / télégraphié / téléphoné. — Je vous **remercie** par avance de l'attention que vous accorderez à ma demande, et vous prie d'agréer... — Nous vous **remercions** d'avance et attendons de vos nouvelles / et vous présentons... — Avec tous nos **remerciements** / nos **remerciements** anticipés, nous vous prions de... — Nous vous prions d'agréer / Nous vous présentons, avec tous nos **remerciements,** ... — En vous **remerciant** de l'accueil que vous pourrez réserver à ma demande, je vous prie d'agréer... —

Enfin / en terminant, j'aimerais vous **remercier** de...

● **rencontre (entrevue)**   Fixer les conditions d'une rencontre. — Arranger / ménager / organiser une rencontre (entre deux personnes).

● **rendement**   Rendement d'un placement / maximum. — Accroissement / augmenter / diminuer le rendement. Ex. : *a atteint son rendement maximum.*

● **rendez-vous (entrevue)**   Le jour / lieu d'un rendez-vous. — Arrêter / convenir du jour / lieu d'un rendez-vous. — Rendez-vous d'affaires / manqué. — Donner / fixer / notifier un rendez-vous. — Avoir / prendre rendez-vous (avec). — Annuler un rendez-vous (se décommander).

● **renseignement (information)**   Renseignements contradictoires / faux / précieux / secrets / sérieux / sur le compte, la situation de qqn / un sujet d'étude. — De bons renseignements. — Chercher / communiquer / donner / obtenir / puiser / tenir / trouver un renseignement. — Centraliser / réunir des renseignements. — Aller aux / prendre ses renseignements. — Recherche de renseignements.

● **rentrer dans**   Rentrer dans ses dépenses / fonds / frais. — Entrer dans les attributions de qqn.

● **répondre (réponse)**   J'ai (un peu) tardé à **répondre** à votre lettre / à vous **répondre.** — C'est avec beaucoup de retard que je **réponds** à votre lettre du... — Je **réponds** à votre lettre du..., me demandant / sollicitant... — Je vous remercie d'avoir **répondu** (aussi promptement) à ma lettre / demande... — Notre lettre du..., restée sans **réponse**, ... / est restée sans **réponse**.

— Auriez-vous l'obligeance / voulez-vous avoir l'amabilité / Je vous serais très obligé de bien vouloir / Prière
de / Ayez soin de (me) **répondre** sans tarder / par retour du courrier / d'ici le / sans délai. — **Répondez**-moi
vite / de toute urgence / sans faute. — Une prompte **réponse** nous obligerait. — Nous espérons une **réponse**
rapide / immédiate / une prompte **réponse**. — J'espère /
J'aime à croire que vous **donnerez** (sans tarder) **une
réponse** favorable à... — Regrettant de ne pouvoir vous
donner une réponse favorable...

● **requête**   Adresser / présenter / saisir, être saisi d'une
requête. — Admettre / appuyer / rejeter / satisfaire à
une requête. Ex. : *Saisir un service d'une requête.*

● **résigner**   Résigner sa charge / son emploi / ses fonctions (démissionner) — Résigner / se faire résigner un
bénéfice.

● **résilier**   Résilier / faire résilier un bail / contrat / engagement / marché.

● **résoudre (apporter une solution)**   Résoudre un
conflit / problème / une difficulté / énigme / question.
Ex. : *Résoudre des questions politiques.*

● **responsabilité**   Partager / porter / prendre la responsabilité de. — Décliner toute responsabilité. — Rejeter
la responsabilité de qqch. sur qqn. — Engager sa responsabilité. — Imputer une responsabilité à qqn. — La
responsabilité d'une faute. — Accepter / assumer des
responsabilités. — Promouvoir à une responsabilité. —
De lourdes responsabilités. — La responsabilité du chef.

● **résultat**   Beaux / bons résultats. — Résultats heureux /
inespérés. — Arriver à / rechercher / tendre, viser à un

résultat. — Mesurer (un effort, travail, une intention) aux résultats. — Compromettre un résultat.

● **rétroactivité (non-rétroactivité)** Rétroactivité d'une disposition / loi / mesure.

● **rétroagir** Disposition / loi / mesure qui rétroagit. Ex. : *Loi qui ne rétroagit pas.*

● **réunion (assemblée, conseil)** Convoquer à / organiser / tenir une réunion. — Invitation à une réunion. — Assister / participer à une réunion. — Discuter en réunion. — Ajourner une réunion. Salle réservée aux réunions. — Réunion générale / plénière.

● **revendication** Revendications fondées / justes / légitimes / profondes / ouvrières / sociales. — Étouffer / satisfaire à une revendication.

● **révocation** Révocation d'un cadre / fonctionnaire / magistrat / officier ministériel. — Révocation (annulation) d'un contrat / legs / testament / d'une procuration.

● **révoquer** Révoquer (casser) un cadre / fonctionnaire / magistrat / officier ministériel. — Révoquer un contrat / legs / testament / une procuration. — Révoquer en doute. Ex. : *Être révoqué pour trafic d'influence.*

● **saisir** Saisir une autorité / la direction / le conseil de. — Saisir / être saisi d'une affaire / demande / question / requête. Ex. : *Le conseil a été saisi de la question.*

● **salaire (appointements, cachet, émoluments, honoraires, traitement, vacations)** Salaire au rendement / temps / aux pièces / à la tâche / de base / de famine, misère / mensuel / modeste. — Bulletin de salaire.

— Hausse de salaire. — Relever les / relèvement des salaires. — Recevoir / toucher un salaire.

● **satisfaire à**   Satisfaire à (accéder à) un désir / une demande / requête / revendication. — Satisfaire à un engagement / ses obligations. — Satisfaire à des conditions. Ex. : *Satisfaire à plusieurs conditions simultanées.*

● **sceller**   Sceller un engagement / pacte / traité / une réconciliation. — Sceller un acte.

● **séance (session)**   Clore, clôture de / lever / ouverture de, ouvrir / présider / suspendre, suspension de la séance. — Séance close / levée / ouverte / suspendue. — Être en / tenir séance. — Compte rendu d'une séance.

● **service**   Créer / diriger / organiser un service. — Être affecté à un service. — Permuter d'un service à un autre. — Définir / délimiter / déterminer les attributions d'un service. — Chef de service. — Services publics.

● **session (séance)**   Session de la cour / extraordinaire / ordinaire. — Clore, clôture d' / ouvrir / suspendre une session. — Session close.

● **signaler (faire observer / remarquer, rappeler)**   J'aimerais vous **signaler**, à titre d'information, que ... — Je vous **signale,** en terminant / à cet égard, que ... — Je dois vous **faire observer** que... — Je me permets / Permettez-moi à cette occasion de vous **signaler** / **faire remarquer** que... — A toutes fins utiles, nous vous **signalons** que... — Nous vous **rappelons**, à cet égard / une fois de plus / à ce sujet / en terminant, qu'il importe de ...

● **signature (paraphe)**   Apposer / donner / honorer / nier / renier sa signature. — Revêtir d'une signature. —

Certifier / protester une signature. — Authenticité d'une signature.

- **signifier (notifier)** Signifier ses conclusions / intentions. — Signifier à qqn que. — Signifier un exploit (d'huissier).

- **situation (poste)** Une bonne situation. — Chercher / se faire une situation. — Perdre sa situation.

- **solde** Le solde antérieur / d'une commande. — Présenter un solde de. — Pour solde de tout compte.

- **solder** Solder (acquitter) une facture / son compte. — Solder (mettre en solde) des invendus. — Se solder par. Ex. : *Se solder par un déficit.*

- **solliciter (demander)** Solliciter qqn de faire qqch. / au sujet de qqch. — Solliciter une faveur / qqch. de la bienveillance de qqn / l'agrément de qqn. — Solliciter un emploi / le renouvellement d'un mandat. — Solliciter une audience / un entretien.

- **solution** La solution d'un conflit / problème / d'une crise / difficulté / énigme / question. — Solution définitive / de facilité / favorable / laborieuse / provisoire / qui comporte des inconvénients / s'impose. — Accepter / apporter / brusquer / chercher / envisager / indiquer / trouver une solution. — Se rallier à une solution. Ex. : *Apporter une solution définitive.*

- **solutionner** (on emploiera **résoudre, apporter une solution**).

- **somme** Une somme importante / respectable / rondelette. — Une faible somme. — Affecter / appliquer une somme à. — Allouer / avancer / donner une somme d'argent à qqn. — Supputer / ventiler une somme. —

Verser des sommes. Ex. : *Donner une somme à compte.*

● **souscrire** Souscrire un abonnement. — Souscrire à un emprunt. Ex. : *Souscrire un abonnement à une revue.*

● **stipuler** Stipuler des avantages. — Stipuler que. — Stipuler par contrat. — Stipuler ses intentions. — Clause / contrat qui stipule que. — Il est stipulé que...

● **succès** Assurer / escompter le succès de. — Succès en affaires. — Participer au succès de qqn. — Obtenir / remporter des succès. — Couronné de succès.

● **suite (accueil)** Veuillez nous informer de **la suite qui sera donnée à** cette affaire. — Vous voudrez bien, veuillez **donner une suite immédiate à** cette affaire / **donner suite à** cette affaire au plus tôt. — Je vous envoie la demande / plainte / pour que vous décidiez de **la suite à lui donner.** — Je fais toutes réserves quant à **la suite à donner à** cette affaire. — Nous aimons à croire / espérons / souhaitons qu'il vous sera possible de **donner une suite favorable à** notre demande / **réserver, faire un accueil favorable à** notre offre / **accueillir favorablement** notre requête. — Nous ne pouvons / Nous regrettons de ne pouvoir **donner suite à** votre réclamation. — Veillez à ce qu'on **apporte à** cette plainte / réclamation **la suite** qu'elle comporte. — Je désire / Je vous prierais de veiller à ce qu'**une suite favorable soit apportée / réservée à** cette affaire / demande / démarche / requête / suggestion / ce plan / projet. — J'ai le regret de vous informer qu'il n'a pas été possible de **réserver une suite favorable à...** — En vous remerciant de **l'accueil que vous pourrez réserver à** ma demande...

- **supputer** Supputer une dépense / somme / un projet. — Supputer ses chances / la probabilité de / une situation.
- **suspendre** Suspendre un délai / paiement. — Suspendre une audience / séance / session. — Suspendre qqn. Ex. : *Suspendre un fonctionnaire, un officier ministériel.*
- **suspension** Suspension d'audience / de la séance. — Suspension des hostilités / poursuites. — Suspension d'un agent / fonctionnaire / magistrat / officier.

- **télégramme** Écrire / envoyer / libeller / téléphoner un télégramme.
- **téléphone** Coup de téléphone. — Annuaire / sonnerie du téléphone. — Convoquer / joindre / toucher qqn par, au téléphone. — Appeler qqn au téléphone.
- **terme** Terme échu / qui échoit. — Payer à terme échu. — Achat / créancier / vente à terme. — Devoir / payer son terme. Ex. : *Le terme échoit le 30.*
- **tête-à-tête (entrevue)** Ménager un tête-à-tête. Ex. : *Essayez de leur ménager un tête-à-tête.*
- **traite** Échéance d'une traite. — Traite qui échoit. — Acquitter / escompter / négocier / payer / présenter / tirer une traite. — Donner son aval à une traite.
- **traitement (salaire)** Traitement d'un fonctionnaire. — Recevoir / toucher un traitement. — Fixer un traitement à. — Cumuler des traitements.
- **transgresser (enfreindre)** Transgresser une loi / des ordres / les règles.

- **vacations (salaire)** Vacations d'un expert / notaire / officier ministériel.
- **ventilation** Ventilation d'un budget / d'une somme / des dépenses / frais.
- **versement** Versement qui acquitte envers qqn / annule une dette. — S'acquitter en X versements (mensualités).
- **vigueur** Décret / loi / règlement en vigueur. — Prix / tarifs en vigueur. — Entrer / rester en vigueur.
- **violer (enfreindre)** Violer sa promesse / un serment. — Violer un traité. — Violer les lois / règles.
- **voter** Voter un budget / des crédits / impôts. — Voter un projet de loi / une proposition. — Voter que.

Annexe

LES P.T.T.[1]

Service public, l'administration des P.T.T. nous offre toujours plus de facilités et nous rend chaque jour plus de services. Pour les mieux connaître, est édité chaque année un *Guide officiel* des P.T.T. C'est dans ce guide — indispensable bible — que nous avons sélectionné les renseignements les plus utiles. Ces renseignements concernent, bien entendu, uniquement la France.

Quelques chiffres

Les P.T.T. font parvenir quotidiennement plus de 35 millions de correspondances diverses à 53 millions de Français dispersés sur 36 000 communes.

---

1. En abrégé, on emploie toujours le sigle P.T.T. et non P. et T.

Avant de passer en revue les différents services, il est bon de savoir que notre correspondance est à l'abri des indiscrétions.

Le secret

Le courrier confié à la poste est inviolable. Le principe du secret, établi par l'article 187 du code pénal, ne souffre que de rares exceptions strictement définies : censure en temps de guerre, saisie par voie judiciaire, contrôle des douanes, ouverture par le service des rebuts.

Sachons que nous ne pouvons pas tout expédier.

Les interdictions

Des interdictions nombreuses sont formulées par les P.T.T. Nous retiendrons les principales.
Sont inadmis :
— Les objets revêtus de mentions injurieuses ou de suscriptions contraires à l'ordre public.
Sont renvoyés à l'expéditeur, s'il est connu, ou versés au rebut :
— Les objets de correspondance présentant le caractère d'un acte de propagande susceptible de porter atteinte à la sûreté de l'État et ceux contraires à l'ordre public;

— Les envois fermés à l'aide d'épingles ou d'agrafes métalliques.

— Envois sous enveloppes entièrement transparentes même munies d'une étiquette-adresse : les objets obscènes ou immoraux.

— Tous objets pouvant présenter du danger pour les agents, salir ou détériorer les correspondances. Notons : les matières explosives (munitions, bombes aérosols), allumettes, animaux morts non naturalisés.

Si vous êtes chasseur, n'envoyez pas le lièvre ou le garenne par la poste.

Certaines *valeurs sont prohibées*. C'est ainsi que dans le *régime intérieur* (voir ci-dessous) il est interdit d'inclure des pièces de monnaie françaises ou étrangères ayant cours et ce dans *tous les envois* autres que les boîtes avec valeur déclarée. Dans les boîtes avec valeur déclarée vous pouvez également expédier des pièces de monnaie n'ayant plus cours, des matières d'or ou d'argent, des bijoux ou autres objets précieux.

Dans les lettres ordinaires, ainsi que dans tous les plis non urgents et les paquets-poste même recommandés vous ne pouvez pas expédier des billets de banque ou des valeurs payables au porteur. Si vous le faites, vous n'avez aucun recours.

Pour le régime international, se renseigner à la poste.

Régime intérieur, régime international

Il existe deux régimes, l'un intérieur, l'autre international. A ces deux régimes correspondent des tarifs différents.

Le régime intérieur comprend les territoires et pays suivants :

— La France métropolitaine, les départements d'outre-mer (D.O.M.) : (Guadeloupe et dépendances, Guyane, Martinique, Réunion), Territoires des Vallées d'Andorre, Principauté de Monaco ainsi que la correspondance des militaires et marins français desservis par la poste militaire ou navale et les correspondances recueillies en pleine mer à bord des navires français.

— Les territoires d'outre-mer (T.O.M.) :
Mayotte, Nouvelle-Calédonie, Nouvelles-Hébrides, Polynésie française, Saint-Pierre-et-Miquelon, Terres australes et antarctiques françaises, Territoire français des Afars et des Issas, îles Wallis et Futuna.

— Les pays ci-dessous suivent les règles du régime intérieur sauf lettres, plis non urgents et paquets-poste admis seulement jusqu'à 3 kg (toutefois des envois de librairie sont admis jusqu'à 5 kg) : République du Bénin, République unie du Cameroun, République Centrafricaine, État comorien,

République populaire du Congo (Brazzaville), République de la Côte-d'Ivoire, République Gabonaise, République Islamique de Mauritanie, République Malgache, République du Mali, République du Niger, République du Sénégal, République du Tchad, République Togolaise, République de la Haute-Volta, Guinée, Tunisie.

Le régime international comprend les pays faisant partie de l'Union postale universelle. Certains pays ont des régimes spéciaux, c'est ainsi que pour la *Belgique* et les *Pays-Bas* lettres et cartes postales sont affranchies comme pour le régime intérieur; il en est de même pour l'*Allemagne (République Fédérale), le Luxembourg* (mais seulement pour les lettres ne dépassant pas 20 g).

La douane

Les envois contenant des objets passibles de droits de douane doivent être revêtus de l'étiquette verte « douane » délivrée à la poste. Si la valeur du contenu dépasse *550 F* (1977), les envois doivent être accompagnés de déclarations de douane séparées.

Les franchises

Avant de timbrer votre envoi, sachez qu'il existe un certain nombre de franchises. Nous n'avons retenu que les principales. Notons que vous pouvez écrire en franchise *y compris* en recommandé :

Au président de la République,

Au ministère des Postes et Télécommunications.

Sont exemptées de taxe les correspondances *non recommandées* adressées aux présidents de l'Assemblée nationale et du Sénat, aux ministres, secrétaires d'État, au médiateur et aux divers hauts fonctionnaires parmi lesquels :

Le commandant de la place de Paris,

Le directeur général des impôts,

Le directeur général des Douanes et Droits indirects,

Le préfet de police à Paris,

Les présidents des différentes cours (des comptes, de cassation...),

Le préfet de Paris, le directeur de l'Assistance publique, le procureur de la République près le tribunal de grande instance de Paris, pour les correspondances déposées à Paris,

Les commandants de corps d'armée ou de régions pour les correspondances déposées dans le ressort du commandement.

Les procureurs généraux près les cours d'appel, les procureurs de la République près les tribunaux de grande instance et les cours d'assises, pour les correspondances déposées dans le ressort de leur circonscription judiciaire.

Les juges des enfants pour les correspondances déposées dans le département,

Le préfet du Rhône pour les correspondances déposées dans le département du Rhône et les départements limitrophes.

Le service de la régie du Dépôt légal de la Phonotèque nationale, de la Bibliothèque nationale, des bibliothèques « classées », de la préfecture du département, du ministère de l'Intérieur, pour les œuvres soumises à l'obligation de la formalité du dépôt légal ainsi que les documents correspondants.

Les **centres de chèques postaux** pour les plis de toute nature déposés par les titulaires de comptes courants.

Taxe de port en dispense d'affranchissement

Les correspondances relatives à la Sécurité sociale (pièces et documents d'ordre administratif) sont admises en dispense d'affranchissement dans les conditions énumérées ci-dessous.

Correspondances *expédiées* ou *reçues* par les fonctionnaires, services ou organismes assurant la gestion des régimes obligatoires suivants :

Régime général de la Sécurité sociale (assurance maladie, assurance vieillesse, allocations familiales),

Sécurité sociale dans les mines,

Sécurité sociale militaire,

Sécurité sociale des clercs et employés de notaire,

Sécurité sociale des travailleurs migrants,
Caisse générale de prévoyance des marins français,
Assurance vieillesse des professions artisanales,
Assurance vieillesse des professions libérales :

— caisse allocations vieillesse des infirmiers masseurs, kinésithérapeutes et pédicures,
— caisse autonome des sages-femmes françaises,
— caisse autonome de retraite des médecins français,
— section professionnelle des avocats, notaires, officiers ministériels, officiers publics et compagnie judiciaire, pharmaciens, chirurgiens, dentistes, vétérinaires, agents généraux d'assurances architectes, experts-comptables et comptables agréés, ingénieurs, techniciens et experts, professeurs de musique et musiciens, artistes (arts graphiques et plastiques),

Allocation vieillesse de la Caisse nationale des barreaux français.

Correspondances reçues par les fonctionnaires, services ou organismes assurant la gestion des régimes obligatoires suivants :

Mutualité sociale agricole,
Assurances sociales agricoles,
Assurance vieillesse agricole,
Prestations familiales agricoles,
Assurance maladie, invalidité et maternité des exploitants agricoles,
Assurance des salariés agricoles contre les accidents du travail et les maladies professionnelles.

Nota. La dispense d'affranchissement n'a pas été demandée pour le régime vieillesse des professions industrielles et commerciales, ni pour le régime d'assurance maladie et maternité des travailleurs non salariés de professions non agricoles. Les correspondances relatives à ces régimes doivent être normalement affranchies.

L'affranchissement

Veillez à affranchir correctement vos envois et n'obligez pas votre correspondant à régler une surtaxe. Ayez recours au pèse-lettre ou allez à la poste : mieux vaut se déranger qu'être impoli.

Sachez cependant qu'en dehors des envois urgents distribués par porteur spécial, les valeurs à recouvrer, les envois contre remboursement et les envois recommandés avec ou sans avis de réception, vous pouvez ne pas affranchir vos envois. Il en coûtera le *double* à votre correspondant; si celui-ci n'accepte pas ce règlement, votre envoi vous sera retourné et vous aurez à acquitter la surtaxe.

Nota. Il est interdit d'apposer *au recto* de votre correspondance des timbres non postaux, sauf les timbres antituberculeux ou de la circulation routière.

Rédaction des adresses du courrier privé

On trouvera p. 45, la rédaction des adresses les plus courantes.

CORRESPONDANCE ADRESSÉE EN POSTE RESTANTE. Le code à utiliser est celui du bureau distributeur de la zone à laquelle appartient l'établissement postal lieu de remise (le bureau de Paris 52, dans l'exemple, étant le lieu de remise situé dans le 14e arrondissement).		Monsieur DUVAL Poste restante PARIS 52 75014 PARIS
DESTINATAIRE AYANT SON DOMICILE DANS UN ENSEMBLE IMMOBILIER. Éventuellement, les mentions complémentaires de distribution: bâtiment, bloc, escalier, entrée, tour, n° de l'appartement doivent figurer sur l'adresse.	Ensemble constitué d'un ou plusieurs bâtiments ayant une localisation géographique précise (numéro de voirie et voie) : adresse géographique à disposer en avant-dernière ligne (allée des Jonquilles).	Monsieur LEFORT Yves Appartement 86 Escalier N° 1 Bâtiment B 4 Allée des Jonquilles 94260 FRESNES
	Ensemble possédant à la fois une appellation et une localisation géographique précises.	Monsieur LEDOYEN Résidence « Bel Air » Bloc B 11 rue Richelieu 69100 VILLEURBANNE
	Ensemble de grande surface pouvant être assimilé à une commune ou un lieu-dit et possédant plusieurs voies internes dénommées.	Monsieur GIRARD 12 Allée Trèfle Le Barceleau 91400 ORSAY

Rédaction des adresses du courrier « affaires »

L'indication du numéro de code spécifique sur les correspondances du courrier « affaires » est très importante pour le service postal. C'est en effet à partir de cette information que peut s'effectuer la séparation courrier « ménages », courrier « affaires ».

L'adresse comporte un numéro de code spécifique différent de celui attribué au bureau distributeur et le nom de ce bureau complété par la mention CEDEX (« courrier d'entreprise à distribution exceptionnelle »). Le numéro de code spécifique peut être commun à plusieurs usagers ou au contraire affecté à un seul et même organisme dont la masse de courrier justifie cette exclusivité. Le courrier « affaires » peut être distribué par courses spéciales motorisées, ou remis au bureau (vaguemestre, boîtes postales) avec quelquefois possibilité de retrait en dehors des heures habituelles d'ouverture (service spécial X).

**L'USAGER EST LE SEUL ATTRIBUTAIRE
D'UN NUMÉRO DE CODE SPÉCIFIQUE**

Il s'agit d'un organisme très important recevant en moyenne cinq mille objets par jour;
dans ce cas les mentions classiques de localisation géographique
ne sont pas indispensables.

Chambre de Commerce	Mutualité Sociale Agricole
45044 ORLÉANS CEDEX	30043 NIMES CEDEX

LE NUMÉRO DE CODE SPÉCIFIQUE
EST COMMUN Á PLUSIEURS USAGERS

Il peut être nécessaire dans ce cas de conserver les mentions classiques
de localisation géographique.

Service Administratif des Pensions	Caisse Régionale d'Assurance Maladie
Route de Perros Guirrec	Rue du Président Herriot
22301 LANNION CEDEX	44034 NANTES CEDEX

LE DESTINATAIRE EST TITULAIRE D'UNE BOÎTE POSTALE

L'indication de distribution particulière doit figurer en quatrième ligne.
Les mentions classiques de localisation géographique sont ici superflues.

Monsieur DUMONT

Boîte Postale 36

55021 BAR LE DUC CEDEX

LA DESSERTE DU DESTINATAIRE S'EFFECTUE
PAR COURSE SPÉCIALE MOTORISÉE
1. Cas général

Il s'agit d'usagers non titulaires d'une boîte postale
recevant au moins cinquante objets par jour.
Il est alors nécessaire de conserver les mentions classiques de localisation géographique.

PHÉNIX Jacques et fils Électricité Générale	Monsieur PAGES Construction Mécanique
22 rue Louis Cordelet	51 rue de Laval
59047 LILLE CEDEX	56021 VANNES CEDEX

2. Cas de Paris La Défense

Chaque tour est individualisée par le numéro qui suit la mention « Cedex »;
le numéro de code spécifique correspond à un ensemble de tours;
le courrier est remis globalement à un correspondant des entreprises établies dans la tour.

AFNOR

Cedex 7

92080 PARIS LA DÉFENSE

3. Cas des ensembles immobiliers auxquels un numéro de code spécifique a été attribué

Le principe retenu est de conserver les mentions classiques de localisation géographique.

Monsieur DUBOIS
Appartement 204
Bâtiment C
142 boulevard Masséna

75643 PARIS CEDEX 13

Dimensions et poids

Avant de clore un envoi (lettre ou paquet) assurez-vous que les dimensions exigées par l'administration correspondent aux normes établies : trop petit ou trop grand, il serait refusé. Le tableau pages 390-391 vous y aidera.

TABLEAU RÉCAPITULATIF DES DIMENSIONS ET POIDS DES DIFFÉRENTS OBJETS DE CORRESPONDANCE

A - DIMENSIONS

Présentation	Régime intérieur (France métropol., Andorre, Monaco, Postes militaire et navale, DOM, TOM)	Extension du régime intérieur (sauf TOM)	Régime international
	Dimensions minimales		
Envois sous enveloppe (ou sous pochette) Cartes postales	**14 cm × 9 cm**	**14 cm × 9 cm**	**14 cm × 9 cm**
Plis non urgents à découvert Imprimés du régime international à découvert	**14 cm × 9 cm**	**14 cm × 9 cm**	**14 cm × 9 cm**
Envois sous forme de paquet	Les envois doivent comporter une face dont les dimensions ne soient pas inférieures à : **10 cm × 7 cm** (1) **14 cm × 9 cm**		
Envois sous forme de rouleau (2) (sauf lettres du régime intérieur et plis non urgents qui sont inadmis sous ce conditionnement)	Longueur + 2 fois le diamètre : **17 cm** (la plus grande dimension ne pouvant être inférieure à **10 cm**)		

	Dimensions maximales	
Envois sous enveloppe (ou sous pochette)	Total des 3 dimensions : **100 cm** (4) (la longueur ne pouvant excéder **60 cm)** (4)	Total des 3 dimensions : **90 cm** (la longueur ne pouvant excéder **60 cm)**
Cartes postales. Plis non urgents à découvert (3). Imprimés du régime international à découvert	**15 cm × 10,7 cm**	
Envois sous forme de paquet	Total des 3 dimensions : **100 cm** (4) (la longueur ne pouvant excéder **60 cm)** (4)	Total des 3 dimensions : **90 cm** (la longueur ne pouvant excéder **60 cm,** sauf boîtes avec valeur déclarée du régime international : **30 cm × 20 cm × 10 cm)**
Envois sous forme de rouleau (2) (sauf lettres du régime intérieur et plis non urgents qui sont inadmis sous ce conditionnement)	Longueur + 2 fois le diamètre : **104 cm** (la longueur ne pouvant excéder **90 cm)** (4)	

(1) Les envois, sauf ceux avec valeur déclarée, dont les dimensions sont inférieures à ces minima sont néanmoins admis s'ils sont pourvus d'une étiquette adresse rectangulaire dont les dimensions ne sont pas inférieures à 10 cm × 7 cm.

(2) Dans le régime intérieur, sont considérés comme rouleaux les envois tubulaires à base quelconque dans la mesure où leur forme est assimilable à celle des rouleaux.

(3) Toutefois, des conditions spéciales d'acceptation des plis non urgents à découvert sont prévues dans le cadre des tarifs réduits n°s 1 bis et 2.

(4) Une tolérance de quelques centimètres peut être accordée aux envois déposés isolément par les particuliers.

B - POIDS MAXIMAL

● **Régime intérieur**

	France métropolitaine, Andorre, Monaco, poste militaire, poste navale, DOM, TOM.	5 kg
Lettres Plis non urgents Cécogrammes Paquets-poste	Extension du régime intérieur sauf TOM . . . (sauf envois de librairie comprenant un seul ouvrage) . .	3 kg 5 kg
Journaux		3 kg
Lettres avec valeur déclarée .		3 kg
Boîtes avec valeur déclarée .		15 kg
Paquets avec valeur déclarée .		3 kg
Livrets cadastraux		500 g
Imprimés électoraux		3 kg
Magazines sonores		3 kg
Colis postaux		20 kg
Cécogrammes		5 kg

● **Régime international**

Lettres	2 kg
Imprimés	2 kg
Imprimés (s'il s'agit de livres) (1)	5 kg
Petits paquets	1 kg
Lettres avec valeur déclarée	2 kg
Boîtes avec valeur déclarée	1 kg
Cécogrammes	7 kg
Colis postaux (selon le pays de destination)	10 ou 20 kg

(1) Cette limite peut aller jusqu'à 10 kg après entente avec les Administrations intéressées.

☛ **Important.**

Si votre envoi excède *20 grammes,* n'oubliez pas de mentionner lisiblement le mot LETTRE ou mieux de vous servir des papillons spécialement imprimés à cet usage. Sinon votre envoi sera considéré comme pli non urgent, même si votre lettre est insérée dans une enveloppe « poste aérienne ».

Recommandation

Traitement assurant :
— la remise des envois contre décharge du destinataire;
— la garantie contre les risques de perte dans la
   limite de l'indemnité normale fixée par la ré-
   glementation.

La rédaction de l'adresse doit être faite à l'encre
et la désignation du destinataire doit être complète :
les initiales sont exclues. Pour le régime international,
la mention « recommandé » en français est placée à
côté de l'adresse.

Valeurs déclarées

Traitement assurant :
— un acheminement surveillé;
— la remise des envois contre décharge du destinataire;
— la garantie et le remboursement des valeurs décla-
   rées incluses contre les risques de perte, de détérioration ou de spoliation, dans la limite du
   maximum de déclaration autorisé.

Conditionnement

L'emballage doit être fait de telle façon qu'il soit
impossible de porter atteinte au contenu sans laisser
de trace apparente de violation.

Adresse

Elle doit être inscrite à l'encre, sans rature ni sur-charge.

La déclaration de valeur sera portée à l'encre en toutes lettres, en caractères latins, en francs français sans rature ni surcharge, ni grattage.

Pour le régime international, elle est répétée en chiffres arabes. L'expéditeur, ou à défaut l'agent du guichet, indique en plus le montant de la déclaration en francs-or et en chiffres, qu'il souligne d'un trait au crayon de couleur.

Taux de conversion : 1 franc-or = 1,82 franc français.

Liste des numéros minéralogiques des départements

Ce code avait déjà été utilisé en 1792. Bientôt, il permettra aux P.T.T. d'améliorer encore leur service. Une lettre à l'adresse bien codée sera distribuée plus vite.

A - DÉPARTEMENTS MÉTROPOLITAINS			
AIN	01	ARDÈCHE	07
AISNE	02	ARDENNES	08
ALLIER	03	ARIÈGE	09
ALPES-DE-HTE-PROV.	04	AUBE	10
ALPES (HAUTES-)	05	AUDE	11
ALPES-MARITIMES	06	AVEYRON	12

B.-DU-RHÔNE	13	MARNE	51
CALVADOS	14	MARNE (HAUTE-)	52
CANTAL	15	MAYENNE	53
CHARENTE	16	MEURTHE-ET-MOS.	54
CHARENTE-MARITIME	17	MEUSE	55
CHER	18	MORBIHAN	56
CORRÈZE	19	MOSELLE	57
CORSE	20	NIÈVRE	58
COTE-D'OR	21	NORD	59
COTES-DU-NORD	22	OISE	60
CREUSE	23	ORNE	61
DORDOGNE	24	PAS-DE-CALAIS	62
DOUBS	25	PUY-DE-DOME	63
DROME	26	PYRÉNÉES-ATLANT.	64
EURE	27	PYRÉNÉES (HAUTES-)	65
EURE-ET-LOIR	28	PYRÉNÉES-ORIENT.	66
FINISTÈRE	29	RHIN (BAS-)	67
GARD	30	RHIN (HAUT-)	68
GARONNE (HAUTE-)	31	RHONE	69
GERS	32	SAONE (HAUTE-)	70
GIRONDE	33	SAONE-ET-LOIRE	71
HÉRAULT	34	SARTHE	72
ILLE-ET-VILAINE	35	SAVOIE	73
INDRE	36	SAVOIE (HAUTE-)	74
INDRE-ET-LOIRE	37	SEINE-MARITIME	76
ISÈRE	38	SÈVRES (DEUX-)	79
JURA	39	SOMME	80
LANDES	40	TARN	81
LOIR-ET-CHER	41	TARN-ET-GARONNE	82
LOIRE	42	VAR	83
LOIRE (HAUTE-)	43	VAUCLUSE	84
LOIRE-ATLANTIQUE	44	VENDÉE	85
LOIRET	45	VIENNE	86
LOT	46	VIENNE (HAUTE-)	87
LOT-ET-GARONNE	47	VOSGES	88
LOZÈRE	48	YONNE	89
MAINE-ET-LOIRE	49	BELFORT (TER. DE)	90
MANCHE	50		

B - RÉGION PARISIENNE	
PARIS (VILLE DE) . . . 75	HAUTS-DE-SEINE . . . 92
SEINE-ET-MARNE . . . 77	SEINE-SAINT-DENIS . . 93
YVELINES 78	VAL-DE-MARNE 94
ESSONNE 91	VAL-D'OISE 95

C - DÉPARTEMENTS D'OUTRE-MER	
GUADELOUPE (1) . . . 971	GUYANE (1) 973
MARTINIQUE (1) . . . 972	RÉUNION (1) 974

(1) Ces numéros figurent dans les griffes horizontales des bureaux de poste sous la forme : 97/1..., 97/2..., 97/3..., 97/4...

Avis de réception

Service permettant à l'expéditeur d'une correspondance recommandée (sauf télégrammes), avec valeur déclarée ou pneumatique, d'être avisé par voie postale ou télégraphique de la date de la remise de l'objet (preuve écrite de la distribution).

Envois à distribuer par porteur spécial — Exprès postaux

Envois pour lesquels les expéditeurs demandent la mise en distribution immédiate par porteur spécial, dès leur arrivée au bureau destinataire, et dénommés :

Envois à distribution par porteur spécial : France métropolitaine, Monaco et Andorre.

Envois exprès : autres relations.

La distribution a lieu aussitôt après l'arrivée et l'ouverture des sacs de courrier au bureau destinataire. Elle ne peut commencer avant 7 heures du matin.

Sauf exceptions les envois à distribution par porteur spécial ou exprès parvenant au bureau après 18 heures ne sont remis que le lendemain dès la première heure.

Les dimanches et jours fériés, les envois à distribution par porteur spécial ou exprès de toute nature, à l'exception des objets grevés de remboursement, qui parviennent dans les bureaux maintenus ouverts pour le service de la distribution télégraphique avant 13 heures sont remis à domicile.

Le poids maximum dans le régime intérieur est de 3 kg.

Poste restante

La poste restante offre la faculté de se faire adresser le courrier dans un bureau de poste de son choix où il sera retiré au guichet moyennant une redevance fixe par objet, ou avec une carte d'abonnement annuelle.

Délai de garde : Jusqu'à la fin de la quinzaine suivant la quinzaine d'arrivée au bureau (sauf mandats qui sont conservés jusqu'à la fin de la première quinzaine qui suit le mois d'émission).

Important : Les correspondances adressées poste restante sous des initiales, des chiffres ou toute autre désignation anonyme sont inadmises.

Seuls les télégrammes adressés poste restante sont remis sans surtaxe.

Autorisation d'accès des mineurs à la poste restante

Les mineurs non émancipés peuvent, sur autorisation écrite du père ou de la mère ou, à défaut, du tuteur, retirer leur courrier en poste restante.

Les autorisations sont établies soit devant notaire, soit gratuitement dans un bureau de poste sur formule n° 599.

La personne qui autorise doit justifier de son identité et de sa qualité de représentant légal.

L'autorisation est valable pour une période dont la durée est fixée par le représentant légal. Elle peut être renouvelée.

Les correspondances sont remises au mineur sur présentation de l'autorisation écrite et d'une pièce d'identité.

Garde du courrier

Peuvent demander que toute leur correspondance soit conservée en instance au bureau pendant une période au plus égale à un mois :

Les particuliers habituellement desservis à domicile, durant leur absence;

Les titulaires d'une boîte postale (pas de réduction de redevance de l'abonnement);

Les établissements industriels et commerciaux pendant les congés annuels.

A titre indicatif, il en coûtait en 1976, 32 F pour les communes de 20 000 habitants et plus, et seulement 16 F pour les communes de moins de 20 000 habitants.

Coupons-réponse

Les coupons-réponse sont destinés à payer aux correspondants résidant à l'étranger le port d'une lettre ordinaire.

N'oubliez pas de les utiliser lorsque vous écrivez à des hôteliers à l'étranger, ils vous répondront plus sûrement.

Paquets-poste

Ce sont des envois de marchandises ou d'échantillons de marchandise. Ils peuvent contenir de la correspondance. Comme paquets-poste *urgents,* ils bénéficient dans certaines relations d'un acheminement accéléré.

Poids

Dans le *régime intérieur*, poids maximal : 5 kg (3 kg si distribution par porteur spécial ou par exprès et 20 kg comme colis postaux).

L'acheminement est effectué par une chaîne différente de celles des « lettres » et des « paquets-poste urgent ».

Pour obtenir un *acheminement accéléré* l'étiquette ou la mention URGENT est obligatoire.

Plis non urgents

Ces plis ne bénéficient pas de la priorité accordée aux lettres. Ils bénéficient, surtout aux moments de coup de feu (fêtes de fin d'année notamment) d'un record de lenteur !...

Recommandation, exprès et avis de réception sont inadmis.

Cartes postales

Dimensions maximales 15 × 10,7 cm; minimales 14 × 9 cm.

Les cartes postales givrées avec paillettes de verre ou de mica ne sont admises que *sous enveloppe*. Suit en ce cas le régime des lettres pour l'acheminement.

Lettres

Ce terme désigne tous envois à découvert ou sous enveloppe contenant essentiellement de la correspondance ou des papiers pouvant en tenir lieu.

Poids maximal en régime intérieur : 5 kg.

Étiquetage

Étiquette ou mention « lettre » obligatoire *au recto,* si l'envoi est d'un poids supérieur à 20 g. Également conseillée en cas de lettre grand format de moins de 20 g.

Poste aérienne

Les correspondances à acheminer par voie aérienne doivent être revêtues, du côté de la suscription et de préférence à proximité du nom de la ville de destination, d'une étiquette bleue « par avion » fournie gratuitement dans les bureaux de poste; à défaut, la mention manuscrite ou imprimée « par avion » sera portée sur les envois de façon très apparente.

Les correspondances sont passibles de la taxe postale d'affranchissement plus une surtaxe aérienne variable suivant le pays de destination.

A Paris les correspondances-avion peuvent être postées, en dernière limite d'heure :

Envois à destination des départements et territoires d'outre-mer, de l'Algérie, du Cameroun, de la République Centrafricaine, du Congo (Rép. Pop.), de la Côte-d'Ivoire, du Dahomey, du Gabon, de la Guinée, de la Haute-Volta, de la République Khmère, du Laos, de la République Malgache, du Mali, du Maroc, de la Mauritanie, du Niger, du Sénégal, du Tchad, du Togo, de la Tunisie et de la République du Viet-Nam : bureau de Paris 30, 25 boulevard Diderot, Paris 12ᵉ.

Envois à destination des autres pays : au bureau de Paris 33, 7 *bis* boulevard de l'Hôpital, Paris 13ᵉ.

Pièce demandée	Pièces à fournir	Tarif	Où s'adresser
Carte nationale d'identité	Deux photos d'identité Extrait de naissance ou livret de famille Justification de domicile		Paris : Commissariat Ailleurs : Commis., à défaut Mairie du domicile
Certificat d'autorisation de sortie du territoire, délivré aux mineurs de nationalité française	Les pièces demandées varient selon les cas : se renseigner au commissariat ou à la mairie	Gratuit	Paris : Commissariat Ailleurs : Commis., à défaut Mairie du domicile
Certificat d'hérédité	Livret de famille du défunt ou extrait de décès, à défaut, attestation de deux témoins. Valable pour des sommes inférieures ou égales à 5 000 F	Gratuit	Mairie du domicile du requérant
Certificat de propriété	Livret de famille du défunt ou pièces justifiant le lien de parenté avec le défunt Valable pour des sommes supérieures à 5 000 F		Notaire ou juge du tribunal d'instance du domicile du défunt, si aucun acte n'est déposé chez le notaire.
Certificat de nationalité française	**Cas géneral :** Livret de famille et tous documents prouvant la nationalité **Cas particuliers :** se renseigner au greffe du tribunal d'instance du domicile		Greffe du tribunal d'instance du domicile
Certificat de vaccination	Certificats originaux ou carnet de santé de l'enfant	Gratuit	Mairie du domicile
Extrait d'acte de naissance	Indiquer date de naissance, noms et prénoms. Une enveloppe timbrée pour la réponse		Mairie du lieu de naissance
	pour les Français nés à l'étranger	Gratuit	Centre état civil B.P. 1056 44045 NANTES Cedex

Extrait d'acte de mariage	Indiquer date de mariage, noms et prénoms Une enveloppe timbrée pour la réponse	Gratuit	Mairie du lieu de mariage
Extrait d'acte de décès	Indiquer date de décès, nom et prénoms Une enveloppe timbrée pour la réponse	Gratuit	Mairie du lieu de décès, ou dernier domicile
Extrait de casier judiciaire	Indiquer état civil complet avec noms et prénoms des parents		Greffe du tribunal de grande instance du lieu de naissance
	Pour les Français nés à l'étranger		Service central du Casier judiciaire B.P. 1052 44045 NANTES Cedex
Fiche d'état civil	Livret de famille ou extrait de naissance	Gratuit Immédiat	Mairie quelconque
Certificat de vie (fiche d'état civil avec mention en marge « non décédé »)	Livret de famille ou extrait de naissance	Gratuit Immédiat	Mairie quelconque
Livret de famille	En cas de perte, fournir : état civil des conjoints et enfants, ainsi qu'un certificat de perte établi par le commissariat du quartier ou à défaut par la mairie	**Original** gratuit **Duplicata** gratuit	Mairie du lieu de mariage
Passeport	Deux photos d'identité — Justification du domicile et carte nationale d'identité (ou extrait de naissance ou livret de famille)		Paris : Commissariat Ailleurs : Commis., à défaut Mairie du domicile
Carte d'électeur	Avoir 18 ans et la nationalité française. Fournir pièce d'identité et justification de domicile	Gratuit	Mairie du domicile (inscription du 1/9 au 31/12).

Informations administratives

Le tableau des p. 402 et 403 vous indique où vous adresser pour obtenir la délivrance de certaines pièces. Pour des cas particuliers, vous pouvez vous renseigner par téléphone au *Centre international de renseignements administratifs,* tél. : 566.49.00. Le tarif variant souvent, nous n'indiquons pas le montant lorsque le service n'est pas gratuit.

Que faire si vous recevez un envoi qui ne vous est pas destiné ?

Tout simplement le remettre au préposé ou le déposer le plus tôt possible dans une boîte aux lettres.

L'expéditeur peut éviter une éventuelle mise aux rebuts, en indiquant clairement au verso son adresse complète : en cas de non-distribution, lettres ou paquets seront ainsi renvoyés avec la mention « retour à l'envoyeur ».

Vous changez d'adresse...
Comment recevoir votre courrier ?

Les P.T.T. assurent la *réexpédition* du courrier soit directement moyennant une taxe forfaitaire, soit gratuitement par l'intermédiaire d'un tiers de votre choix. Dans ce cas, des enveloppes destinées à faciliter cette opération sont gracieusement mises à la disposition du public dans tous les bureaux de poste. Mais il est possible aussi de faire annoter simplement la nouvelle adresse sur l'objet à réexpédier.

Vous n'avez pas d'adresse fixe...
Comment recevoir votre courrier?

Vous pouvez faire adresser votre courrier en «*poste restante*» dans le bureau de votre choix et, moyennant une surtaxe fixe, venir le retirer vous-même ou le faire retirer par un tiers auquel vous aurez donné procuration. Il sera gardé jusqu'à la fin de la quinzaine suivant la quinzaine d'arrivée avant retour à l'expéditeur.

Votre bureau de poste peut aussi, en échange d'une taxe forfaitaire, assumer la *garde de votre courrier* pendant un mois maximum.

Quelles pièces fournir
pour justifier de votre identité?

Carte d'identité nationale, permis de conduire, carte de combattant, passeport, carte S.N.C.F. famille nombreuse (c'est-à-dire toutes pièces délivrées par un ministère ou un organisme public, revêtues de la photographie et de la signature du titulaire) sont admises au même titre pour l'ensemble des opérations postales.

La procuration postale

La *procuration postale* autorise notamment toute personne de votre choix (même mineure) à retirer un objet ou percevoir un paiement à votre place. Valable pour tout ou partie des opérations postales[1] et dans le seul bureau de poste où elle est déposée, elle n'a pas à être renouvelée.

La présence effective de la personne qui donne procuration est nécessaire à son établissement, soyez prévoyant : donnez procuration en temps utile.

Réclamations et attestations sont-elles possibles ?

Les réclamations, admises dans un délai d'un an, peuvent porter sur les correspondances non parvenues ou retardées, spoliées ou détériorées. Vous serez averti, sous pli spécial, du résultat de l'enquête. Elles peuvent être faites de préférence par l'expéditeur mais également par le destinataire.

Les opérations dont il est conservé trace dans les services (encaissements à domicile, émission de mandats, distribution d'objets recommandés ou avec valeur déclarée, télégrammes, etc.) peuvent par ailleurs donner lieu à la délivrance à titre onéreux de relevés, copies ou attestations.

Les heures d'ouverture des bureaux de poste

La majorité des bureaux de poste sont ouverts du lundi au vendredi de 8 h à 18 h ou 19 h (avec parfois

---

1. Pour les comptes chèques postaux et les livrets de la Caisse nationale d'épargne une procuration spéciale doit être établie.

une interruption de 12 h à 14 h ou 15 h), le samedi de 8 h à 12 h, certains bureaux sont ouverts les dimanches et jours fériés.

Les centres de renseignements

Adressez-vous à votre bureau de poste ou bien téléphonez à l'un des 19 centres de renseignements postaux de France :

Bordeaux (56) 52.65.85	Nancy (28) 20.24.10
Caen (31) 85.66.72	Nantes (40) 71.70.80, poste 288
Châlons-sur-Marne (26) 64.83.59	Orléans (38) 62.30.04
Clermont-Ferrand (73) 92.88.88	Paris et région parisienne 280.67.89
Dijon (80) 32.58.90	
Lille (20) 57.20.63	Poitiers (49) 41.34.00
Limoges (55) 79.53.53	Rennes (99) 79.09.20
Lyon (78) 37.50.30	Rouen (35) 70.18.90
Marseille (91) 91.19.10	Strasbourg (88) 35.64.64
Montpellier (67) 72.10.10	Toulouse (61) 23.34.00

TÉLÉGRAMMES

Vous pouvez déposer vos télégrammes dans tous les bureaux de poste aux heures d'ouverture. En dehors de ces heures, vous pouvez le faire à Paris dans les bureaux suivants :
— Paris 001, 52, rue du Louvre, 1er.
— Le Bourget Aéroport,
— Orly Aéroport Annexe I,
qui sont ouverts en permanence.

Vous pouvez, en appelant le 14 (réseau automatique), dicter le texte de vos télégrammes. Il ne vous en coûtera qu'une surtaxe par 50 mots.

Au guichet, servez-vous de préférence de la formule n° 698 mise à votre disposition. Mais vous pouvez rédiger votre texte sur n'importe quel papier, de préférence en lettres d'imprimerie. En aucun cas, la personne du guichet n'a le droit de vous aider à rédiger votre texte. En revanche, vous pouvez lui remettre un texte en langage secret (en prenant garde que les lettres accentuées sont inadmises).

Votre signature est facultative et le nom du département ne vous est pas décompté s'il figure en adresse.

Télégrammes illustrés

Vous enverrez un télégramme illustré pour célébrer un événement heureux auquel vous ne pouvez assister : mariage, baptême par exemple, surtaxe modique dont 10 pour 100 vont à la Croix-Rouge.

Télégrammes avec réponse payée

Si vous vous inquiétez de la santé de votre enfant durant ses vacances (ou autres circonstances) sachez qu'il existe des télégrammes pour lesquels l'expéditeur acquitte, au moment du dépôt, le montant d'un télégramme réponse.

Télégrammes avec accusé de réception

Ce sont des télégrammes pour lesquels l'expéditeur demande au moment du dépôt, que lui soit notifié l'indication de la date et de l'heure de remise au destinataire. La notification est faite par télégraphe. Indication obligatoire du nom et de l'adresse de l'expéditeur (admis dans le régime intérieur seulement).

Pneumatiques

Correspondances acheminées par la voie des tubes et distribuées par les soins du service télégraphique. Le service est assuré à Paris et à Neuilly par préposé circulant à motocyclette dans 30 localités des Hauts-de-Seine, 26 dans la Seine-Saint-Denis, 1 dans le Val-d'Oise (Enghien-les-Bains), 30 dans le Val-de-Marne, 4 dans les Yvelines (dont Versailles).

Conditionnement : sous forme de cartes ou de lettres, facilement pliables, la mention « pneumatique » très apparente. A déposer au guichet ou dans les boîtes

spéciales des bureaux. Les maxima sont pour le poids :
30 g, la longueur : 225 mm, la largeur 125 mm.

☛ **Important.** Une lettre portant en évidence la mention « pneumatique » peut être mise à la poste à l'intérieur du régime intérieur. Arrivée à Paris, votre lettre sera traitée comme pneumatique. L'affranchissement doit être le même que pour un pneumatique à Paris. A titre indicatif, l'affranchissement est actuellement (1977) de 8,40 F.

LE TÉLÉPHONE

Cette rubrique ne devrait pas en principe figurer dans ce livre. Il nous a paru utile cependant de signaler les cas où l'on peut avoir recours au téléphone plutôt que d'écrire.

De quelques recommandations

Affaires

Éviter de déranger est une règle impérative. En dehors des affaires courantes, qui doivent être réglées par lettre, il est cependant des cas où le téléphone est indispensable : seule l'expérience professionnelle peut vous guider. Par exemple, l'emploi du téléphone pour recommander quelqu'un est à éviter. Il est préférable de le faire par lettre (voir modèles pp. 126 et 127). Si votre correspondant le juge nécessaire, il vous appellera lui-même.

Privé

Ne téléphonez pas avant 10 heures le matin, après 21 heures le soir. Sur votre agenda, notez l'heure d'appel où votre correspondant vous a dit que vous le dérangerez le moins. Il suffit de demander cette information, plus précieuse qu'il n'y paraît à première vue.

Comment se présenter, répondre

Pour un appel « affaires », que votre premier interlocuteur soit une secrétaire ou une standardiste, évitez d'être impatient, même si vous avez dû attendre longtemps votre communication : votre interlocuteur n'y est pour rien.

« Allô, je désirerais parler à M. X de la part de M. Y. Merci. » Ce petit « merci » est trop souvent omis.

« Allô, ici M. Y. Pourrais-je parler à M. X. ? Merci. »

Si la personne que vous désirez obtenir est absente ou occupée, laissez un message lui demandant de vous rappeler. Le secrétaire ou le standardiste ne connaît pas obligatoirement votre nom, épelez-le-lui. « Voulez-vous dire à M. [...] de me rappeler au [...] de la part de M. Durand. D.U.R.A.N.D. Merci. »

▶ **Important.**

Les communications interurbaines obtenues en *automatique*, ou en *semi-automatique* bénéficient d'une réduction de 50 p. 100 la nuit, de 20 heures à 8 heures et toute la journée les dimanches et jours de fêtes légales.

Aucun tarif réduit n'est accordé aux communications obtenues par l'intermédiaire du *manuel*.

Les services spéciaux

Les numéros utiles : *Radiotélégrammes :* Les radio-télégrammes sont des télégrammes échangés par la voie radioélectrique avec les stations mobiles installées à bord des navires et des aéronefs par l'intermédiaire des stations terrestres. Pour Paris, tous renseignements sont obtenus en appelant le 508.12.34.

Avis d'appel. A pour but de permettre au demandeur d'une communication destinée à une personne en principe non abonnée, de faire informer cette personne du dépôt de la demande et de l'inviter à se rendre à un poste téléphonique. Cet avis lui sera remis comme un télégramme.

Messages téléphonés. Ce sont des correspondances analogues aux télégrammes transmises téléphoniquement par l'expéditeur lui-même au bureau chargé d'en assurer la remise. Ils doivent être dictés en français ou en langage clair.

P.C.V. Ce sont des communications dont la taxe (et la surtaxe) sont à la charge du destinataire. Si ce dernier refuse la communication, aucune taxe ni surtaxe n'est perçue.

Abonnés absents. Deux formes sont mises à la disposition des abonnés intéressés :

Le service simple qui permet au participant de faire communiquer à ses correspondants une information ne présentant pas un caractère publicitaire, qui, dans la limite de 20 mots, peut comporter :

— la durée de son absence,
— le numéro d'appel ou l'adresse de la personne qu'il a chargée de le remplacer,
— le numéro d'appel ou l'adresse où il peut être atteint,
— le motif de l'absence.

Le service complet qui en plus des facilités décrites ci-dessus offre à l'abonné la possibilité :

— de faire dicter à trois correspondants désignés une information complémentaire de 20 mots n'ayant pas de caractère publicitaire. Cette information peut être commune aux correspondants désignés ou particulière à chacun d'eux;
— de faire noter puis de se faire communiquer par téléphone les noms, adresses ou numéros de téléphone, les communications de 20 mots au plus de ses correspondants, l'origine et la signature des télégrammes reçus.

Indicatifs

A titre d'information, voici la liste des indicatifs interurbains actuellement utilisés par les départements français (février 1977) :

Ain . . . 50 ou 74 ou 79	Drôme 75
Aisne 23	Eure 32
Allier . . . . : . . 70	Eure-et-Loir 37
Alpes-de-Hte-Prov. . . 92	Finistère 98
Alpes (Hautes-) 92	Gard 66
Alpes-Maritimes . . . 93	Garonne (Haute-) . . . 61
Ardèche 75	Gers 62
Ardennes 24	Gironde 56
Ariège 61	Hérault 67
Aube 25	Ille-et-Vilaine 99
Aude 68	Indre 54
Aveyron 65	Indre-et-Loire 47
B.-du-Rhône . . 90 ou 91	Isère . . . . . . 74 ou 76
Calvados 31	Jura 82
Cantal 71	Landes 58
Charente 45	Loir-et-Cher 39
Charente-Maritime . . 46	Loire 77
Cher 36	Loire-Atlantique . . 40
Corrèze 55	Loire (Haute-) 71
Corse 95	Loiret 38
Côte-d'Or 80	Lot 65
Côtes-du-Nord 96	Lot-et-Garonne 58
Creuse 55	Lozère 66
Dordogne 53	Maine-et-Loire 41
Doubs 81	Manche 33

Marne 26
Marne (Haute-) 25
Mayenne 43
Meurthe-et-Moselle . 28
Meuse 28
Morbihan 97
Moselle 87
Nièvre 86
Nord 20
Orne 34
Pas-de-Calais 21
Puy-de-Dôme 73
Pyrénées-Atlantiques . 59
Pyrénées (Hautes-) . . 62
Pyrénées-Orientales . 68
Rhin (Bas-) 88
Rhin (Haut-) 89
Rhône . . . . . 74 ou 78

Saône (Haute-) et
Territoire de Belfort . 84
Saône-et-Loire 85
Sarthe 43
Savoie 79
Savoie (Haute-) . . . 50
Seine-Maritime . . . 35
Sèvres (Deux-) . . . 49
Somme 22
Tarn 63
Tarn-et-Garonne . . . 63
Var 94
Vaucluse 90
Vendée 51
Vienne 49
Vienne (Haute-) . . . 55
Vosges 29
Yonne 86

Index

Les mots en italique correspondent
à des modèles de lettre.

A

Table

PREMIÈRE PARTIE

L'usage

Table **427**

DEUXIÈME PARTIE

Les modèles

I. LES LETTRES D'AFFAIRES

1. LE MONDE DU TRAVAIL

Table **429**

II. LETTRES DE TOUS LES JOURS

Table **431**

Table **433**

III. LES REMERCIEMENTS

Composition réalisée par Brodard et Taupin - Usine de Coulommiers.

IMPRIMÉ EN FRANCE PAR BRODARD ET TAUPIN
7, bd Romain-Rolland - Montrouge - Usine de La Flèche.
LE LIVRE DE POCHE - 22, avenue Pierre 1er de Serbie - Paris.
ISBN : 2 - 253 - 01599 - 7

Le Livre de Poche pratique

---
dictionnaires, ouvrages de référence

★ ★ ★

Larousse de Poche (32 000 mots)

**Dictionnaire Larousse : Espagnol-français,
Français-espagnol**

**Dictionnaire Larousse : Allemand-français,
Français-allemand**

**Dictionnaire Larousse : Anglais-français,
Français-anglais**

**Dictionnaire Larousse : Italien-français,
Français-italien**

René Georgin
Guide de langue française

★ ★ ★

Atlas de poche

Ivan de Renty
Lexique de l'anglais des affaires

Le Livre de Poche pratique

**méthodes de langues (disques, livres)
ouvrages de référence**

Berman, Savio, Marcheteau
Méthode 90 : Anglais - Livre - Disques

Jacques Donvez
Méthode 90 : Espagnol - Livre - Disques

Alphonse Jenny
Méthode 90 : Allemand - Livre - Disques

Vittorio Fiocca
Méthode 90 : Italien - Livre

René Georgin
Guide de langue française

★ ★ ★

Atlas de Poche

Ivan de Renty
Lexique de l'anglais des affaires

Le Livre de Poche pratique

Le Livre de Poche pratique

Le Livre de Poche pratique

Le Livre de Poche pratique

---

mots croisés

Asmodée, Hug, Jason,
Théophraste et Vega
Mots croisés du « Figaro »

Guy Brouty
Mots croisés de « L'Aurore »

Max Favalelli
Mots croisés (6 recueils)
Mots croisés de « L'Express »

Roger La Ferté
Mots croisés
Mots croisés de « France-Soir »
Mots croisés de « Télé 7 jours »
Mots croisés des champions
Mots croisés « à 2 vitesses »

Robert Lespagnol
Mots croisés du « Canard Enchaîné »
Mots croisés du « Monde »

Robert Scipion
**Mots croisés du
« Nouvel Observateur »**

Tristan Bernard
Mots croisés

Le Livre de Poche pratique

---
jeux

Daniel Arca
100 Labyrinthes

Claude Aveline
Le Code des jeux

Pierre Berloquin
100 Jeux alphabétiques
100 Jeux logiques
100 Jeux numériques
100 Jeux géométriques
100 Jeux et casse-tête
100 Jeux pour insomniaques
Testez votre intelligence

Odette-Aimée Grandjean
100 Krakmuk et autres Jeux

R. La Ferté et F. Diwo
100 Nouveaux Jeux

R. La Ferté et M. Remondon
100 Jeux et Problèmes

José Le Dentu
Bridge facile

Camil Seneca
Les Echecs

Le Livre de Poche pratique

maison, jardin, animaux domestiques

A. Perrichon
Les plantes d'appartement

J. M. Duvernay et A. Perrichon
Fleurs, fruits, légumes

Raymond Dumay
Guide du jardin
Les jardins d'agrément

Marcelle et Albert Aurières
100 Façons de recevoir

Janine Gardel
Le bricolage dans votre appartement

Michel Doussy
L'Outillage du bricoleur

Djénane Chappat
150 bonnes idées pour votre maison
Dictionnaire du nettoyage
Éclairage et décoration

M. Marsily
1 000 idées de rangement

Georges Roucayrol
Le livre des chiens

Fernand Méry
Le Guide des chats

Humour, Dessins, Jeux et Mots croisés

HUMOUR

Allais (Alphonse).
* **Allais... grement**, 1392/7.
* **A la une...**, 1601/1.
* **Plaisir d'Humour**, 1956/9.
Bernard (Tristan).
** **Rires et Sourires**, 3651/4.
** **Les Parents paresseux**, 3989/8.
Comtesse M. de la F.
** **L'Album de la Comtesse**, 3520/1.
Dac (Pierre).
** **L'Os à moelle**, 3937/7.
Étienne (Luc).
* **L'Art du contrepet**, 3392/5.
** **L'Art de la charade à tiroirs**, 3431/1.
Jarry (Alfred).
**** **Tout Ubu**, 838/0.
*** **La Chandelle verte**, 1623/5.
Jean-Charles.
* **Les Perles du Facteur**, 2779/4.
** **Les Nouvelles perles du Facteur**, 3968/2.
Leacock (Stephen).
* **Histoires humoristiques**, 3384/2.
Mignon (Ernest).
* **Les Mots du Général**, 3350/3.
Nègre (Hervé).
**** **Dictionnaire des histoires drôles**, t. 1, 4053/2; **** t. 2, 4054/0.
Peter (L. J.) et Hull (R.).
* **Le Principe de Peter**, 3118/4.
Ribaud (André).
** **La Cour**, 3102/8.
Rouland (Jacques).
* **Les Employés du Gag**, 3237/2.

DESSINS

Chaval.
** **L'Homme**, 3534/2.
** **L'Animalier**, 3535/9.
Effel (Jean).
La Création du Monde :
** **1. Le Ciel et la Terre**, 3228/1.
** **2. Les Plantes et les Animaux**, 3304/0.
** **3. L'Homme**, 3663/9.
** **4. La Femme**, 4025/0.
**** **5. Le Roman d'Adam et Ève**, 4028/0.
Forest (Jean-Claude).
** **Barbarella**, 4055/7.
Henry (Maurice).
** **Dessins : 1930-1970**, 3613/4.

Simoen (Jean-Claude).
** **De Gaulle à travers la caricature internationale**, 3465/9.
Siné.
** **Je ne pense qu'à chat**, 2360/3.
** **Siné Massacre**, 3628/2.
Wolinski.
** **Je ne pense qu'à ça**, 3467/5.

JEUX

Aveline (Claude).
**** **Le Code des jeux**, 2645/7.
Berloquin (Pierre).
* **Jeux alphabétiques**, 3519/3.
* **Jeux logiques**, 3568/0.
* **Jeux numériques**, 3669/6.
* **Jeux géométriques**, 3537/5.
** **Testez votre intelligence**, 3915/3.
Diwo (François).
** **100 Nouveaux Jeux**, 3917/9.
Grandjean (Odette).
** **100 Krakmuk**, 3897/3.
La Ferté (R.) et Remondon (M.).
* **100 Jeux et Problèmes**, 2870/1.
La Ferté (Roger) et Diwo (François).
* **100 Nouveaux Jeux**, 3347/9.

MOTS CROISÉS

Asmodée, Hug, Jason, Théophraste et Vega.
* **Mots croisés du « Figaro »**, 2216/7.
Brouty (Guy).
* **Mots croisés de « l'Aurore »**, 3518/5.
Favalelli (Max).
* **Mots croisés**, 1er recueil, 1054/3; * 2e recueil, 1223/4; * 3e recueil, 1463/6; * 4e recueil, 1622/7; * 5e recueil, 3722/3.
* **Mots croisés de « L'Express »**, 3334/7.
La Ferté (Roger).
* **Mots croisés**, 2465/0.
* **Mots croisés de « France-Soir »**, 2439/5.
* **Mots croisés de « Télé 7 jours »**, 3662/1.
Lespagnol (Robert).
* **Mots croisés du « Canard Enchaîné »**, 1972/6.
* **Mots croisés du « Monde »**, 2135/9.
Scipion (Robert).
* **Mots croisés du « Nouvel Observateur »**, 3159/8.
Tristan Bernard.
* **Mots croisés**, 1522/9.